少年绘

少年文艺范 青春正能量

I

我亲爱的法医小姐

（全二册）

酒暖春深·著

文化发展出版社
Cultural Development Press

图书在版编目（CIP）数据

我亲爱的法医小姐：全二册 / 酒暖春深著. —
北京：文化发展出版社，2021.2 (2023.3 重印)
ISBN 978-7-5142-3304-9

Ⅰ. ①我… Ⅱ. ①酒… Ⅲ. ①长篇小说－中国－当代
Ⅳ. ①I247.5

中国版本图书馆CIP数据核字(2021)第018824号

我亲爱的法医小姐 ：全二册

酒暖春深 著

责任编辑：周　蕾　　责任校对：岳智勇
责任印制：杨　骏　　责任设计：郭　阳
版式设计：李宗男　　特约策划：紫　总　贝　贝
封面绘制：锐　思　　封面设计：何嘉莹

出版发行：文化发展出版社（北京市翠微路 2 号　邮编：100036）
网　　址：www.wenhuafazhan.com
经　　销：各地新华书店
印　　刷：嘉业印刷（天津）有限公司
开　　本：710mm×1000mm　1/16
字　　数：609千字
印　　张：36
版　　次：2021年5月第 1 版
印　　次：2023年3月第6次印刷
定　　价：69.80元（全二册）
I S B N：978-7-5142-3304-9

目录

目录

目录

第 1 章　故梦

“初南……”女孩子撑着伞站在雨里，隔了三五步遥遥地望着她，雨雾将女孩子的面容遮挡得模糊不清。

林厌心里一紧，害怕又是自己的一场梦境，哆哆嗦嗦地伸出手，动作带着几分不确定的小心翼翼。

“林厌，愣着干吗？快跟上来，去我家吃饭呀。”周遭人潮开始涌动，她被推挤着往前走着。

女孩子一把抓住了她的手腕，把她拉入自己的伞下，一只手还替她拢了拢滑落下来的书包带子，语气有一点儿嗔怪。

“说了多少次了，下雨天记得拿伞，你怎么老是改不了喜欢淋雨的毛病呢？要知道马上就要期中考了，你感冒了怎么办……”

女孩子絮絮叨叨，喋喋不休个没完没了。

她该是厌烦的，却莫名地眼眶一热，顺着那只洁白修长的手攀住了对方的手腕。

女孩子身量比她略高，林厌微微使了一点儿力，带着一点儿期待地抬眸看去：“初南……你……回来了？”

穿着洁白校服的女孩子循声垂眸，面容一如往昔，嘴角挂着淡淡的笑意。

那本应该缀满漫天繁星的眸子却留下了两个黑漆漆的深洞，流出血来，衬着那张过分苍白的脸、越发诡异的笑容，她指尖触摸到的皮肤冰凉而滑腻，像极了她无数次解剖过的尸体。

一股寒气瞬间从脚底升起。

林厌失声惊叫："初南！"

她喘息着从床上翻身坐起，微微敛下眸子，手抚上额头，在心底叹息：又做噩梦了。

床头柜上的翻页钟在黑暗里发出了微弱的荧光，时针刚走过凌晨四点。

林厌伸长手臂，从桌上摸索到玻璃杯，拉开抽屉，因为用力过猛东西撒落一地。

她捡起一个白色的药瓶，倒了两粒药在掌心里，就着在空调房里放了一晚早已变凉的水，将药吞下。

她喝得又急又快，仿佛是在平息某种不安的躁动。

水珠顺着主人修长的脖颈滚落下来，打湿了紧身的吊带背心。

她伸手抹了抹嘴角，却早已有人把一方手帕塞进她的掌心里："拿这个擦。"

这声音如此耳熟。

林厌感觉鸡皮疙瘩都起来了。

她半是紧张半是小心翼翼地看着对方，生怕惊动了什么似的："初南……"

视线接触的那一刹那，林厌的心提到了嗓子眼里，却见对方如往常一般温和地笑着，见她不动，又把手帕拿了过来，仔细地替她揩干净嘴角残留的水渍。

"又做噩梦了？"

"不……"林厌下意识地想反驳，却鬼使神差般伸出手，似乎想要证明什么。

女孩子很善解人意地把手递了过去，林厌勾住了她的小指，这触感温润、柔软，带着活人的温度和生气。

林厌似抓住救命稻草一般紧紧地抓住了对方的手。林厌的眼睛生得漂亮，凤尾狭长，鼻梁又挺，冷不丁看一眼便让人有一种风情万种的感觉，更何况她现在泫然欲泣。

女孩子拍着她的手背安慰她："好啦，我回来了。"语气一如既往地温和宠溺。

一股鼻酸的感觉霎时让她再也忍耐不住，林厌死死地把人箍进怀里："太好了，初南，太好了，你回来了……初南，我好想你……这些年……你……去哪儿了？"

"我……"女孩子说着，皱了一下眉头，脸上溢出痛苦的表情，明明是在室内，她的衣服却在慢慢变湿。

“我、我也不知道……我好疼啊……好疼啊……林厌……救我……救救我……”

脖颈间传来冰凉的触感，女孩子的抽泣让林厌揪心不已。林厌瞬间握紧了拳头，神色有些癫狂。

那双向来淡漠的眸子已变得血红。

“是谁？！是谁？！初南，告诉我，是谁？！是谁害了你？！”

“是……是……”

林厌晃着女孩子的肩膀，女孩子突然说不出话来，嗓音嘶哑，夹杂着几分诡异，像是午夜戛然而止的电台。

林厌只觉得五脏六腑都在绞痛，咬着牙，舌尖品尝到了血腥气，死死把即将溢出眼眶的泪水逼了回去。

她轻轻抚上对方的脸颊，感觉指尖微凉，以为对方在哭，心底又多了怜惜之意：“初南，别怕，告诉我，不管是谁，我不会放过他的。”

她话音刚落，面前的人突然咯咯地笑了起来，声音尖厉刻薄，像是有人拿着指甲剐蹭黑板。

一丝凉意蹿上脊背，林厌忽然感觉有些喘不过气来。

窗外夜色深沉，浓如泼墨，树影摇晃，形似鬼魅。

狂风卷起窗帘涌进室内，微弱的夜光灯应声熄灭。

她看见那双手泛起了尸斑，冰凉滑腻的感觉似油脂脱落，腐败的青色血管浮现了出来。

林厌因为不能呼吸而瞪大了眸子，徒劳地伸长手臂去够女孩子：“初、初南……”

“是、是你……是你……”伴随着女孩子嘶哑尖厉的声音，脸上的皮肤也在一寸寸剥落，很快露出了白骨，眼珠从眼眶里掉了出来，只剩两个漆黑的深洞牢牢地锁定了她。

一股令人作呕的腐臭味扑面而来。

“不！！！”林厌嘶吼，一把扯开了女孩子的手。就在这一刹那，她的手穿过了对方的身体留在半空中，床单上留下了一堆碎肉。

浓稠腥臭的血顺着床单流下来，染红了华贵奢侈的羊毛地毯。

“丁零零——”催命符一般的闹钟响起，林厌满头大汗地翻身坐起，窗外早已天光大亮。

轻柔的晨风扬起了窗纱，床头柜上的时针安静缓慢地走着，楼下传来烤面包的香气。

林厌关掉闹钟，环视四周，风平浪静，这是一个再普通不过的工作日的早晨。

她掀开被子穿鞋下床，脚踩在地毯上的时候微微往下陷了陷，垂眸看去，床边一块暗色地毯上还残留着深色痕迹，鲜红似血。

林厌喉头微动，闭上眼睛，似在平复呼吸。

不多时，管家上来敲门："小姐，早餐做好了。"

洗漱完毕林厌裹着睡袍下楼，昨夜做噩梦时流露出来的那一丁点儿惊慌失措消失得无影无踪，换上了惯常的一副有些慵懒的表情，从骨子里散发出了漫不经心的倦意。

"司机呢？"

"在门外候着了。"

林家别墅虽大，但这位姑奶奶脾气不好，不喜欢和保姆同住，因此无论是他这个管家还是其他用人，都是大清早匆匆忙忙地赶过来，深夜这位姑奶奶睡下了再赶回去。

饶是如此，他脸上也不敢有一丝怠慢表情，恭恭敬敬地答了。

林厌很满意，助理也在楼下候着了，见她下来，赶紧从沙发上站起来，微微鞠躬："林法医。"

林厌瞥他一眼，勤勤恳恳的年轻人手边放了一大摞今天开庭要用的材料。

她觉得从心底感到厌烦，因此没点头也没答应，更没邀请他一同就餐。厨师早就做好了早餐，年轻人虽名为助理，算是同事，但其实也不过是一个用人而已。

林厌没点头，这座房子里的其他人便将他当成空气了。

年轻人尴尬得手足无措，余光悄悄瞥见那一抹倩影走过大厅，步过装潢精美的隔断走入餐厅落座，连个椅子响都没发出来。

林家厨师手艺很好，做了中、西两种菜式，虽不多却样样别出心裁，色香味俱全。

可她尝了两口便放下勺子，再无食欲，拿餐巾纸按按嘴角便罢。

无人敢劝她多吃两口，管家适时收走了餐具，林厌便起身往衣帽间走去。

她身量颀长，在女性中绝对算不上矮，但因为瘦削便显得有几分弱柳扶风，走路的时候步态轻盈，像一只在华贵地毯上踱步的波斯猫。

林厌似想到了什么，突然顿住了脚步："对了——"

老管家不敢怠慢："小姐请吩咐。"

“把我房间里的地毯扔了吧。”

她房间里的那块地毯上周刚从伦敦的拍卖会上拍回来，据说是萨法维波斯王朝赠送给奥斯曼土耳其人的外交礼物，市值早已过百万。

她说扔就扔，眼皮都不带眨一下的。

管家早已习惯了这位姑奶奶的喜怒无常、挥金如土，躬身回答道：“好的，小姐，需要为您准备新的吗？”

“不用了。”

冷淡的声音从衣帽间里传来，说是衣帽间其实也和楼上的卧室是差不多的面积，堆满了林厌从世界各地搜集而来的衣服、鞋子、饰物等。

今日衣帽间的主人有些兴致缺缺，随便从橱窗里挑了一件衬衣出来套上，对着镜子一一系好纽扣，最顶上两颗空着没扣，把衣领翻好，恰到好处地露出点儿锁骨与曼妙的春光。

口红旋开盖子，上下唇轻抿，尾指蹭掉那一点儿多余的颜色，她对着镜子微微抬起了下颌。

女人的肤色有种长期不见日光的苍白，却是烈焰红唇，眉峰上挑，嘴角微扯，足可以媲美时装周模特的面容露出一丁点儿傲慢来，却又因为眼波轻轻荡漾过去而显得有些风情万种，艳是艳了，冷也是冷的。

林厌扯起个冷淡的笑，拿起西装外套出门。

司机替她打开车门，林厌坐进去，助理也抱着他那一堆资料跟了进来：“林法医，关于今天出庭准备的死亡鉴定书以及其他检验材料都在这里了。”

一股男性独有的汗臭味夹杂着轻微的脚臭涌入鼻腔，法医的鼻子总是格外敏感。

林厌靠着真皮座椅，本来在闭目养神，倏地睁开了眼睛：“滚到后面去。”

奔驰商务车很宽敞，助理愣了一下，看着她纤尘不染的高跟鞋鞋面，似乎能照见他有些污迹的裤腿以及脆弱的自尊心。

年轻人缓缓地从车厢里退了出来，满头大汗地爬上了奔驰车的后排座位，不敢再吭声了。

“管家。”

“小姐。”管家替她关上车门，坐上了副驾驶座后立马回头看她。

“下午换辆车来接我，这辆车就给刘妈开去买菜吧。”

“是，小姐。”

“至于你——”她指尖敲打着自己腕上贵重的石英表，尖酸刻薄的话语缓缓地从嘴里吐了出来。

“来这么早是赶着去投胎吗？投胎的话解剖室比较适合。”

“穿成这样去出庭，不怕律师控告你谋杀吗？”

一字一句将年轻人的自尊心扎得体无完肤，他坐在后排攥紧了手中的资料，没有回答也不敢吭声。

车子开动，所幸有人打破了沉寂：“小姐，要听新闻吗？”

林厌从鼻腔里“哼”了一声算是回答。

司机按下车上的电台，女主播甜美的声音传了出来：“检方起诉被告人靳某某于2007年4月18日夜奸杀在其KTV工作的员工王某，并抛尸荒野，证据确凿，指控其犯有强奸罪、故意杀人罪、侮辱尸体等多项罪名，造成了恶劣的社会影响，一审宣判其死刑缓期执行，靳某某不服一审判决，提起上诉。二审将于今日上午十时于滨海省高级人民法院公开审理，届时，作为辩方证人的法大法庭科学技术鉴定研究所的青年法医学者林厌也会出庭作证，并带来新的鉴定结果……”

女主播慷慨陈词，抑扬顿挫，显然十分有激情，用二倍速的语速说完了案情之后，就开始讲林厌的生平事迹与花边新闻。

林厌昏昏欲睡，大致听了几句，左不过是：“说到法医学者，林教授可谓年轻一辈的翘楚，本科毕业于复旦大学医学院，硕博就读于波士顿大学法医学系，据说至今为止从业十余年解剖过三千余具尸体，司法解剖经验十分丰富……”

右不过是：“林教授作为林家独女，身家早已过亿，近日和众诚集团的张董打得十分火热，媒体还曾拍到了二人在街头热吻的照片，不知是否好事将近？”

张董？

哪个张董？

林厌皱了一下眉头，和她在街头热吻过的人太多，形形色色的脸掠过脑海她却怎么都对不上名字。

“小姐，需不需要……”管家回过身来看着她。

“嗯。”趾高气扬的林大小姐点了点头，“这是哪家电视台的？”

“每日新闻。”管家暗暗记下了这个名字。

车窗外高楼大厦飞驰而过，很快转入了一片林荫里，高级人民法院就在前面不远处的广场旁边。

广场上已经聚集了不少人，今日公开审理案件，各大媒体与不少社会群众会来旁听，林家的车刚过来，就有镁光灯凑到路边闪个不停。

林厌仍是那副懒洋洋、没睡醒似的样子："去告诉他们，我近日的情人可不是那个众诚集团的张……张什么来着？"

"张董。"

管家从善如流地接话。

"喔，对，做媒体的人也太不专业了，还每日新闻呢，改名叫昨日新闻得了。"

她轻轻嗤笑一声，笑容说不出的讽刺。

司机把车停稳："小姐，到了。"

管家向外看了一眼，有不少社会人士蹲在法院门口，还拉起了横幅，见他们的车过来明显骚动起来，三三两两地站了起来。

管家犹豫着道："小姐，要不，我们从后门送您进去？"

林厌冷笑一声，推开车门："我又不是凶手，凭什么要遮遮掩掩？"

第 2 章　出庭

“林小姐，请问您这次为嫌犯出庭作证是什么心态？”

“林小姐，您有把握您的解剖结果能说服法官，从而影响宣判结果吗？”

“听说嫌犯的父亲是新业公司的老总，而林氏集团和新业公司有业务往来，这是不是真的？”

“林小姐，传闻您和众诚集团的张董好事将近……”

一下车，林厌就被媒体围了个水泄不通，镁光灯乱闪，各式各样的长枪短炮戳到了她跟前。

管家护着她往里走，保镖在前面开道，处于风暴正中央的人却始终端了张处变不惊的脸，面对各种刁钻古怪的问题眉头都没抬一下。

直到——

林厌摘下墨镜，嘴角噙了一抹玩味的笑容看着高院台阶下拉起的横幅与摆放着的花圈。

“无良法医为凶手作证不得好死！”

“丧心病狂罔顾人伦黑心法医滚出司法界！”

“小姐——”管家欲出去制止。

林厌又把墨镜戴了回去，甚至愉悦地吹了一声口哨：“下次换张好看点儿的照片。”

花圈上的黑白照里女人眉峰高挑，颧骨突出，不似传统审美里的温和柔美样子，那眼神里永远透着几分高高在上，嘴角微扯起的笑意似在嘲弄这个荒诞无稽的世间。

准备开庭的前夕，林厌换上了研究所的制服，条纹衬衣外套了件白大褂，与普通医生红十字的臂章胸标不同，胸口用英文缩写了研究所的首字母，标志则是深蓝色的金字塔样式。

一切准备就绪，律师与她边走边谈：“这次对方有备而来，你手上的证据足以支持他脱罪吗？”

林厌耸了耸肩，表示无能为力：“脱不脱罪法官说了算，我拿钱办事，只负责提供有利于他的证据，其他与我无关。”

庭审开始，双方律师长达两个多小时的拉锯战让林厌昏昏欲睡，然而在法官点到她的名字的时候，那双向来漫不经心的眸子睁开，竟然有一丝锐利之色一闪而过。

她慢慢地站了起来，走向证人席。

检方律师不着痕迹地倒抽了一口凉气，下意识地去看自己的证人——另一位经验丰富的法医。

对方也如临大敌，两个人对视一眼，都带着几分破釜沉舟之意。

“在死者的内裤上、阴道擦拭物里分别检验出了嫌犯靳伟鑫的精液以及DNA，对这点你有什么可说的吗？”

检方律师率先发问。

林厌眉头都没皱一下：“没什么好说的。”

坐在底下戴着手铐的嫌疑人似乎有些激动，被法警按住了。

惜字如金的林小姐瞥他一眼，终于又加了一句话：“但这也只能说明他和死者发生过性关系，无法说明人就是他杀的。”

对方律师微微弯了一下嘴角：“根据警方的调查结果显示，2007年4月18日晚上十时左右，死者和嫌犯以及嫌犯的朋友一起进入了KTV包间，这是走廊上的监控视频。”

律师的助理打开了电脑，按下播放键，林厌看过去，只见画面上的靳伟鑫搂着名叫王丽的死者，神色亲昵，脚步踉跄，似乎是喝醉了。

此时他们走过的地方刚好位于一个摄像头下面，监控画面一闪而过王丽有些不耐烦却不得不隐忍的脸。

此时监控视频上的时间是十点十五分，两个小时之后，靳伟鑫一个人慌慌张张地跑出了包间，大约十分钟过后，又拖着一个行李箱回到了包间里。

那个行李箱就是他用来抛尸的作案工具，这般形迹本来可疑，但他是老板，员工自然不敢说什么，更何况当时已是凌晨，人困马乏，竟被他逃了出去。停车场里的监控也拍到了他的行车轨迹，他有作案动机，也有犯罪事实，尸检结果更是证据确凿，即使零口供也能被定罪。

坐在下面的靳伟鑫戴着手铐，神色有些闪躲，两只手有些不自觉地抓在了一起，是紧张的表现。

“据当晚曾在包间里一同喝酒的目击者的证词，嫌犯坐下不久就对死者动手动脚，死者迫于他是自己的老板而不得不虚与委蛇，直到嫌犯——”他说着，凉凉的目光投向了靳伟鑫。

“让死者把掉落在自己胯间的扑克牌用嘴叼起来。”

“叼啊，你怎么不叼啊？用嘴给老子叼起来，这钱就都是你的了。”靳伟鑫用钱拍打着跪在他身边的女孩子的脸。

女人穿得单薄，露脐上衣、超短裤，男人见她不动，直接用手把钱塞进了她低垂的领口。

“叼！给老子叼起来！叼不起来你也就不用干了！”说着男人按着她的头往下，女孩子眼里渗出了泪花。

旁听席上响起一片嘘声。

法官敲锤：“肃静！”

林厌摇头嗤笑了一下，突然开口打断了对方接下来的夸夸其谈：“他们之间发生了什么我不感兴趣，也没有必要复述给我听，我只阐述我的鉴定结果——”

检方证人站起来发言：“死者死于单刃锐器伤而造成的大出血，凶器就是这把水果刀。”

律师举起了证物袋，而检方证人法医继续发言道：“凶器长 10cm，最宽处达 3cm，符合死者身上的锐器伤，而从这把刀上也检验出了死者的血液与嫌犯的指纹，对这点你有什么想说的？”

对方这话是在问林厌。

站的时间有点儿久，这位大小姐漫不经心地靠在了桌上：“律师，出示乙第四号证据。”

经过法庭允许后，律师打开了电脑，把 PPT 投在了大屏幕上。

“这是在死者的后腰处发现的瘀青——”

“我反对，这是和本案无关的证据！”对方律师马上举手发言。

法官看了他一眼，把目光投回到大屏幕上：“反对无效。”

林厌微微勾起嘴角：“二次解剖发现，死者浑身上下只有这一处面积约 3cm 大小的瘀青。众所周知，挫伤是由血管破裂渗出所致，所以血液要流动才会产生瘀青痕迹。”

“而人死后，心脏停止跳动，血液不再循环，凝血作用在短短几分钟内就会发生，自然也产生不了瘀青痕迹。”

“这也并不能说明什么，一块瘀青而已，并不致命，有可能是死者在反抗过程中撞到或者磕碰到的。”

对方法医接道。

林厌打了个响指：“说得没错，接下来出示乙二号证据。”

屏幕上出现了 KTV 包间内部的图片，是案发现场警方拍摄的。

只见桌上一片狼藉，啤酒瓶子横七竖八地摆着，地上有一摊血泊，沙发脚上有些喷溅状的血迹。

“放大，看桌角的形状。”

众人云里雾里的。

林厌敛眉，笑了一下，看向那位“经验丰富”的法医。

她虽在笑，眼底却分明有着讥诮的光。

对方的额头上渗出一丝薄汗。

“外行人可能看不懂，但经验丰富的法医一眼就能看出这块挫伤是怎么形成的。包间里都是圆桌，即使两个人再怎么折腾也撞不出这样的伤口吧。”

那块瘀青指甲盖大小，面积不大，却深，由里向外透出了青紫色。

圆桌确实撞不出这样的痕迹。

“那这顶多只能说明死者是生前受的伤，凶器上还是有凶手的指纹，这已经是板上钉钉的事实。”

林厌反唇相讥道：“谁说死因是锐器伤造成的失血性休克了？”

若死因不成立，凶器上即使有靳伟鑫的指纹，靳伟鑫是杀人凶手这点也是个悖论。

旁听席上一片哗然。

法官再一次要求肃静。

“那你说，死因是什么？”

“是毛地黄引起的中毒。”

听见她说这个原因，对方法医分明松了一口气：“警方后续调查工作中发现，死者有心脏病史，常服用毛地黄类药物，我们也做过血药检测，在正常范围之内并不致死。”

林厌冷笑了一声：“是吗？”

助理会意地打开了电脑。

“二次尸检过程中，我们检验了死者的肝脏组织和胆汁，从而推测出了血药浓度的峰值，正是死前一个小时，剂量——”

她顿了一下，缓缓地道：“致死。”

对方律师的额头上渗出豆大的汗珠，包括法医也蒙了，舔了舔自己的嘴唇。

众人噤若寒蝉，只有犯罪嫌疑人用戴着手铐的手缓缓地抱住了自己的头。

此时已到下午，黄昏的光线从桌面偷偷溜走，投射到地板上，因此她站的那一块没了光亮，她整个人似投身在黑暗里。

林厌嘴角一弯，露出个倾倒众生的笑容。

她不笑还好，一笑便有几分说不出的讥诮刻薄之意。

“即使血液已经把毒素代谢得差不多了，可是肝脏和胆汁里依然会留下蛛丝马迹，更何况法医鉴定事实从来不会只依靠一种技术手段进行，于是我们接下来又从死者的眼球玻璃体里提取出了液体，检验结果依然是毛地黄过量致死，鉴定结果稍后呈上法庭。”

检方律师猛地回头看向了法医，对方额头上冷汗涔涔，嘴唇上下翕动着，却不敢再吭声了。

检验眼球玻璃体液体是非常规尸检手段，任谁一见到尸体的胸口扎了一把水果刀，血流得遍地都是，第一反应都是大出血致死吧？

这个林厌真是不走寻常路。

说了一长段话的林大小姐舔了舔有些干裂的嘴唇，回到自己的位置上。

她的第一感觉是——早上润唇膏涂少了。

警方办案讲究证据，而法院量刑更讲求证据链完整，这个案子发回去重新侦查补充证据是势在必行了。

戴着手铐被法警押着走下台阶的靳伟鑫路过她身边，喉咙动了动，嗓音有些干涩，轻轻吐出两个字：“谢谢。”

林厌挑了下眉头，那张脸上依旧没什么表情，还没走两步，就被法庭外一拥而上的媒体记者围住了。

“林小姐、林小姐，您帮他作证是因为您父亲的关系吗？”

“林小姐，即使嫌犯靳伟鑫杀人罪名不成立，但他仍触犯了刑法强奸罪，同为女性，您有什么想说的吗？”

“林小姐，您近年来帮不少犯罪嫌疑人作证，其中不乏成功脱罪者，譬如上个月宣判的‘城南杀人碎尸案’凶手死刑变死缓、死缓变无期，听说您已被滨海省公检法部门列为‘头号公敌’，这是真的吗？”

这问题抛出来一个比一个尖锐，被问到的人在助理和保镖的簇拥下往外走，目不斜视，不置一词。

“让一让，让一让，林小姐，坐拥万贯家财，您为什么要选择法医这份工作？”

一个小记者看起来大学刚毕业不久的样子，满头大汗地举着话筒，艰难地挤到了林厌面前。

这个问题看似与案情无关，林厌的脚步却顿了一下，在摄影机下那张脸上的表情有了细微的变化。

然而也只是一瞬间，林厌就抬脚继续往前走，助理与保镖拨开了小记者。

“哎——林小姐——”眼看着她就要走出法院大厅，媒体记者又一拥而上。

有人大声喊道：“林小姐，您凭什么认为靳伟鑫不是凶手？！”

林厌终于停下脚步，嘴角扯起似笑非笑的弧度，随手拨了一个记者的话筒过来：“那你们又凭什么认为他一定就是凶手？”

“这……根据警方的调查结果显示……”

“就凭几张案发现场的照片、一段拼接过头尾的监控视频，还是残留在刀柄上的指纹？”

她反唇相讥，镁光灯乱闪，众人哑口无言，她的视线却不躲不避地径直迎上各色各样的目光。

“说到底都不是，你们不过是一厢情愿地臆测罢了，在你们眼里，穷人就都是值得同情怜悯的，富人就都是为富不仁、罪大恶极、心狠手辣的。”

“女人不该当法医，男人就该是精虫上脑冲动杀人的。凶手杀人，你们……”

她抬头盯着摄影机，女人眼睛生得好看，瞳仁漆黑深不见底，眼白比旁人多些，乍一看惊艳之余还有些瘆人。

“诛心。”

嗓音冷漠，她却说得掷地有声。

不光记者愣了，摄像也反应了好一阵才开始狂按快门。

此时林厌已快走出高院的大门，身后记者穷追不舍，她面前也挤满了围观的人，不知是谁大喊了一声：“林厌，你帮凶手作证可曾想过受害者一家人的境遇？你不配当法医，去死吧！”

说时迟那时快，记者群被撕开了一条口子，有人踉踉跄跄地冲到林厌身边来。

保镖也被人群挤散来不及阻挡，高跟鞋轻轻往后退了一步，林厌随手扯过助理的衣领子把他揪到了自己身前。

一米八的大男人还没反应过来就被秽物从头浇到了脚。

记者纷纷捏着鼻子退后，法警赶过来把闹事者按在了地上。

林厌厌恶地皱了皱眉，离远了些，保镖这才得空又聚拢在她身边：“小姐，没事吧？”

“没事。”林厌脱了自己身上的白大褂递过去，“扔了吧。”

“是。”

也多亏这个闹事者，再没人敢往她身边凑，生怕下一个被泼粪的就是自己。

看见她渐行渐远，男人欲哭无泪，红了眼眶，浑身上下臭气熏天，狼狈得不成样子。

他几乎要哭出来：“林法医……”

林厌没转身：“明天开始不用来上班了。”

男人从头凉到脚，若刚才那是一把利器，林厌也会把他往刃口上推吗？

难道一条人命对她来说就是这么微不足道吗？！

如果林厌能听见他的心声，大概会说：“解剖台上见过的死人还少？”

夜幕低垂下来，黑色大奔安静地行驶在马路上，林厌坐在后座上，似在闭目养神，城市的灯光流淌在车窗上，把那张脸映衬得有些深沉。

管家回过头来低声道：“小姐，老规矩？”

她不轻不重地“嗯”了一声。

管家是林家的老人了，伺候过她的父亲，又被派来照顾她，可以说是看着她长大的，见她神色有些倦怠，便轻轻打了个手势示意司机直接将车子开回家。

林厌睁开眼：“不，去见个人。”

第3章　前尘

林厌换了身衣服，出现在市中心的某家高级会所里。此刻刚刚入夜，人还不算多，餐厅里有穿着燕尾服的男生在拉小提琴，旋律悠扬动听。

她跟着侍者绕了几个弯，高跟鞋悄无声息地踩在柔软的地毯上。

两个人在一扇门前停下，侍者弯腰鞠躬："林小姐，请。"

林厌推门而入，男人挥杆打球，球没进洞，听见动静转身见是她，脸上自然而然地流露出一丝笑意，不过分热情也不显得疏离。

"来了啊。"

他拿毛巾擦着汗，示意她坐。

侍者把她带进门后就悄然离去。这是一个小型的室内高尔夫球场，林厌也不客气，桌上早有现成的茶点——好像他知道她会来似的。

林厌拈起一颗蜜饯送进嘴里，眉头轻轻皱了起来——太甜了。

她拿纸巾擦了擦手，再无动作。

男人四十开外，中等身材，面庞白净，穿着不起眼的普通T恤，打完一轮高尔夫有些气喘，在她对面也坐下了。

"怎么样，今天开庭还顺利吧？"

林厌向来是坐没坐相站没站相的，歪在椅子上，两条白皙修长的腿轻轻叠放在一起，细红高跟鞋带子挂在雪白的脚踝上。

她穿得也比白天性感些，裁剪得体的黑色无袖连衣裙，深V领，瘦削的锁骨、丰满的地方都露在外面。

这颜色、款式过于风情了，她穿上却没什么风尘气，妖娆得恰到好处。

耳垂上缀着两个大大的耳环，波浪鬈发盘了上去，颊边、额前留出少许碎发，皮肤白她却偏偏爱涂深色口红，硬生生显出些冷艳来。

这样的女人是尤物，对男人来说就是猎物。

林厌笑了："嗯，顺利。"

仿佛是在应和她的话，放在桌上的手机亮了起来，一条银行的汇款信息跳出了屏幕，金额巨大，落款是新业公司。

男人举起了酒杯："恭喜林小姐再进斗金。"

"哪里哪里，也得感谢您给我这个机会才是。"

高脚杯轻轻地碰在一起，两人心照不宣地相视而笑。

林厌放下酒杯的时候，嘴角的笑容已经淡了下去："那么按照约定……"

"你放心，你托我找的资料我已经派人在公安内网查了……"

林厌瞳孔微微一缩："怎样？"

男人摇了摇头，又抿了一口香槟："难，当年的案子年代久远，内网上也只有只言片语，我拷了下来，但我想对你应该也没有什么太大的帮助。"

对面的女人嘴唇颤抖了一下，很快恢复平静："这种大案、要案公安局应该会留纸质档案吧？"

男人直言不讳地点头："会，但说来也奇怪，上个月我们搬档案室，一批陈年案卷全部走水了，连灰都没剩下。"

档案室失火不是小事，上头查下来办了好几个渎职罪，但都是一些已经结案的陈年往事，谁也没深究，就这么不了了之了。

"还有一个地方会有。"

"检察院。"

照惯例作为公安机关的监督部门，所有证据都会上呈检察院再移交法庭，因此检察院应该会有备份才对。

但向来都是检察院向公安局调取案卷的，还没听说过公安机关向检察院索要档案的，这不就相当于变相承认自己渎职吗？

更何况这是见不得光的事，不能走正常程序。

林厌当然明白其中利害关系。她虽没说话，却捏紧了高脚杯细细的颈，指骨苍白如玉，用力之大仿佛随时能将其捏断一般。

男人摇头：“不，江城市公安局，作为案发地他们一定会有备份，若再没有……”

他抬起头，眼底有着晦暗不明的光：“林厌，这个案子你就不能再查下去了。”

滨海省地处西南临海边陲，入夏多台风暴雨天气。

狂风摇晃着树枝，雨水被卷了进来。

女人赤脚踩在地上。

“这个案子你就不能再查下去了。”

光是咀嚼着这句话，她就嚼碎了满腔恨意，抬手狠狠一刀插进了墙壁里。

一道闪电划过天空，短暂地照亮了屋子，墙壁上用红色油漆大大小小地涂满了“X”，长长的尾巴拖下来，像干掉的血迹。

血迹上方用图钉钉着几张泛黄的照片与报纸，房间不大，这些东西铺满了大半面墙。

照片上类似人体骨骼与碎肉块的东西并未因为时光斑驳、纸张发霉而显得褪色，仍是隔着时间与空间也能让人闻到腥臭味。

女孩子被簇拥在中间，静静地看着她笑，原本清秀的容颜在这种背景下也被衬得有几分诡异。

又是一道闪电划破天际，照亮了女人有些阴鸷的面容。

她喉咙微动，仰头把高脚杯里的液体一饮而尽。

手臂垂落下来，杯口残存的液体一滴一滴地砸在了地板上，像溅落在脚边的血迹。

新闻上正播放林厌被记者围追堵截的那一段，宋余杭手里捧着茶杯，正听得入神，办公室的门猝不及防地被人推了开来。

她赶紧放下茶杯站了起来：“赵厅好。”

几乎是下意识地抬手敬了个礼，女人穿着春秋常服，内着浅蓝色制式衬衣，领带打得一丝不苟，另一只手挨着裤缝站得笔直，卷檐帽按照规定安安静静地放在桌子左侧。

见她如此正式，赵厅却笑了起来："在我这儿没这么多规矩，坐。"

"好。"

宋余杭这才又坐下来，依旧是正襟危坐，脊背挺得笔直。

"您近来可好？"

"还行，就是高血压，老毛病了，不过也听你师母的天天吃药控制，倒也不是什么大事。"

赵厅五十来岁，微胖，两鬓间有些白发，但身体还算硬朗，精神头也足。

那时候宋余杭还在公安大学念书，他作为滨海省公安厅刑侦总队的高级警督时常会去讲课，也算是她的半个老师。她毕业后想回江城市公安局工作，也是他从中周旋多方调剂的。

这些她都感念在心，此次趁着到省厅开会的工夫，得了空便来拜访一下昔日恩师。

岂料两个人都琐事缠身，仅有的见面时间还是在办公室里。

不过这样也就够了，赵俊峰是为数不多的待她极好的人。

"还是得保重身体，按时吃药，别老让我师母提醒您……这是给您的一些保健品。"

她本不是多话的人，再多的情绪也堵在心里说不出来了。

赵俊峰看见她脚边堆放着的一些花花绿绿的礼盒，有什么电视上经常播的那个"黄金搭档"还有一些奶制品、燕窝啥的。

他似是有些哭笑不得："嚯，你这孩子，来就来了，还买这些干吗？让你师母看见又该说你了，再说了，在警局里拎着这些进出，让人看见成什么样子？"

话虽如此，能看出来他倒是真心有几分高兴的。

宋余杭微微弯了一下嘴角，没再说什么。

赵俊峰一边处理着手头的公文，一边闲话家常。他还打算等今天下班和这个徒弟喝两杯呢，未料一个内线电话打进来，老厅长的眉头轻轻皱了起来。

"怎么了？"

"记者采访。"

赵俊峰干了一辈子刑侦工作，一步一个脚印走过来，不知多少次出生入死，刀口舔血，最怕的倒不是那些穷凶极恶的犯罪分子，而是惯会口诛笔伐的知识分子。

赵俊峰挂了电话，顿时有些无奈："你也知道，'4·18'那个案子又翻了，检察院三天两头派人过来监督，法院也在催我们补充新的证据，网上吵翻了天，还有说我们刑讯逼供的！总队的兄弟们已经不眠不休几天了，可嫌疑人哪儿有那么好抓啊。"

滨海省是人口大省，超过三分之一的人口是外来务工人员，鱼龙混杂，排查起来很是费工夫。

宋余杭斟酌了一下道："那个案子我大致了解了一下，我建议，侦查方向还是放在与死者有过密切接触的人身上，毕竟知道死者患有心脏疾病的人不多，尤其是与死者有过接触、案发当天晚上进过KTV的人，重点排查。"

"死者在KTV工作，人际关系复杂啊。"赵俊峰端起茶杯抿了一口，愁眉不展。

因为这事总队的兄弟们已经连续奋战好几个通宵了，他作为领导虽不用亲自下场挨家挨户地摸排走访，可肩上的担子也不轻，他已经连续好几天没睡过安稳觉了。

宋余杭陷入沉思。她思考问题的时候大拇指会不自觉地轻轻摩挲食指，尽管那张脸上还是没什么过多的情绪波动。

"同时调查靳伟鑫，查清了药物来源，也就离真相不远了。"

"尸检报告你看了？"赵俊峰也不避讳，文件就放在桌上。

"看了，凶手既然可以投毒而让死者毫无防备，说明他和死者关系很亲密。尸检报告上说，死者死后不久即被水果刀刺中胸口才会造成大出血，监控重点排查这一时间段，看谁出入过包间。"

赵俊峰端着茶杯，水汽氤氲上来沾湿了老花镜镜片。他轻轻摩挲着杯壁，神色显得有些讳莫如深。

"死者已经死了，凶手为什么还要回去再捅一刀呢？"

"为了扰乱警方的视线，或者……嫁祸于人。"

宋余杭轻轻抿了下唇："再或者只是单纯害怕死者没有死再补一刀罢了。"

科学的犯罪心理画像建立在犯罪分析、受害人信息以及符合逻辑的证据之上，而不是算命看相一般云里雾里神乎其神。

因此她没有现场侦查过，也没有亲眼看过尸体，给出的只能是建议。

"凶手和死者、靳伟鑫都有过亲密接触，甚至和二人的其中之一有过过节。"

“当天晚上可能出现在 KTV 里。”

“不排除女性作案的可能。”

信息太少，结论也就是这些。

她说完后，赵俊峰轻轻笑了一下，像是胸有成竹，又像是在意料之中。

此时已是黄昏，夕阳的光线通过百叶窗投射进来，在他的办公桌上落下一片光斑。

风吹起尸检报告一角，露出主检法医的名字：林厌。

宋余杭此时尚不明白他那个微笑是什么意思，后来才知道，原来她说的那番话早在几天前就有人跟他提过了。

是英雄所见略同，还是命中注定的宿敌？

彼时宋余杭已过了而立之年，自以为人生已走完三分之一，又因为职业和所学专业的关系，洞达世事通晓人心，却不知道命运是一张千丝万缕、杂乱无章的网。

她和林厌也只是这个时代浪潮里最微不足道的两颗渺小星辰。

“小姐，饭做好了。”管家轻轻敲响了书房的门。

林厌把折好的千纸鹤放进透明玻璃瓶里，盖上盖子密封起来锁进橱窗里。

“端上来吧。”

“来，小宋，好不容易来一趟，多吃点儿。”

晚上师母备下家宴，做了一桌子热菜，鱼虾蟹肉，应有尽有。

眼看着饭碗已经堆成了小山，宋余杭无可奈何，只好一边往嘴里塞着饭菜，一边伸手阻拦：“够了，师母，碗里还有呢，您也吃。”

“哎，好，你们先坐着，我锅里还炖着汤呢。”

说着，师母又跑进厨房里端汤去了。

赵俊峰开了一瓶五粮液，替自己斟满，给宋余杭只倒上了小半杯。

两只塑料酒杯碰在一起，宋余杭抿了一口酒，烧得满脸通红。

赵俊峰哈哈大笑：“还是这么不能喝酒。”

“喀喀……”她放下酒杯，师母刚好端着汤回来，替她盛了一小碗汤。

“让您见笑了。”

“哎呀，你又撺掇人家喝酒干吗？小宋不能喝就不喝，别听他的，来，喝汤。”

宋余杭赶紧站起来接碗：“谢谢师母。”

“谢啥啊，你这孩子，我们这儿十天半个月也没人来一趟，你来了好，来了师母心里高兴。”

赵俊峰从片儿警干起，一直到如今的滨海省公安厅专管刑侦工作的副厅长，一路走来可谓经历过腥风血雨，唯一的一个儿子在多年前因为歹徒报复被杀了，直到老年也膝下无子。

如果孩子能平安长大，现在应该也是成家立业的年纪了。

纵然案子破了，老两口心里也留下了伤痕，这么多年一直没有再要孩子。

是以无论宋余杭什么时候来，赵家总是冷冷清清的。

赵俊峰又替自己斟满酒：“不谈这个了，我听说你谈着了？对方年龄、家境、职业、性格如何？打不打老婆？”

搞刑侦的人第一反应就是问这些。

宋余杭哭笑不得地道：“什么都瞒不过您，也还没谈着，就是听我妈的去相亲罢了。”

赵俊峰了解她，若是八字没一撇才不会这么说，这次八成是看对眼了。

“接触了几次感觉还行，对方比我大几岁，不到四十，单身未婚，没有吸烟喝酒等不良嗜好，家在江城本地，是医学博士。”

师母在一旁听着也觉得这条件不错，又有些疑惑：“对方这么大年龄了还是头婚，不会有什么难言之隐吧？你还是要多留个心眼，好好观察观察。”

宋余杭会意：“嗯，您说的是，我们也就是见过几次面吃过几顿饭，当朋友处着，别的暂时没深想。”

“对，就是这个理，婚姻大事急不得，小宋条件这么好，不愁找不到好人家。”

赵俊峰急得瞪了师母几眼：“你懂什么？刑警本来就不好找对象，女的干这行更是凤毛麟角！不趁着年轻赶紧找个看对眼的人嫁了，年纪越大越难找，你挑人家，人家还挑你呢！”

他这话倒是和她妈妈说得一模一样。

宋余杭扶额道：“赵厅……”

师母又因为这事和他拌起嘴来：“那你还不感激我看上你，修了八辈子福气了！”

“你这老婆子，我看你是岁数越大嘴巴越不饶人了……”

赵俊峰虽埋怨着，眼底笑意未改，一屋人哈哈笑起来。

城市灯火次第亮起，车流穿梭在高架桥上，屋里饭菜飘香，对万千人来说，这只是一个平凡而普通的周末。

对宋余杭来说，直到很多年后，她仍记得师父脸上被酒气氤氲出来的红意、师母嬉笑怒骂的样子，和这满满一桌子她爱吃的饭菜。

那是她再也回不去的好时光。

第 4 章　碰瓷

三个月后，周一清晨。

作为地级市，江城还没开始限号，庞大的车流汇进了拥挤的马路上。

红绿灯闪烁着，成群结队的电动车、自行车不要命一般见缝插针。

喇叭声此起彼伏，夹杂着交警尖厉的哨子声，活像油锅里溅了开水，沸反盈天。

行人赶在绿灯开始闪烁那几秒一窝蜂地扎堆过马路，拥挤之间不知道是谁的肉包子被挤掉了，被人踩了又踩滚到路边，正在垃圾桶边觅食的流浪狗一口将其叼了去。

司机的喇叭都要被按烂了，前面过马路的行人还是络绎不绝，眼看着红灯又要变绿，后座传来越来越不耐烦的、哗啦哗啦的翻报纸声。

司机瞅了个空隙，一脚踩下油门。

林厌手里端了一杯现磨咖啡，还没来得及喝上几口，就听见一声巨响，车身猛地一颠，咖啡全贡献给了自己那套昂贵的全球限量版小西装。

大小姐额角青筋暴跳。

司机回过头来，结结巴巴地说："小姐，我开得好好的，突然从视线盲区里冲出来一辆三轮车……"

“找死吗？”

十字路口已经围了不少人，江城地方不大，开得起豪车的更是凤毛麟角，有人在窗外指指点点，议论纷纷。

管家回头递纸巾给她，然后推门下车去处理问题了。

宋余杭扶起倒地的老人，三轮车倾倒在地，一篮子瓜果蔬菜散落得满地都是，已不能吃了。

所幸她刚看见险情及时从三轮车上抱下老人，自己的小电驴被撞翻了，老人只是擦破了点儿皮。

“您没事吧？”

老奶奶坐在地上，只是受了些惊吓，看见满地散落的瓜果蔬菜又红了眼眶，张着嘴好半天哭不出声来。

“司机呢，撞人了知道不？还不赶紧下来给个说法。”

“就是啊，开奔驰了不起啊。”

“下来、下来，赶紧下来。”

“各位，我们是正常行驶，是这位老人突然冲出来，要不是我们及时踩住了刹车，恐怕……”管家面带微笑，不慌不忙地道。

“正常行驶怎么了？正常行驶你也撞到人了知道不？”

“看你开这么好的车，怎么一点儿同情心都没有呢？”

“就是呀，老婆婆多可怜呀，大清早骑车去卖菜，现在菜也卖不成了，你们赔点儿钱怎么了？”

“照你这么说，我是不是还得倒贴钱送这位老奶奶去检查个身体，垫付一下医药费，顺便赔偿她这一天的损失？”

一道有些低沉沙哑的声音猛地插了进来。

女人的声音不算顶好听，有种常年抽烟的沙哑质感。

宋余杭抬头，首先映入眼帘的是一双细跟高跟鞋、黑色阔腿裤，其次才是那张足以让人过目不忘的脸。

她皱了一下眉头，觉得好像在哪儿见过对方，却又猛地想不起来。

林厌的目光看过来，在那位老人身上不着痕迹地扫了个来回，法医伤情鉴定是基础中的基础技能，只消一眼她心里已大致有数，这老人还没旁边救人的那女人伤得重，皮外伤都算不上。

“哎，总算来了个明事理的，你是车主吧？”

还是刚刚说话的那大汉，美女、奔驰就够吸引眼球了。

“你是交警吗？”林厌将西装外套搭在手臂上，管家替她打着伞，那张脸上明显写着四个大字：生人勿近。

“不、不是……”被她这气势镇住了的男人愣愣地答道。

“那我凭什么听你的？”林厌扯起一个嘲讽的笑容，低头看了一下腕表。

“红绿灯六十秒一换，三分钟前是红灯，遵守交通规则的是我，闯红灯的是那位老太太。”

坐在宋余杭怀里的老人直起腰，衣服破旧，鞋上都是泥土，满头白发，哆嗦着嘴唇道：“对不住……姑娘……我、我赶着去卖菜……菜卖不完……这一个多月就白忙活了……”

眼看着那老人哽咽着似要哭出来，林厌又这番“恶人先告状”，围观群众坐不住了，纷纷对他们指指点点起来。

“就是啊，你一个开奔驰的干吗和一个卖菜的老太太过不去？”

“人家起早贪黑赚这点儿钱容易吗？”

“现在的年轻人啊，没一点儿同情心。”

林厌翻了个白眼，合着我的钱就是大风刮来的吗？

“行，要赔偿是吧？”林厌伸手一指，车子保险杠被撞得凹陷进去，车头也有擦痕。

“我这辆车也不贵，就二百来万吧，按市场维修价给您打个折，喷漆的钱就不算了，一万块封顶，是老太太赔给我还是你、你、你赔呀？”

她目光扫过闹腾得最凶的几个行人，嘴角挂着嘲讽的笑意，端的是一副高高在上、盛气凌人的样子。

“还有我的西装，高定不退不换不可干洗，因为这一刹车的工夫一杯咖啡全泼上去了，十万块就这么打了水漂，是不是也该赔给我？”

老太太吓得面如土色，就差从宋余杭怀里挣扎起来给林厌磕头了。

“对不住姑娘……对不住，实在是我老太婆的错，年纪大了，眼睛也看不清了……家里就我和小孙子两个人相依为命……姑娘，我不要你赔了，不要你赔，是我老婆子的错……”

有人见老太太哭得可怜，又纷纷把矛头指向了林厌，翻来覆去不过就是指责她“为富不仁”。

合着我有钱就该救济穷人？

林厌听得不耐烦："都闭嘴吧，我是撞你了还是撞你了？狗拿耗子，多管闲事。"

还是刚刚那个大汉见她出言不逊顿时心头火起，抄起拳头就冲了上来。

"老子今天就多管闲事了！"

林厌的司机微微上前一步护住了她。

还没等拳头落下来大汉就被人拦住了，是一个年轻女人，三十出头，个子高，看着虽力气不大，却轻而易举地化解了他的攻势，四两拨千斤一般轻轻往后一推，把那大汉推出了人群。

林厌轻轻挑了下眉头："又来一个多管闲事的？"

宋余杭摇头道："不是闲事，你超速了，双方互担一半责任，你也得赔，不过法理之外还有人情，你得多赔一点儿。"

林厌差点儿一口气没提上来被自己噎死："不……"

宋余杭指了指头上的牌子："市区，限速30迈。"

市区硕大的广告牌旁边孤零零地立着一个杆子，挂了块不起眼的警示牌，硕大的"30"两个数字用红色油漆圈了起来。

大小姐嘴角抽搐，在发飙的边缘徘徊。

宋余杭又加了一句："根据你刚刚通过路口的时间以及路程来计算中间时刻速度的话，通过这个路口的时候，你超速了。"

她语气四平八稳的，没什么波动，见林厌一脸不知所云又复述了一遍计算公式。

林厌听得头疼："得、得、得，停，打住，你让我赔我就赔吗？真是……"

宋余杭顿了一下，交警队的兄弟还没来，她下意识地去摸自己的兜想掏警官证，却扑了个空。

"我是……"她不确定地又在外套兜里摸了一遍。

"是什么？诈骗？讹钱？还是碰瓷？"林大小姐白眼都能翻上天了，示意管家把钱包给她，随意地抽出一沓票子，也没数有多少，往宋余杭和老太太怀里一扔，一副打发叫花子似的样子。

"这年头碰瓷的都这么敬业了，有这个劲头啥事儿干不成啊，这钱啊，算我赔给你们的，拿去买棺材吧，浪费老娘的时间，赶紧滚。"

在太阳底下站了这么久，林大小姐妆都要花了，口干舌燥的，又钻回了车里。

人群逐渐散去，宋余杭把钱收好，和几个路人一起把老太太扶到了路边，然后回马路中央扶起自己倒地的小电驴，再转过身来的时候，刚刚奔驰车里的那个管家站到了老人身边。

“有什么问题再打这个电话联系我们解决。”

他将手里的名片也递给了宋余杭一张。

薄薄的一张卡片上印着烫金的几个大字：景泰集团股份有限公司。

名片背面是法务部的一串电话。

“哎——”宋余杭想把这钱还给他们，“我真的不是……”

管家摇摇头已经走远了，奔驰车缓缓开走，没入了车流里。

“老人家，还有哪里痛吗？我扶您去医院看看？”

“不了、不了，谢谢你，姑娘，你是好心人哪。”老人抓着她的手热泪盈眶，止不住地道着谢。

刚刚被她拦下的那个大汉买了瓶水递给老太太，也顺手递给宋余杭一瓶：“哎，我说姑娘，你的力气挺大的啊，平时我打架还没怕过谁，你轻轻一推我就像脚下没站稳似的。照我说啊，你就不该拦我，像那种蛮不讲理的女人就该好好打一顿才解气！”

宋余杭微微一笑，婉拒了他递过来的矿泉水：“还好你没动手。”

跟在那女人身边的司机，个子不高、中等身材却肩膀宽阔肌肉紧实，手指背部有茧，是经常打拳的特征，鼻梁扁平，有伤痕，说明有过实战经验，最重要的是饺子耳，没有身经百战的人不会留下那样的痕迹。

一个司机而已，就已达到了自由搏击金腰带拳王的水准，那女人究竟是什么来头？

“小姐，就这么算了？”车开到一半，司机从后视镜里看着林厌。

林厌连眉头都没抬一下，继续翻着自己手里的报纸：“不然呢，你打得过那个女人吗？”

司机似乎被噎了一下，还有些不服气：“我……”

“去江城市公安局，这一早上的，我都乏了。”林厌说着捂着嘴小小地打了个哈欠。

司机不敢怠慢，赶紧打着方向盘加速驶向了市公安局。

此时已过了上午九点，正是市局众人进进出出开始忙碌的时候，林厌的车“嘎吱”一声正好停在大门口。

大小姐摔上车门，戴好墨镜，摇曳生姿，招摇过市。

有往来的警员窃窃私语：“哎，该不是哪位大小姐或贵妇又来找碴的吧？”

被问到的警员嘴里嚼了半截香肠，手里拎着好几袋豆浆、油条、包子，警服穿在身上鼓鼓囊囊的，个子不高，架了副黑框眼镜，皮肤还有点儿黑，那胳膊比林厌的大腿还粗。

一股猪肉白菜馅包子味儿飘过林厌身边。

大胖墩回过头来看她，牙里还卡着菜叶子：“不、不知道……不过挺漂亮的……嘿嘿嘿……”

林大小姐皱眉，干呕了两声，也不知道是被包子味道恶心到了，还是被他的长相恶心到了。

“得了、得了，赶紧走，一会儿宋队回来看到又该说我们了。”另一个同伴拉着他快步离去。

“都是些什么牛鬼蛇神……”这地方对林厌来说不算陌生，她抬头看了一眼市局大厅上高高悬起的国徽，壮士断腕一般埋头扎了进去。

“哎，听说了吗？今天咱们技侦会来新的法医，就是那个大名鼎鼎的林……林什么来着？”

“林厌。”一本《滨海省公务员考试历年真题精解》从说话人的鼻梁上滑落了下来，露出男生在这一屋子“牛鬼蛇神”里还算过得去的一张脸。

只是从那掉落的书本里飘出了一张不算太正经的日系卡通画。

男生赶紧一把捡起画亲了几口，小心翼翼地塞回怀里。

另一双刚吃完香肠、油腻得堪比猪蹄的手在键盘上输入“林厌”两个字，出来了一大堆搜索界面。

“哎、哎、哎，快来看。”

几个脑袋凑到了一起。

“林厌，三十二岁，本科毕业于法医‘老六所’之一的复旦大学医学院，硕博就读于波士顿大学法医学系，至今为止已解剖过三千余具尸体，创下了在年轻学者中的纪录……”

照片上的女人穿着白大褂，波浪小卷扎了起来，颊边留了少许碎发修饰脸型，眉峰上挑，肤色白唇色深，看上去像是杂志上妆容精致、五官立体的模特而不太像是医生或者是法医。

“这是去年的报道吧，不才今年解剖数刚过四千。”

众人循声看了一眼，女人跷着二郎腿坐在沙发椅里抚摸着自己精致的美甲。

几个人又麻木地把脸转了回来，胖子继续念道：“不过最让人疑惑不解的是，林小姐明明有令人艳羡的家世，作为景泰集团（林氏）的大小姐，是唯一的继承人，身家早已过亿，就算不工作也能衣食无忧地过一辈子。据说林小姐已经放弃继承权，和父亲林又元决裂，林氏集团倒还未发布官方声明，不知这是否真的，还是林小姐一贯的炒作手段？”

“是真的，我巴不得那个老东西早点儿死呢。”林厌觉得这公安局的椅子硌得慌，扭来扭去的，怎么坐都不舒服，只好又坐直了些。

众人齐刷刷地回头。

胖子把自己的眼镜在衣服上擦了又擦：“经常替嫌犯翻案被滨海省公安厅列为‘头号公敌’的林厌？”

对方撑着下巴点了下头，一眼看过去还有那么些风情万种。

刚刚看书的男生咽了咽口水，抚摸着自己兜里的那张纸：“据说私生活混乱，同时交往三个男朋友的林厌？”

“嗯？”大小姐伸出纤细的手指晃了晃，“是四个。”

技侦唯一的女警留着齐刘海，戴着比啤酒瓶底还厚的眼镜，手动把自己因为惊诧而合不拢的下巴推了上去。

“家财万贯、挥金如土的……林厌？”

这个问题林小姐都懒得回答，小小地打了个哈欠。

女警顿时变星星眼，此刻在她眼里林厌就是行走的人民币和印钞机。

“行吧，问也问完了，谁带我去一下更衣室？洗手间在哪儿？”

三个人同时扑了上去：“我、我，我来！”

“你来什么来？你进得去女更衣室吗？！”

“姐、姐，那我给您拎包，这张桌子没人坐，我给您擦干净。”

胖子一脸扭捏：“林、林法医，你饿不饿……这是我早上没吃完的包子……”

林厌回头，脸上溢出笑意，端的是花容月貌、顾盼生辉。

没等胖子沉浸在这样的温柔里，她轻启薄唇，冷冷地吐出了一个“滚”字。

寂静中胖子的玻璃心碎了一地，男生同情地拍了拍他的肩膀，忙着给林厌收拾东西去了。

“哎哟宋队，这是怎么了？”宋余杭换好衣服出来，还没到开空调的天气，屋里还是有些闷，因此只穿了浅蓝色的短袖制服，露出胳膊上好大一片擦伤，从胳膊肘到整条小臂，血迹已经干了，还有灰尘沙砾什么的都嵌在里面没挑出来，有些触目惊心。

这是她刚刚救那个老人在地上擦出来的伤痕。

宋余杭随手抽了一张纸巾草草擦着伤处，眉头也没皱一下："没事，一点儿小伤。"

有关心她的同事凑过来递湿巾给她："这年头还有人敢袭警啊？"

袭警？

宋余杭想起那个女人嚣张跋扈的气焰，不着痕迹地弯了下唇："袭警倒是不敢，就是遇见个神经病女人撞了人还——"

"嗐，别提了，你们江城可真够堵的，大清早出发路上遇见两个神经病不要命一样往我的车上撞——"

门口传来一个有些耳熟的声音。

众人纷纷回头，看了一眼宋余杭又转向了门口。

搞刑侦的人都分外敏感，江城也就这么大一点儿地方，众人的眼神顿时都变得有些兴味盎然。

只见宋队口中的神经病女人踩着七厘米的高跟鞋走了进来，不太合身的警服松松垮垮地穿在身上，顶上扣子没系好，露出雪白的肌肤与瘦削的锁骨，耳朵上缀着一颗叫不上名字的小巧耳钉。

刑侦的支队长跟在后面："各位同志，给大家介绍一下，这位是新来的林厌，林法医，想必她的名字大家都已经如雷贯耳了。"

有人差点儿没坐稳从椅子上摔下去。

宋余杭的脸上刹那间闪过一丝不自然的表情。她摸了摸自己的鼻子，有小警察捅了捅她的胳膊："哎，宋队，你说的疯女人不会就是她吧？"

林厌嘴角含着笑，微挑起眉头看过来："好巧啊，碰瓷的。"

背后说人坏话被戳穿，宋余杭倒也没什么过多的表情，尴尬来得快去得更快，甚至主动上前伸手。

"不是碰瓷，是你超速。你好，林法医，刑侦支队副队长，宋余杭。"

她主动报上姓名与职务是交好的意思。

林厌却没打算与她握手言和，点了一下头算过去了。

场面又恢复死寂，宋余杭把那只受伤的胳膊收回来，仿佛已经见惯了这种场面，径自走到一旁去干别的事。

市局刑侦支队正职是个四十出头的男人，微胖，发际线已经开始上移，看上去倒像是油腔滑调的商人而不是警察。

此刻男人干咳了一声，缓解气氛道："那，大家都做一下自我介绍吧。"

胖子最先走上来握手："那个……林法医，我叫郑成睿，计、计算机专业毕业，现是江城市公安局刑侦支队技侦科网安大队的一名技术员。"

本来技侦和网安应该是两个不同科室的，但他们网安人少，招不到什么好的人才，便索性和技侦并入一个科室了，还能省一间办公室。

林厌连眉头都懒得给他挑一下。

胖子识趣，垂头丧气地走开了。

刚刚那个男生精神抖擞地走上来，一抬手敬了个礼："江城市公安局刑侦支队刑事科学技术侦查科实习法医段城！"

他洋洋洒洒地说了这么一长段，林厌磨起了自己的指甲。

最后是那个女警扭扭捏捏地走上来，也敬了个礼："技侦科痕检员方辛，跟您报到。"

从职务上来说，林厌是主检法医师，方辛这么说是没错啦，但大小姐向来是对人爱搭不理的性子，懒懒地抬了下眉头算是回应。

其他人也陆陆续续介绍了自己，一屋子人，林厌也没记住几个。

倒是那个女人，名为副队，却坐在角落里不起眼的位置，安静得人如其名，像窗外缓慢流淌过的蓝天白云。

如果不是林厌见识过她的身手的话。

"等一下，技侦就我一个法医？"林厌目光一转，看了看围坐在自己身边的这几个歪瓜裂枣。

张金海轻咳了一声："还有一位主任法医师，前不久病故，组织上一时半会儿也……"

"……"

算了算了，她就不该问。她就没见过哪个市级公安局能寒酸成这样的，活脱脱像十八线乡镇临时捣鼓起来的草台班子。

第5章 交锋

宋余杭轻轻敲了两下门，听见里面传来中气十足的一声“进来”，这才推门而入，把手里的结案报告放在了办公桌上。

冯建国在埋头处理公文，手边放着一个大搪瓷杯子，上书“为人民服务”几个大字，据说是他刚参加工作荣获三等功时的奖励，一直用到了现在。

见她没说话也没动静，他有些诧异地抬头望了她一眼：“怎么了？”

宋余杭动了动嘴唇。

他好似明白过来什么，把笔插入笔帽里：“听说你早上和那个新来的林法医在路上起了点儿冲突？”

宋余杭见他的目光落在自己的胳膊上，侧目看了一眼：“没事，蹭破点儿皮而已。”

“前些年跨省缉凶，和歹徒激烈搏斗了半小时也没见你伤成这样。”冯局为人温和，戴着眼镜，甚至调侃了她一句。

宋余杭低着头没说什么，冯建国却已明白她心中所想：“你是想问，为什么会让林厌这样的人进咱们市局吧？”

这一早上开了个会，来了个伤情鉴定，林厌打发段城去做了。她只对死人感兴趣，对活人可没什么兴趣。

别人都忙到飞起的时候，这位大小姐窝在办公室里喝着方辛给她泡的咖啡，电脑上放着一首舒缓的音乐。她仰面躺在椅子上，脚跷起来放在桌子上，脸上还敷着面膜。

按她的说法就是，午间保养时间到了。

“回来也不通知一声，好去接你。”

听筒里传来慢悠悠的、含着笑意的声音。

林厌一边小心翼翼地按着鼻间的面膜不让它翘起来，一边瓮声瓮气地说话：“得了吧，你工作那么忙，哪儿有空来接我？”

电话那头的男人穿着白大褂，站在诊室门外轻轻笑了一下：“接你的时间还是有的。”

林厌浑身一个激灵：“咦，恶不恶心，说人话。”

男人没忍住笑出了声，惹来过往护士侧目。他轻咳了一声恢复正色：“好，什么时候来我家吃饭？”

“又是林又元那个老东西让你打电话给我的吧？”

“别那么说林叔，毕竟……”

林厌听见那个名字就烦，把手机从耳朵边拿下来：“得了，你要是说这事，咱们没什么好谈的。”

“别，别挂呀，你不给林叔面子，也给我妈一个面子吧，毕竟她可是一直挂念你的。”

她刚被林又元接回家的时候老被林诚欺负，林诚甚至扬言有她在就离家出走。林又元没办法，又把这个刚接回家的女儿送到了林舸家寄养着。

这一养就是两年，到了她必须上学的年纪，林家管家才又把她接回去。

从辈分上来说，林舸算是她的堂兄，只不过二人小时候厮混惯了，这哥哥妹妹怎么也叫不出口，两个人便一口一个“林舸”“林厌”地喊着了。

她高考后便和林家彻底决裂了，也只和林舸保持着联系，这么多年来和那个名义上的父亲关系一直是不咸不淡的，他的存在感可能也只体现在每个月账户上莫名其妙地多出来的钱上了。

她沉默一会儿，不着痕迹地吐了口气：“不了，你家我就不去了，改天单独请你吃饭吧。”

“行啊，不过得预约啊，我不确定有没有空。”

“有情况啊？”林厌笑骂了一句。

“也没，就是听我妈的，相亲来着，隔三岔五总得见一面联络一下感情吧。”

“哟，看来这次是认真的了。”大小姐轻轻吹了一声口哨。

林舸比她还大七岁，这么多年一直在国外念书，好不容易回国之后又放弃了林又元给他安排的工作，自己成立了一家专业的口腔医院，现任院长兼口腔科主任。

现在他正是事业蒸蒸日上的时候，也是他家里那位老母亲抱孙子的心特别迫切的时候。

那边的人长叹了一口气：“认真倒也谈不上，就是当个朋友处着吧，我估计对方也是差不多的想法。”

“你呢？也老大不小的了，该考虑一下自己的终身大事了吧。”

“滚你的老大不小，老娘三十一枝花！”

林法医气愤地喊完这句话之后，空气凝滞了两秒，音乐声戛然而止。

一道视线落在了她身上。

她抬起头，门口站着那位宋警官，逆光下她看不清对方的表情，不过看样子站在那儿应该有一阵子了。

这人走路都没声音吗？

林大小姐翻了个白眼：“得了，有人来了，不跟你说了啊。”

“那个，请问，有纱布、酒精之类的东西吗？”

林厌上下翻动着手机通讯录，物色着晚上的约会对象，眼皮都没抬一下。

“不知道，方辛。”

方辛从堆积如山的公文书本里抬起头来推了推眼镜：“啊？怎么了林姐？”

宋余杭又重复了一遍：“酒精、纱布。”

怕她们不解似的，宋余杭又加了一句：“我处理一下伤口。”

方辛赶紧站了起来：“有、有，在解剖室里面的柜子里，我去给您拿。”

一墙之隔的地方就是法医解剖室，方辛拿出东西来递给她：“我帮您吧，宋队。”

“没事。”

宋余杭说着，随便找了张椅子坐下来，把袖口卷到肩膀以上，一手拿棉签蘸了酒精，有些别扭地去挑嵌在皮肤里的小沙砾。

方辛见不得这些血肉模糊的东西，小脸煞白，反倒那人不知疼似的，硬是一声不吭。

林厌一边给晚上的约会对象打字一边不咸不淡地说："有些人啊不蹦出来逞英雄，啥事都没有。"

这话有些过分了，方辛一脸紧张地看着她俩，生怕下一刻两个人就打起来。

谁知宋队还是没有什么多余的动作，自己处理好了伤口，将用过的棉签和纱布扔进了垃圾桶里，把酒精瓶盖扭好递给她。

"谢谢。"

方辛去隔壁放个东西的工夫，回来两个人已经大眼瞪小眼地对上了。

林厌脸上还贴着面膜，猛地一抬头差点儿被宋余杭吓出鬼叫。

宋余杭仍是那副波澜不惊的样子，好像看什么都是淡淡的，不上心，如果生在古代可能就是来无影去无踪、白衣负剑淡泊名利的武林高手。

可是这人放在这里，就有点儿吓人了吧。

林厌就这么被一张面无表情的脸盯着。

"我脸上有东西？"

宋余杭俯身。

她本就比林厌高出一个头，两个人的距离拉近，一股淡淡的洗衣粉香味扑面而来。

林厌一脚踹在桌子上，坐着椅子生生往后退了几步："宋队，在办公室含情脉脉地看着我不太好吧？"

宋余杭直起身子，胳膊已经包扎好了，一只手插进裤兜里看着她："根据《公安机关人民警察着装管理规定》第七条第三细则规定，警服不得披衣、敞怀、挽袖、卷裤腿。"

林厌看了看搭在一旁的椅子上的制服外套，再低头看了看自己领口敞开的两颗扣子以及卷起的裤腿，脑袋里缓缓地打出了一个问号。

方辛赶紧拍了拍自己的警服，捋了两下头发以示妆容整洁。

"除工作需要和特殊情形外，应当穿制式皮鞋、胶鞋或者黑色皮鞋，女性警务工作者鞋跟高度不得超过四厘米。"

林厌七厘米还镶了钻的恨天高简直能闪瞎方辛的狗眼。

林大小姐满脸匪夷所思的表情，仿佛在看外星生物。

宋余杭退后一步，继续道："还有，不得染指甲，不得染彩发、戴首饰。"

"宋余杭，你是人吗？不是，你是女人吗？"

宋队好像确实一年四季都穿制服，也没见她染过头发，一头及肩长发向来是扎起来的，露出五官鲜明的一张脸。

首饰就更别提了，估计她还嫌累赘得慌。

“从生理和心理特征来看，我是，你作为法医，问这个问题未免太不专业了。”

林厌一口老血哽在喉咙里差点儿没把自己噎死。

她还是头一次遇到能把她堵得说不出话来的人。

她真想打开对方的头盖骨看看里面是不是只有规章制度。

对方看上去明明比她大不了几岁，怎么说话做事这么迂腐古板呢？

“首先，我穿什么、怎么穿是我的自由，即使是警察也无权干涉吧？”

“是，但你在警队，就要遵守我们的规定。”

林厌冷笑了一声，站起身看着她，面膜从脸上掉落。林厌故意将面膜团成团扔过去砸在了宋余杭的肩膀上，那双眸子里满是玩世不恭与恶意的嘲弄。

“我就不遵守，你能怎么着？你来打我还是去告我？我告诉你，市政府还欠着我林家工程款呢，我们林家养活了滨海省多少公职人员你知道吗？你动我一根手指试试看？”

面膜掉落在宋余杭的脚边。

空气陷入死寂。

方辛惊得大气都不敢喘一下，一时之间只有彼此的呼吸声与墙上时钟的嘀嗒声。

宋余杭轻轻上前一步。

林厌没退，死死地盯着她。

宋余杭再打算往前一步的时候，被人死死地拉住了。

涉世未深的小姑娘一脸英勇就义、慷慨赴死、破釜沉舟的表情：“宋队，不要，快住手！”

林厌不着痕迹地咽了一下口水。

对面的人却轻轻弯了下唇，快到林厌恍惚以为是错觉。

“别紧张，我不会打你。我只是觉得，你既然无心就该把职位让给其他更有需要的人。”

一句话说得林大小姐又奓毛了：“谁紧张了？！谁紧张了？！你哪只眼睛看见我紧张了？！”

她吼完之后一室安静得落针可闻，就连方辛都忍不住笑出了声，又赶紧一把捂住了嘴巴。

“你刚才咽了一下口水，右手握成了拳，脚尖向外，浑身紧绷，咬肌轻轻翕动着，是防备的姿势，我若动手你便会反击，但你不确定是否能打赢我，所以没有先动手。”

“我……”林厌气到翻白眼、七窍生烟、语无伦次就差口吐白沫了，径直抄起一本《法医学》就扑了上去。

方辛死死抱住她：“别……林姐，不要！你打不过她的，宋队年年公安系统大练兵都是第一名！”

桌上物品散落一地，宋余杭退后一步，毫发无损。

她从裤兜里掏出 A4 纸包好的一沓人民币放到了桌上：“这个还给你，以后在市区开车不要超速了。”

“我……”林厌又随手抄起一本书扔了过去。

宋余杭微微偏头，书擦着她的脸过去，不再多说，转身就走。

林厌还想追人，被方辛死死地拖住了。

她自生下来还没受过这么大的气。她小时候顽劣，六岁就把林诚打得满地找牙，后来虽也受到了她那位后妈的惩罚，但作为林家人，天生自带高人一等的光环，又有谁敢说她个不是呢？

大家对她不是敬而远之就是热情巴结。

她生平第一次从一个女人身上感受到了挫败感，上一次有这种感觉，已经是将近二十年前了。

等宋余杭走后，方辛小心翼翼地给林厌端了一杯咖啡过来：“林姐，你别生宋队的气，她虽然有时候古板了些，但人真的挺好的……她这样也是有原因的，我虽然才来技侦不久，但听说故去的那位主任法医师，是她多年的老搭档了，两人还是老同学，人……是倒在工作岗位上的。她虽然嘴上不说什么，照常工作，但其实心里应该比谁都难过。”

“我……”林厌还想说什么，目光落到了面前的办公桌上，不大不小的桌面上满是故人的痕迹，随处摆放着法医学书籍。电脑显示屏上贴着几张便利贴以及一张泛黄的老照片，像素不怎么清晰，照片上的两个年轻人站在一起，其中一个刚刚跟她吵过一架。

那时候宋余杭还年轻，穿着崭新的制服，眉目舒朗，嘴角挂着淡淡的笑意，肩上缀着两颗四角星花，正是年少好时光。

林厌抿了一下唇：“算了，老娘大人有大量，不跟她计较。”

走到门外的宋余杭轻轻地吐出一口浊气，想起冯局刚刚说的话。

“林厌这样的人，刚愎自用，目无法纪，若不是有几分真本事也进不来咱们市局，就当一个编外人员看待吧。她估计也不吃咱们这套，我知道你眼里一贯揉不得沙子，但也别太往心里去。”

不知为何，宋余杭总觉得冯局在提起林厌的时候，有一丝若有若无的纵容和无可奈何。

也许是自己多心了吧，宋余杭摇了摇头，转身大步离去。

第 6 章　交手

结束一天体制内无聊的坐班时间，也没什么大案子，林厌走出办公室就点了一根烟，踩着高跟鞋边走边抽，制服外套还搭在手上。

一根烟还没抽完，市局门口就停了一辆惹眼的劳斯莱斯。

林大法医扔了烟走上去，车门打开，走出一个油头粉面、西装革履的青年。

两个人搂搂抱抱、卿卿我我的时候，宋余杭正在捣鼓她那辆摔坏的小电驴，她穿着一件简单的军绿色 T 恤，脖子上挂着纯白毛巾，满手机油。

小电驴终于修好的时候，她听见周围传来小小的惊呼，抬头时市局门口的那两个人早已忘乎所以地拥吻在了一起。

她离得不远，从这个角度看过去，林厌不盈一握的腰身被人一只手就圈住了。林厌身量高，配合那人微微低着头，脸上是有些投入的表情。

有闪光灯闪了一下，大概明天这画面又会成为娱乐版的头条吧。

宋余杭微微摇头，把脏掉的手套摘下来扔进后备厢里，发动车子，缓缓开出了市局大门。

她身后的两人一车逐渐化成一个小点消失不见。

不一会儿，她等红绿灯的间隙，那辆车又跟了上来，刚好停在她身边，车窗缓缓地降下了来。

宋余杭的目光波澜不惊地扫了过去。

从车窗里伸出一只纤细的手，然后冲宋余杭竖了根中指。

这家伙还对早上的事念念不忘耿耿于怀。

宋警官选择性忽视掉对方，红灯时间一到，立马转弯走了，后视镜里那辆劳斯莱斯直行，与她渐行渐远。

难得的休息日对林厌来说就是呼朋引伴，花天酒地，醉生梦死，不知归处。

对宋余杭来说就是健身和自由搏击，她更愿意把时间花在这种地方。

她从健身房出来的时候，顺手从路边小贩那里买了二斤苹果，回到家的时候，屋里的灯已经亮了。

她自有记忆起就住在这里，这么多年来公安局又兴建了数所家属院小区，她和妈妈一直没有搬过。

老小区的墙壁已经开始斑驳，有顽劣的孩子拿圆珠笔在上面画下深深浅浅的痕迹，再高一点儿的地方爬满了爬山虎，在盛夏里郁郁葱葱。

小区楼层不高，就六楼，因此也没有电梯。

宋余杭把小电驴停在单元门口锁好，把买的水果拎出来，顺着狭长的楼道往上走。

走一层感应灯灭掉一盏，这是她前几天刚换的。

一直到六楼603门前，她掏出钥匙开了门。

“妈，我回来了。”

从厨房里转出来一个系着围裙的妇人，五十来岁，鬓间已有了白发，见她回来，面上自然而然地泛上笑意。

“回来啦，去洗澡吧，瞧这满头汗，饭马上就好。”

只有在妈妈面前她那向来吝啬笑容的嘴角才会有淡淡的弧度。

“我买了苹果，你喜欢的，饭后洗来吃吧。”

宋余杭拿着洗漱用品走进洗手间，听见门外传来几声埋怨：“你这孩子，昨天买的西瓜还没吃完呢……”

她提高了声音答：“夏天水果不经放，没吃完就扔了吧。”

“那怎么行？不要钱啊，一会儿少吃点儿饭，给我全吃了。”

宋余杭打开花洒，嘴角微微翘了起来，任由热水冲走一天的疲乏。

房间不大，两室一厅，餐桌占据了客厅的大部分位置。

老彩电放在餐桌对面，上面摆着不大一张供桌，用架子支了起来，两张遗像一前一后放着，一个稍年轻，一个年长些。

宋余杭洗完澡出来上了一炷香，这才落座。

家常菜菜式清淡，分量不多，仅有的几片肉全放进了宋余杭的碗里。

宋余杭往嘴里扒拉着米饭："妈，有话就说。"

宋妈妈顿了顿筷子，还有些不好意思："那个……我擅自做主，明天下班帮你约了上次见过的那个林先生吃饭……"

"咯咯——"一粒米饭呛进喉咙里，宋余杭赶紧喝了几口茶水咽下去。

"妈——"

"妈知道，你不愿意，可是这些年你也没什么喜欢的人，工作又忙，别人一听你是刑警都不愿意介绍了，难得有一个不嫌弃的，你就听妈的话，相处试试，毕竟感情啊，都是处出来的，不是吗？"

宋余杭知道，感情的产生无论是一见钟情还是日久生情，都离不开多巴胺和肾上腺素的分泌，她有一万种科学道理来反驳妈妈的话。

可是她开不了这个口，尤其是在爸爸和兄长的遗像前。

"我知道了妈，一会儿吃完饭我和他再联系。"

一听这话，宋妈妈立马来了精神，又往她碗里夹了几块红烧肉。

"好，那快吃，明天啊你就好好打扮打扮，和人家多玩会儿，不用急着赶回来，我吃过饭去和你王阿姨跳舞。"

说起来这位林先生也是王阿姨介绍的，说是去他的口腔门诊补过牙来着，长得一表人才，人也很幽默风趣。

最重要的是，这人海归、单身、未婚。

宋余杭见过对方一两面，对其倒是没有什么太大的印象，只是觉得他没有普通男人的那些臭毛病，起码不会当着女士的面抽烟，还算是风度翩翩、体贴细致的一个人。

说起来都姓林，怎么人和人的差距就这么大呢？

宋余杭想到那个飞扬跋扈的林法医，不自觉地皱了一下眉头，把碗里的饭吃完："妈，我去洗碗了。"

次日直到日上三竿，林厌才在被窝里悠悠转醒，把男人的手从自己身上扒拉下去，坐起来从床头柜上摸到烟，点燃吸了一口缓解宿醉带来的头痛。

“再陪我一会儿……”男人嘟囔着，去搂她的肩膀。

林厌指间夹着烟，做了一个制止的手势，靠在床头柜上滑开手机屏幕，看到铺天盖地的未接电话。

段城：“姐？！您今天还来上班吗？”

郑成睿：“林法医，我给您买了早餐，放您的办公桌上了。”

配图是豆浆、油条和包子。

林厌一阵牙疼。

最后是方辛：“林姐，宋队找您半天了……”

林厌感觉牙疼得更厉害了。

男人不知死活地搂了上来：“上什么班呀，我养你。”

她指尖一转，差点儿把烟头摁在他脸上，男人鬼叫一声跳开：“大清早的你发什么疯？！”

林厌掀被子下床，昨夜欢好的痕迹还在，今天已经翻脸不认人。

“小弟弟技术不错，想养姐姐啊，还早着呢，就此别过，江湖不见。”

她从容地站在镜子面前整理衣物，该丰满的地方丰满，该苗条的地方苗条，浑身上下绝无一丝赘肉，肤色白皙，小巧的裸足踩在地上勾人遐想。

她此刻素颜，长长的棕色鬈发垂下来，侧脸轮廓分明，被清晨的日光透过纱幔一照，竟然有一丝少女清新脱俗的风情。

但那身材，绝对不是一个少女应该有的。

男人看得痴了，咽了咽口水，从地上爬了起来。

林厌正在画眉，余光从镜子里瞟到对方的动作，嘴角微微勾起一丝冷笑。

她若无其事地假装没看见他悄悄靠近的动作，在他扑上来的瞬间拿着眉笔转身一躲，发丝拂过他的脸庞，带来一阵清甜的香水味。

他还未来得及享受太久，就被人一脚正中要害，嗷地叫出了声，捂着裆部，双腿打战。

林厌又适时地补了一脚，踹在他的小腹上。她下手不轻，瞅准的又是要害部位。

男人当场跪在地上满头大汗，嗓子里似堵了一块抹布，叫都叫不出声来了。

“要不是看在你长得不错的分上，老娘会和你玩？”她说着，冷冰冰的刮眉刀在他脸上划来划去，力道控制得极好，不会伤到他，又能带来极大的心理震慑效果。

男人就差跪下来哭爹喊娘了："姐、姐，我错了……您稳着点儿，别划……可千万别划……我还靠这张脸吃饭呢！"

"你也不撒泡尿照照自己是什么德行？除了爹妈留下来的阴德外，你就是一个废物，养我？你配吗？给我提鞋都不配。"

两个人闹也闹了，玩也玩了，这人如此孬种反倒让她觉得索然无味。

刮眉刀在他的脸上拍了两下转回自己的手心里，那是一种常年把玩手术刀才有的熟稔动作。

为防止他再闹事，林厌还是拿领带把人捆在椅子上，绑了个结结实实。

临出门前她从钱包里抽出一沓人民币砸在了他的脸上："从此以后别再出现在我面前，否则我见你一次打一次。"

要说这人也是个正儿八经的富二代，在女人之间玩得很开，岂料在林厌这里吃了瘪，在那沓人民币砸上来的瞬间红了眼眶，一气之下拼命把堵在嘴里的臭袜子吐了出来。

"林厌，你给我走着瞧！！！"

回答他的是冷冰冰的摔门声。

收拾完了不知好歹的小青年，林厌心情颇好地端着一杯咖啡走进了市局，制服往衣架上一挂，惬意地歪进了椅子里。

段城凑过来把一份报告放在了她面前："姐，签个字。"

"昨天的伤情鉴定？"

她草草地翻了两页，见没什么大问题，从桌上的笔筒里抽出圆珠笔，唰唰两下写上自己的名字。

段城拿着这份签好字的文件却有些犹豫了，觍着脸笑道："这个……还是您拿去给宋队吧。"

方辛凑过来极小声地说了一句："早上她过来要文件，您不在，段城没给……"

"嗐，我以为什么事呢，不就一份文件？我去，找她过目然后送档案室封存对吧？"

林厌把那薄薄一张纸抽过来塞进文件夹里起身，方辛问了一句："您知道在哪儿吗？要不我陪您去？"

"不用了，我不知道不会看还不会问吗？"林厌挥了挥手，踩着七厘米的高跟鞋出了门。

一路上有警员路过她身边，好奇地多看了两眼，林厌目不斜视，看似是在走路，实则是在观察走廊上的闭路电视。

一、二、三……

三个摄像头后上楼是局长办公室、副局长办公室、指挥中心、政治部……

再上一层，这一层摄像头明显变多了，她低头看着瓷砖的纹路，数到第四个的时候，档案室到了。

林厌敲了两下门，登记过身份之后说明了来意，工作人员正欲给她把文件拿进去，她却又往回一收，笑嘻嘻地趴在了台子上。

“哎，小哥，我昨天刚来，想进去看看见见世面。你知道的，法医总是对奇奇怪怪的案子比较感兴趣，行个方便好不好？”

她本就生着极妩媚的一张脸，眼尾狭长，一笑桃花眼里都是水波，嗓音轻轻柔柔带着点儿娇嗔，制服扣子都关不住的春光呼之欲出。

年轻气盛的警员“噌”地一下红了脸，结结巴巴地说：“啊，那……那好……不过你得把手机留在这儿，里面查阅可以，禁止拍照的。”

“好，没问题。”林厌痛快地从兜里摸出了手机，放在桌子上推过去，顺便抛了两下媚眼，又惹得人面红耳赤。

大早上的档案室没什么人，入口处摆了几台存放数据、可以索引的电脑。

档案室像图书馆一样各类档案都会按刑事、民事、年限，事发地等分类摆放整齐，越往里走年限越久，这点她还是知道的。

高跟鞋踩在地上悄无声息，有人来取资料路过她身边，她也只是双手插进兜里，腋下夹着一份文件走得气定神闲。

虽然她干的是见不得人的勾当，面上倒是不露一丝端倪，神色坦坦荡荡的。

指尖从摆放整齐的箱子上一一掠过，2008 年、2007 年、2006 年……一直到 1994 年。

时隔这么久，她的心脏还是不受控制地乱跳起来。

她知道现在不是好时机，自己已经摸清这里的闭路电视的位置，入夜后带上设备悄悄潜入才是最好的办法。

然而一看见那个年份，她几乎是鬼使神差般下意识地伸出手，就在指尖摸到箱子的时候，背后突然汗毛竖立。

长久以来的警觉使她没回身下意识地就是一个肘击，这是危险时候她的本能反应。

宋余杭也是本能地防备，电光石火之间两个人已经悄无声息地过了几招。宋余杭仗着身高优势率先把人摁在了档案架上。

这里离出口远，窗帘也没拉开，光线昏暗，待到两个人四目相对的时候，向来稳重的警官微微皱起了眉头。

“你来这儿干什么？”

两个人还保持着互相搏击的姿势，宋余杭的胳膊肘卡着林厌的脖子，林厌的手则扯住了宋余杭的领带。

对方饱满的胸脯就贴在她的手臂上，意识到不妥之后，宋余杭便想撒手。

未料那个人还紧紧扯着她的领带不放，顺便攀住了她的胳膊，大有死缠烂打誓不罢休的架势。

“刚才去办公室找你你不在呀，我就跑这儿来了。啧、啧、啧，你追上来拉拉扯扯地干吗？”

林厌略略提高了音量，有着刚够外人听见又听不真切的隐秘感。

宋余杭已经预感到有人过来了，深深吸了一口气，语气渐冷：“我说，放手。”

她压低了声音，一字一顿，紧抿的唇有几分不怒自威的气势。

林厌当然能感觉到她在发火的边缘徘徊，但向来没皮没脸又没下限惯了，日常乐趣之一就是看人发火，尤其是宋余杭这种看不惯自己又干不掉自己的样子。

能让这张面无表情、波澜不惊的脸上出现一丝裂隙，林厌做梦都能笑醒。

“我……”林厌顺着宋余杭的手臂贴近她，微微踮起脚，便好似顺势搂住了她的脖子一般，轻轻地在她的耳边吐气。

“宋警官，干吗发这么大脾气？”一股清甜的女士香水味涌入鼻腔，女人的语气带着恰到好处的娇嗔。

宋余杭轻轻闭了下眸子，林厌看见她不太明显的咬肌在轻轻翕动。

林厌嘴角勾起妩媚的笑容，贴了上去：“就不放，你能怎么着？”

脚步声越来越近了，未等林厌高兴太久，笑容就凝固在了脸上，伴随着一声巨响，后脑勺重重地撞在了铁架子上，疼得她眼冒金星，不知云里雾里。

刚刚的警员赶紧跑了过来，手都放在枪套上了：“怎么了？！”

宋余杭从林厌怀里抽走文件，从自己的制服外套里抽了一支钢笔出来签字，语气淡淡地道：“没事，林法医不小心摔了一跤，你去忙吧。”

“喔——”小警员后知后觉地收回手，还担心地多看了林厌两眼：“这里地滑，林法医小心一点儿。”

“我——”林厌捂着后脑勺，疼得眼圈都红了。她已经有很多年没吃过皮肉之苦了，猛地来这么一下，还真有些反应不过来。

宋余杭适时地插话堵住了她的嘴，把文件递向小警员：“文件给你，拿去放好吧。”

小警员接过宋余杭递来的档案，总觉得这两个人怪怪的。

看样子林法医撞得不轻，宋队怎么也不伸手扶一下？

他当然不知道这让林法医“痛不欲生”的一摔，就是素来端庄稳重的宋队长推的。

宋余杭把钢笔盖子盖好，收进自己的上衣兜里，和他一起往外走，甚至没回头看一眼。

“以后别什么人都放进档案室里，严格遵照程序办事，调阅档案一定要有处级以上的干部签字才行，记住了吗？”

小警员赶紧站定敬了个礼：“是，宋队！”

市局处级以上的干部不就是她吗？！

据说那天中午林法医国骂的声音响彻整条楼道。

第7章　相亲

“好无聊，好无聊，什么时候才能来案子啊……”林厌坐在椅子上一边不安分地扭来扭去，一边涂着自己的指甲油。

段城从前面的桌子回过头来：“姐，昨天的伤情鉴定……”

“伤情鉴定算什么案子？我是法医又不是医生。”

林厌把刚涂好的指甲油吹干，对着夕阳照了照，指骨纤细分明，皮肤白，更衬大红色的指甲油，她很满意。

郑成睿满面油光地转了过来：“那什么才算案子？”

他本是好奇，方辛已来不及阻止他的问话了。

果不其然。

“连环杀人、碎尸烹食、灭门惨案……这种程度的才算得上是案子吧？”

她说完之后一室寂静，几个人看着她没有说话，方辛脸上明显是有些不赞同的表情，但不知道为什么忍住了没有开口。

气氛明显变得有些凝滞了。

不过林厌向来不在意别人对她的看法，巴不得全天下所有人都认为她是个疯子、怪物，从此对她敬而远之。

墙上的时钟刚走过六点，这位姑奶奶就“噌”地一下站了起来，把制服往椅子上一甩：“啊，解放了、解放了，走了啊，各位拜拜。”

她走得潇洒而义无反顾，却不知道背后有人默默嚼起了舌根。

“这个林厌，迟到、早退，一天啥事也不干，还说这种话，简直就是公职人员中的败类。”有人愤愤不平地道。

“就昨天，我还看见她和人在市局门口拥吻来着，真把市公安局当她家大门口啦？”

“树不要皮必死无疑，人不要脸天下无敌，谁让人家有好家世呢？我考了三年才进市局，人家，呵呵……”

眼看着流言有愈演愈烈的趋势，宋余杭轻轻起身，把自己的外套挂在了衣架上。

声音戛然而止，众人的话题转向了她。

“宋队今天走这么早啊？”

“嗯，有点儿事。”

恰逢张金海端着茶杯走进来：“相亲吧？”

宋余杭不咸不淡地应了：“嗯。”

“是了，宋队也三十好几了吧，该结婚生小孩啦，也为年轻人做做表率嘛，省得隔壁经侦一天老说我们是光棍警队。”

刑侦人不多，大多是年轻小伙子，除了张金海结婚有子之外其他人都是单身，也正因此他值班的情况少，几乎很少亲自查案，更别谈摸排走访了。

众人嘻嘻哈哈地笑起来，宋余杭依旧没什么表情，点头示意他让一下，拿着车钥匙就出了门。

照惯例，林厌下班后是要去喝几杯的。她打开手机给林舸发了消息。

“八点，蓝迪见？”

对方回得很快：“不了，有约了。”

“相亲？”

林舸回了一个苦大仇深的表情。

林厌跃跃欲试道：“要不要我去给你掌掌眼？”

“别了，姑奶奶行行好吧，我还想进行一次愉快的晚餐呢。”

照林厌的性格，还不知道她会作什么妖。

林厌输入一行字，又删掉了：“那行吧，祝你成功。”

那边的人没再回消息，林厌扔掉手机，轻轻靠在座椅上，城市的灯光流淌过眼底，在车玻璃上映出她有些寂寥的神色。

管家回头问：“小姐，回去吗？”

“不，随便开吧。”回到家里她又会把自己锁进阁楼里，靠酒精和安眠药度日。

她真心有些厌倦了这样的生活，却又不得不自我拉扯着，活像个疯子。

林厌嘴角浮起一抹讽笑。

车静静地开在马路上，林厌偏头看去，从光怪陆离的灯光里走马观花般浏览着这座城市的原貌。

一别十四载，高楼拔地而起，道路变得宽阔多了，晚高峰车流拥挤，红绿灯不停地闪烁着，西装革履的白领们拎着公文包，行色匆匆。

穿着蓝白相间的校服的少男少女打打闹闹地穿过马路，走在后面扎马尾的少女调皮地去揪身前的女生的小辫子。

两个人嘻嘻哈哈地闹起来，连笑容都沾上了初夏清爽的风的味道。

林厌的目光不自觉地被吸引过去，看见她们停在了一家西餐厅门口，扒在橱窗上往里看。

扎马尾的女生问身边的同伴：“你饿了吗？”

“嗯，有点儿。”

“那我们去吃吧。”

“还是不要了，这家好贵的。”

她一时不知道自己看的是过去还是未来。

等她回过神来的时候，已经下车站在了西餐厅门口。

那两个小孩见有人过来，一溜烟跑得没影了。

林厌抬头看着这家店的招牌——南禅，有些诗意的名字，也是江城多年的老字号了。

店铺翻新过，古朴的招牌却依旧挂着，这么多年了竟然没有改名字也没有搬迁。

不知为何她心里突然涌起一股同病相怜的悲凉感，也有一丝庆幸。

原来记得这座城市的、念着旧的，不止她一个。

“一份西冷排、凯撒沙拉、最贵的红酒，谢谢。”林厌合上菜单，递给侍应生。

“小姐，牛排要什么酱汁呢？”

“黑松露牛油汁。”

她几乎是下意识地脱口而出，又猛地皱起了眉头。

侍应生察言观色，以为她想换，忙不迭地推荐别的酱汁，林厌张了张嘴，还是挥挥手让他走了。

“林先生，这边请，我们给您预留了座位，菜品现在上吗？”正值用餐高峰时间，餐厅里座无虚席，有侍应生引着林舸往这边走着。

“不用了，我约的人还没到，一会儿再给菜单看看她想吃什么。”

这声音有几分耳熟，林厌放下刀叉回头一望：“林舸？”

“林厌！”西装革履的男人一见着她眼睛一亮，快步走了过来，在她对面落座。

“这也太巧了吧！”

“是很巧。”

林厌出国留学之后二人就再也没见过，阔别多年重逢，彼此身上都已退去青涩。

她还记得当年的林舸外号“四眼田鸡”，留一个锅盖头，戴厚厚的眼镜，说一句话吸溜一下鼻涕，被她欺负了也只会憨憨地笑。和她这种顽劣少女不同，林舸是正儿八经根正苗红的小学霸。

时隔多年，他倒真的有了些社会上层精英的样子，摘了眼镜，留着短短的寸头，很是清爽，穿着一身得体的小西装，领带也打得周正。

林厌咂了两下嘴：“你不是出国念书，是去整容了吧？”

“去你的。”他刚才还沉浸在时隔多年她也变漂亮了的错觉里，被这句话生生地拉回了现实里。

林厌还是那个嘴巴毒、不讨喜的林厌。

“你堂哥我一表人才、风华正茂、风度翩翩、无可匹敌……”

他说话声音清朗，明明是不着调的语气也并不让人觉得讨厌。

仿佛他是林舸，他就该如此，光风霁月。

林厌作势欲呕，末了又转回话题：“别老是我堂哥、我堂哥的，我和林家没有关系。”

“那你和什么有关系？”

“钱啊，你又不是不知道，我只和钱亲。”

“……”他算是见识到了什么叫真正的有奶便是娘、有钱便是爹。

林厌这人当真分得清清楚楚，不愿意回去继承家业，也不愿意放弃林家的巨额财产。

捏在手里的手机振了一下，林舸看了看表，站起身：“行了，我不跟你废话了，你吃完了没？”

桌上的牛排才动了两三口，林厌已无食欲了：“差不多准备走了。”

“我再给你点瓶拉菲，你坐着喝，既然来了就别急着走，你不是惯会看人下菜碟的吗？也帮我掌掌眼，我妈说了，这回再不成就打断我的腿。”

“……看人下菜碟是夸人的话吗？”

林厌作势欲打他，林舸心惊肉跳地躲过，招呼侍应生过来点单，痛心疾首地看着她点了最贵的红酒。

“真够黑的你，等你结婚走着瞧，我不狠狠敲你一笔竹杠我就不信林。”

林厌端着四万八一瓶的红酒往沙发上一靠说道：“下辈子吧。”

林舸：“我后悔了，我能让你滚吗？”

林厌抿了一口红酒，冲他举起酒杯：“请神容易送神难哪，林公子。”

七点五十五分的时候，宋余杭在附近停好了车，八点一到准时走进了餐厅里。

林舸站起来挥手：“宋小姐，这边。”

林厌在隔壁挑了一下眉头，女方姓宋啊。她不可避免地想到了某位素来脸臭的警官，打了一个寒噤，赶紧抿了一口红酒给自己压压惊。

一阵桌椅轻响后，女人把菜单递了回去：“就这些，谢谢。”

对方的声音很好听，淡淡的，让人很舒服。

但林厌感觉怎么越听越耳熟呢。

“不好意思，我妈擅作主张，给你带来困扰了……”

林舸笑了笑，知道晚上喝咖啡不好，便主动替她倒了一杯白水放在她手边。

“不瞒你说，我妈也……”

男人的表情似有些苦恼，两个人相视一笑，都了然于心了。

看来今天这场局彼此都是被迫的啊。

宋余杭稍稍松了一口气。

按照既定套路，上次两个人交换了年龄、职业等信息，这次是不是就该问兴趣爱好了？

宋余杭在脑海里搜肠刮肚，问道：“林先生平时有些什么爱好呢？”

“不多，打打保龄球、游泳、健身，或者宅在家里看书。宋小姐呢？”

“自由搏击，看看书什么的。”

自由搏击，这么狠吗？

她以后要是家暴，林舸打得过吗？

林厌暗自腹诽着。

隔着一堵半人高的沙发墙，林厌都感受到了扑面而来的尴尬气息。

只听林舸干笑了两声道："宋小姐平时都看些什么书呢？说不定我们还有共同语言呢。"

宋余杭犹豫了一下，还是道："《梦的解析》《犯罪与个性》《犯罪心理侧写》，还有一些杂七杂八的书。"

这已经是她日常涉猎的非常不专业的书籍了，但大部分人可能连名字都没有听过。

她有意转开话题，未料林舸还是笑了笑，顺着她的话说了下去。

"怪不得呢，宋小姐真厉害，弗洛伊德的原著我也就看过一本《精神分析学引论》，看到一半困得实在看不下去了。"

宋余杭微怔，以前也不是没有相过亲，每次对人提起这些，对方不是一脸茫然无措就是不屑一顾，迫不及待地纠正她女人应该看些情感类或者育儿类的书籍。

林舸是第一个体制外在小事上夸她厉害的男人。

"是吗？《精神分析学引论》能看一半也非常了不起了。"

《犯罪心理侧写》，这都什么乱七八糟的书目，此人该不会是个变态吧？

林厌伸长了耳朵，开始有些好奇了。

气氛渐渐熟络起来，林舸打开了话匣子。他本来就不是拘谨的人，知道对方的目的也不是冲着结婚去的，一下子就轻松许多，谈吐逐渐自然起来。

"说起来王阿姨去我那儿补牙的时候，我还不知道她是你妈妈的朋友，后来你又捡到了我妈的钱包，这可真是有缘分了。"

宋余杭微微弯起嘴角，附和着笑道："是，不过作为警察，无论是捡到谁的东西都应该物归原主的。"

林厌的眉毛抽了两下，这人也太不解风情了吧！

林舸从哪儿找的这么一个奇葩？要是她的话肯定会顺着对方的话说下去。

等一下！

警察——对方

还姓宋！

世界上哪儿有这么巧的事？

林厌感觉浑身汗毛都竖了起来，一口酒没咽下去，咳了个惊天动地。

隔壁的动静有点儿大，林舸面不改色地替宋余杭切着牛排："聊了半天了，你也饿了，快吃吧。"

他的内心则是：林厌你搞什么鬼？

被诅咒的林厌又打了一个喷嚏，拿纸巾擦着鼻涕，一脸破釜沉舟的表情颤颤巍巍地站起来爬上了沙发座。

宋余杭吃着吃着总感觉有人在看自己，浑身不自在。她抬眸瞥了一眼对面的林舸，只见他专心致志地和牛排做着斗争。

看自己的不可能是他。

宋余杭微皱起眉头，缓缓抬头。

林厌一寸寸地爬上沙发椅，缓缓低头。

四目相对的时候，宋余杭面无表情地道："林法医。"

林厌发出了惊天动地的鬼叫："哥，我不同意你们在一起！！！"

林舸一杯红酒全贡献给了自己昂贵的西装："咯咯咯——"

一时间他咳得仿佛得了肺结核。

林舸看看坐在自己旁边的林厌，再看看对面面不改色的宋余杭："你们？……"

他脑袋里缓缓地打出了一个问号。

"你是不是看上我们家的钱了？我给你一千万，你离开我哥，以后你们不要再见面了。"林厌万万没想到这种八点档狗血剧里的台词会从自己嘴里蹦出来。

林舸张了张嘴："那个……"

林厌一个眼风狠狠地扫了过去，他端起酒杯抿了一口酒，拿无形的胶带把嘴封上了。

宋余杭似笑非笑地看着她，仔细看去，林厌和林舸并不相像，但神色里都有出身豪门世家而浑然天成的一丝矜贵气质。

搁往常宋余杭懒得废话转身就走了，但不知为何，此时就想挫一挫对方嚣张的气焰，好叫对方明白不是任何事都能用钱摆平的。

"钱我不稀罕，我有手有脚能自己赚。我觉得你哥人挺好的，细致温柔体贴，会是个好丈夫。"

林厌痛心疾首地道："那是你没看见他的另外一面！他大夏天的不洗袜子，不洗脚，满屋子乱跑，还掀过邻居家小女孩的裙子！家里有满满一屋子黄色漫……"

不等她说完，林舸一把死死地捂住了她的嘴："不好意思宋小姐，让你见笑了，见笑了……"

旋即，他皮笑肉不笑地冲着林厌道："你完了，你看我怎么向林叔告状。"

林厌一口气扒拉开他的手："我们家规矩可多了，你嫁进来会后悔的！"

宋余杭换了个舒服点儿的姿势坐着："没关系，我是嫁给他，又不是嫁给你们家，更不是嫁给你。”

她的言下之意是林厌咸吃萝卜淡操心。

一想到此人若是真的嫁进林家，逢年过节大家走动少不了要见面，自己还得一口一个“嫂子”“嫂子”地叫着，宋余杭这么讨厌她，鼻子不是鼻子，眼不是眼的，说不定还会摆长辈的谱来对她颐指气使，林厌就感觉一口老血哽在喉咙里差点儿没把自己噎死。

情急之下热血上头她脱口而出道：“你不能嫁给他，他是同性恋，形婚是没有幸福的！”

一餐厅的人齐刷刷地回头，前来上菜的侍应生脚底趔趄了一下，托盘都差点儿飞出去。

林舸暴怒出声：“林厌，你闹够了没有？！”

“我——”林厌自知理亏，撇了撇嘴：“不是……我……唉……”

不知为何看到她有些委屈的模样，宋余杭眸中浮起一抹兴味的笑意。

不过她掩饰得极好，至少表面看上去仍是那副淡淡的模样。

“直男怎样，同性恋又怎样？我也不小了，林法医，我觉得你哥会是个有责任心的好男人的。”

林厌深吸了一口气，勉强克制住自己即将脱口而出的国骂，僵硬地把脸转向了林舸。

“你不是喜欢聪明伶俐活泼可爱的姑娘吗？！”

宋余杭哪一点像了？

“我觉得宋小姐这样的就很好，结婚又不是谈恋爱。”

宋余杭微微低下头，“扑哧”一声笑了，在林厌咬牙切齿地看过来的时候又恢复了一本正经的表情。

作为一个男人，还是事业有成、好面子的男人，她刚夸了他那么一大堆，林舸不会不给她面子的。

所以不管林厌说什么，只要是当着她的面说，林舸绝对会反驳林厌。

“她特别迂腐，古板！以后肯定管你管得特别严！”

“没事，宋小姐这样的人一定很居家。”

“她练自由搏击的，你就不怕以后她家暴你吗？！”

林舸柔情款款地看过来：“我相信她不会的。”

宋余杭借低头喝水的动作免去了视线相交带来的尴尬。

说到自由搏击，后脑勺就一阵隐隐作痛，林厌恨得牙痒，早上的事自己还没跟宋余杭算账呢。

她还想说什么，宋余杭放下了水杯，平静的目光看向她。

宋余杭瞳色浅，在餐厅暖色灯光的映照下便有几分琉璃般温润剔透的感觉。

因着约会，她今天没穿制服，一件简单的白衬衫，削肩窄腰，撑得很有型。

她不捉弄人的时候还挺好看的。

林厌脑海里浮起这么一个念头的时候，宋余杭开口了："林法医，你就这么讨厌我吗？"

第8章　女尸

林厌不假思索地说："惺惺作态，假正经，看了就让人觉得厌烦。"

林舸拉了林厌一把，脸色沉了下来："你胡说什么呢？说我也就罢了，你怎么还……"

林厌反唇相讥道："你没和她相处过不知道，此人当面一套背后一套，就你这智商，她真的嫁进林家的话，还不把你耍得团团转？"

林舸气得七窍生烟，又不可能伸手打她，涨红了一张脸道："林厌，你有完没完？八字还没一撇的事！我不知道你和宋小姐之间有什么误会，当众指责人家就是你的不对！"

"这么跟你说吧。"林厌嘴皮子都要说干了，转过头来继续道，"林家除了有钱，什么都没有。哦，不对，还有我这么一个惹人厌的小姑子，婚姻毕竟是一辈子的大事，到时候你不要后悔。"

宋余杭摇头，又抿了一口白水："我觉得你可能过于自信了，我并不讨厌你。"

"啊？"林厌的大脑一瞬间有些死机。

"我并不讨厌你"这六个字从宋余杭口中说出来，自己怎么听怎么意外。

然而——

“过于自信”这几个冷冰冰的大字还是一巴掌把她拍回了现实里。

要不是出身贵族的修养还在，林厌早就拍桌而起了：“姓宋的，你不要——”

“给脸不要脸”几个字她还没说出口，两个人的手机同时振了起来。

林厌酝酿了满腹问候宋余杭的祖宗十八代的脏话即将脱口而出，被这突然响起的铃声噎了回去，林厌看也不看，气愤地摁了挂断键。

坐在对面的人却接起电话就走，一边听一只手一边从钱包里翻出几张人民币放在桌上。

“抱歉，今天麻烦你埋单了，要是不够我忙完再转你。”

林舸赶紧站起来推辞道：“不、不用，今天是我对不起你才是……”

宋余杭根本没注意他在说什么，满脑子只有指挥中心的通话声：“我市莲池公园西北部出现一具无名女尸，辖区派出所已赶赴现场，赵局说让您……”

“我马上到，地址给我。”

屏幕上段城的名字一直在闪啊闪的，林厌烦不胜烦地接通电话直接劈头盖脸就是一顿骂：“我说你烦不烦啊，不知道现在是下班时间啊？”

段城欲哭无泪地道：“不是，林姐，出事了，案子来了……”

林厌把酒杯往桌上一放，跑了两步又回来拿自己的包：“林舸，我先走了啊，这顿饭我请，让老板记在我的账上。”

“不是……”不等林舸说完，两个人已经一前一后地出门了。他长叹一口气，看着满桌的狼藉。

“这叫什么事啊！”

刚刚下车的时候已经让司机先回去了，林厌站在路口拦车，晚高峰打车可没那么容易，接连路过好几辆都是载着客的。

她捏着手机抿了抿唇，准备叫司机来接自己的时候，一辆白色国产比亚迪停在了她的面前。

宋余杭摇下车窗，惜字如金道：“走。”

林厌翻了个白眼，懒得理她。

宋余杭见她没反应，不再浪费时间，准备挂挡出发。林厌看了看十字路口往来的车流，咬了咬牙。

“好吧，开门。”

她上车的时候宋余杭看了她一眼，似乎有话想说。

林厌坐上副驾驶座，自己系好安全带：“有话就说啊，别憋着。”

宋余杭从扶手箱里取出警灯“啪”地一下按在了车顶上，坐回来挂挡出发，一脚踩下油门，在拥挤的车流里左突右进。

“你倒是挺自觉的。”

“哎哟，瞧您说的，您宋队的便宜不占白不占。”

“堂堂林氏集团唯一的继承人，还会在乎这点儿油钱？”

“那当然，苍蝇再小也是肉啊。”

“我还以为——”宋余杭瞥她一眼，余下的话却没再说出口了。

“以为什么？”林厌追问，宋余杭只是摇了摇头，打开车上蓝牙的扩音器，专心听案情。

这样一来倒没有林厌再插话的余地了。

林厌的神思也被案子吸引了过去，她甚至有些跃跃欲试。

她已经解剖几天的老鼠、兔子了，手痒得发慌。

宋余杭一看她那表情，脸色就沉了几分，但宋余杭向来沉得住气，便什么都没说，一脚踩下油门，在林厌的鬼叫声中从两辆大货车中间直直地穿了过去。

“宋余杭，你找死也别带上我啊！”

五分钟后，莲池公园。

宋余杭把车停在外围，现场已经被堵得水泄不通，警灯闪烁着，警戒线已经拉了起来，几个派出所的民警在维持秩序。

她亮出证件掀开警戒线走了进去，后来的林厌脸生，却被拦了下来。

“哎，我说——”

宋余杭回头，替她轻轻拉起了警戒线：“这是我们市局新来的林法医，让她进来。”

几个民警对视一眼，这才放行。

这不怪他们。

林厌这一身精致的连衣裙配细高跟，活脱脱像杂志上走下来的模特，和“法医”两个字大相径庭。

辖区分局的人已经在忙活了，一个警员在负责目击者的询问，一个做着笔录。

痕检和技侦的人也在。

宋余杭大致瞥了一眼，一个四十多岁、尖嘴猴腮的男人迎上来，主动掏了一根烟递给她。

“宋队，什么风把您给吹来了啊？”

“谢了，不抽，说案情吧。”

男人尴尬地笑了两声，又把烟收了回去。

“是这样，傍晚七点多的时候，市政河道管理处的打捞员正在作业……”

一个五十多岁的大爷戴着斗笠，浑身湿透了，站在那里哆哆嗦嗦地说案情，现在想起来还心有余悸。

“最近天热，不少人来公园乘凉，河道里面的垃圾也多了不少，我就想着下班前再打捞一次就可以收工回家了，刚划着筏子走到那边桥底下的时候，就感觉撞到了什么东西。”

宋余杭顺着他的手指的方向看过去，莲池公园是景观公园，顾名思义种了一大片荷花，此时盛夏，莲花开得正旺，发现尸体的位置正好位于一座石拱桥下方。

当时桥面上应该聚集了不少围观群众，从河道里打捞出尸体的消息就像长了翅膀一样飞了出去，再配上几张不打马赛克、博人眼球的图片，这件事传播得沸沸扬扬，不过一顿饭的工夫，已经尽人皆知了。

也怪不得冯局会这么生气，特意叫她跑一趟了。

“我以为是又有人把建筑垃圾倒河里了，气得我哟，就拿撑杆拨了拨，还怪沉的！这弄上来搞不好筏子会翻的，我就下水想着将东西拖到岸边，再叫几个伙计来帮忙。”

“没想到一凑近我就闻到了一股臭味，在筏子上的时候就有，但是没太在意，夏天嘛，河道里垃圾多了就是那个味道，可是这股味道熏得人犯恶心……”

林厌翻了个白眼，暗地想：尸臭和垃圾臭能一样？

“一摸到那塑料袋我就觉得有些不对劲，冷冰冰、滑腻腻的，但还是壮着胆子往岸上拖，拖到一半袋子开了，露出一只脚，我老汉当场就……当场就……”

他一边说一边发抖，在夏夜三十多摄氏度的高温里冷汗涔涔：“要不是我水性好，也差点儿上不来了。”

“发现尸体的具体时间记得吗？”

老人想了一会儿茫然地摇头：“不记得了，只记得是七点多，不过我上岸后立马报了警，那时候看了一下手机，是八点半左右。”

“好，留一下姓名和电话，后续还有需要的话，请协助调查。”

一个民警递过去纸笔，老人刷刷地赶紧在纸上写下了自己的名字和一串数字。

辖区分局的法医正在对尸体做初步尸检，林厌凑过去仔细观察着。

段城拎着器械却没有拍照，尸体边围了几个穿着制服的警察。

林厌随手拍了一个警察：“哎，检出什么来了吗？”

被拍到的警员戴着口罩，不耐烦地回头：“围观群众退到一边去，这不是你们能进来的地方。”

林厌乐了：“不是吧，看了这么久还没看出什么名堂？”“我……”男法医涨红了脸，声音大起来，“死因是溺水，尸体体表无伤痕，很有可能是自杀。”

宋余杭被他这一番惊世骇俗的言论惊得猛地回过头来，抿紧了唇，眼神沉了下来。

“你告诉我，哪个自杀的人会把自己装进塑料袋里再跳河？”

林厌忍不住“扑哧”一声笑了出来：“哈哈哈，宋队您真幽默——”

她笑到一半，看见宋余杭的脸色，果断地又把嘴闭上了。

还是刚刚给她递烟的那个分局刑侦大队的队长觍着脸凑了过来：“哎哟，宋队别生气，也就是新人随口这么一说，这案子我们一定好好查、好好查。”

基层刑侦大队的工作作风她不是不知道，市局每年都会有案件侦破率的硬性标准，达不到这个标准怎么办呢？要么铆足了劲在治安巡逻上下功夫，从源头遏制恶性事件的发生，要么投机取巧地把刑事案件打成治安案件，尤其是这种不知道尸源来历的案子，一拖再拖，一批批冤假错案就是这么出来的。

但很可惜，他今天撞上的是素来“眼里揉不得沙子”的宋余杭。

“这个案子从现在起，市局接手了。”不等他回过神来，宋余杭斩钉截铁地下了命令。

“段城，还愣着干吗？刑事拍照摄像，方辛，提取现场痕迹，其他人走访现场目击群众，笔录重新做，林法医——”

她的目光看过去时，林厌已经把长发扎了起来，从勘查箱里取出手套“唰”地一下戴上，口罩挡去了大半部分娇媚的容颜，侧脸严肃又认真。

宋余杭轻轻抿了下唇，也走过去在她旁边蹲了下来。

塑料袋已经被打开了，尸体呈巨人观，衣物完整，大部分表皮已经开始脱落，尤其是手部肌肤，远远地看就像套了一层橡胶手套。

林厌伸手一摸就摸了一层尸油，刺鼻的气味涌入鼻腔里，她连眉头都没皱一下，拿手电筒翻开了死者的眼睑。

“眼结膜可见点状出血。”

段城赶紧过来拍照记录。

“尸斑浅淡呈淡红色。”

手电筒光又移动到死者的口鼻部。

一团团白色棉絮状的东西堵住了口鼻，在法医学上称为“蕈状泡沫”。

林厌当机立断下了结论：“符合生前溺水的特征。”

宋余杭戴着手套粗粗地摸了一下死者身上的衣物，没有任何可以代表身份的东西。

“方辛，过来提取一下DNA，拿回去在数据库里和失踪人口做一下比对。”

“好，宋队。”方辛正在提取塑料袋上的可疑指纹，应了一声拎着勘查箱跑了过来。

宋余杭抬眸看着周围熙熙攘攘的人群，这里地势开阔，人来人往的，若真的有人抛尸应该有目击者才对。

“林法医，死亡时间。”

林厌没回答她的话，伸手问段城要尸体温度计。

一端长长的探针伸进死者的肛门，林厌俯身看了一眼：“肛温25.80℃，段城，去测个水温，最近一周的平均气温是……”

段城拿着温度计屁颠屁颠地去了，林厌还在暗自嘀咕着，满手尸油，总不可能去包里掏手机。

宋余杭接上话道：“平均气温30℃。”

法医学上根据尸体表象、腐败程度以及环境温度等推理出死亡时间有一套烦琐的演算过程，但林厌没有过多犹豫，张口就来。

“推测死亡时间为3～5天，具体的得等回去解剖检验一下胃内容物和肝温，抛尸在这种地方，死亡时间的推断和环境、水的深度、位置等都有关系，别抱太大希望。”

她倒是很严谨。

宋余杭退后一步示意先把死者装进裹尸袋再说，就这么再让围观群众看下去，明天江城市的头条又有了。

警方把尸体运上车送去殡仪馆之后，接下来就是大量烦琐细致的走访摸排工作了。

林厌和方辛带着生物检材回市局做进一步的检验。

郑成睿开始揉着眼睛看监控。

宋余杭则一个人逛起了公园，至少表面上看起来是这样。

此时已是深夜十点多，暑气散去，公园也逐渐冷清起来。

莲池公园不大，是市政前些年刚建起来的项目，未设门票，全天二十四小时开放，是以人流量非常大，给刑侦工作带来困难的同时也就意味着凶手抛尸的难度非常大。

因为他很可能被人看见。

如果是她的话，绝对不会选择在这里抛尸，太容易暴露了。

只要警方肯下功夫，破案只是时间问题。

宋余杭的手扶上了石拱桥的栏杆，她往下看去，桥下不远处就是发现尸体的地方。

旁边一片郁郁葱葱的芦苇荡，已经被河道清理工以及第一批赶到现场的警察踩得七零八落了，她顺着台阶走了下来。

看到尸体的第一眼她就有一个疑问：太干净了。

现代人出行不说身份证、驾驶证、钱包、银行卡什么的了，手机总是要拿的吧？

尤其是成年女性，除了像她一样的特殊职业者之外，或多或少会有几样随身饰品。

奢侈如林厌，随身戴劳力士的手表。

朴素如方辛也会戴个耳钉或者手链什么的。

这是女性爱美的天性使然，很少人会例外。

她打着手电踩着齐腰深的杂草摸索过去，试图找到一些蛛丝马迹。

大部分劫财的歹徒会带走死者身上的财物，但若仅仅是劫财又何必把人装进塑料袋里抛尸呢？这种类型的犯罪者大多属于激情犯罪，死者不管是挣扎也好呼救也好，身上总会留下痕迹。

熟人作案？

凶手的动机呢？

她在心里打了一个大大的问号。

深夜的露水沾湿了她的衣裤，宋余杭举着手电筒四下张望。这里人迹罕至，赏花的人大部分会站在石桥上不下来，刚刚躺过死者的芦苇丛被压出了一片形状。

周围没有摄像头，柳树枝丫垂得很低，确实是天然的视野盲区。

她蹲下身，踩在河边的淤泥里，戴上手套，一寸寸地摸过去。

她坚信没有完美的犯罪，更没有所谓的完美的案发现场。

如果这里是抛尸第一现场的话，一定会留下些什么。

功夫不负有心人，电话铃声响起的时候，宋余杭从半指深的淤泥里摸出了一枚戒指。她拿手电光照了照，戒指很光滑，应该是纯银质地，通体并无装饰，只在内侧小小地刻了一个字母“S”。

宋余杭把它收进证物袋里放好，摘掉手套接起电话：“喂？”

林厌清了清嗓子：“死者家属找到了。”

第9章 解剖

江城市殡仪馆。

此时已是深夜十二点多了，两拨人还在大厅里争执不休，宋余杭一踏进去就听见了一个凄厉的女声高呼国骂，夹杂着鞋底摩擦地板和衣物撕裂的声音。

她心里一紧，生怕林厌因为解剖尸体和家属起了什么冲突，赶紧小跑进去。

岂料林厌正完好无损地靠墙站着，甚至拿手捂住了耳朵。

方辛和段城正在劝架，两拨互相撕扯的妇女终于住了手。

其中一个年龄稍大些的妇女道：“我是孩子的奶奶，娃就应该我带，姑娘你说是不？！”

方辛：“啊？”

“你胡说什么呢！我女儿躺在里面尸骨未寒，谁知道她是怎么死的，是不是你们一家害的？雅雅是我的亲外孙女，必须得跟着我！”

“什么我们害的？她嫁进来后我们什么时候少过她吃少过她穿？她说不想和老人一起住，我们二老立马搬了出去，她说不想要二胎就不要！你说话讲点儿良心好吧？谁知道你女儿在外面不检点惹了哪个小流氓畜生才招的杀身之祸？别怪到我们头上来！”

别看这位老太太年龄大，战斗力可一点儿都不弱，指着对方的鼻子骂。

更何况她身后还有七大姑八大姨，齐齐冲上去唇枪舌剑，你来我往好不热闹，其间不知道谁扯了谁的头发，又爆发了肢体冲突，战况进一步升级。

连段城的脸上都被挠了两道印子，他被迫退出了战局。

而处于风暴最中央的男人孤零零地坐在长椅上，眼眶泛红，垂头不语。

他怀里抱着一个三四岁大的小女孩，正睁着懵懂无知的眼睛看着周遭发生的一切。

林厌嘴角挑起一个讽笑，看着这场闹剧，她没有丝毫上前去劝架的意思。

“哎，闹了半天，女婿你说句话啊，我女儿到底是咋死的啊？”中年妇女好不容易从包围圈里挣脱出来，眼眶通红，脸上挂着泪水，看起来悲痛万分。

“我养了二十多年的女儿哟，不能就这么不明不白地死了，你们家必须给我一个交代！”

“交代？要什么交代？人又不是我们杀的，是不是啊警察同志？”

方辛“嗯嗯啊啊”地敷衍着，生怕说得不对那巴掌就呼到自己脸上来了。

“我不管！还我女儿来，我丁家就这一个独女，绝后了、绝后了呀！老丁，我对不起你的在天之灵呀！女儿，女儿你死得好冤枉啊！”

那女人又开始高声地号叫，扑上去撕扯坐在椅子上浑浑噩噩的男人。

男人的妈一见对方打自己的儿子更不乐意了，抱腿的抱腿扯头发的扯头发，什么脏字都往外蹦。

“你少攀扯我们家！你们一家都晦气！亲家公早死，当初结婚的时候我就不愿意！谁让我儿子瞎了眼喜欢她呢？她嫁进来几年男娃也生不出来，不下蛋的母鸡，死了好，死了干净！”

又是一阵不堪入耳的污言秽语夹杂着拳打脚踢响起，林厌都看笑了。

宋余杭摇了摇头，准备走过去拉架。

男人“噌”地一下从椅子上站了起来，捏着拳头大吼道：“都别吵了！！！”

场面出现一瞬间的寂静，缓过神来之后，死者家属哭得凄厉，变本加厉地扑上去撕打着他：“你还敢吼我？！还敢吼我？！给我女儿偿命！偿命！”

拉扯之中坐在长椅上的小女孩摔到了地下，谁也顾不上她，小女孩张了张嘴，茫然地看着她的奶奶推了她的外婆，她的外婆又扇了她的爸爸一巴掌，再也忍耐不住，放声大哭起来。

“爸爸，爸爸，我要妈妈，我要回家……”她跌跌撞撞地爬起来想要去抱爸爸的腿。

男人却不知道被谁推了一把，脚下一个踉跄，眼看着就要踩到小女孩的手，宋余杭一把把人抱了起来。

“再吵都跟我回公安局去吵！一人一个治安拘留谁也跑不了！”

死者的妈妈还想再说什么，看了看宋余杭制服肩章上的两道杠，以及看在她怀中号啕大哭的孩子的分上，终是忍了忍，这时候才开始默默垂泪。

接下来就是警方按照程序走了。

死者家属挨个进去见死者最后一面，出来的时候死者的妈妈几乎瘫软在地，被几个民警七手八脚地扶了出来。

考虑到年龄大的家属的身体状况，粗略了解过情况之后，宋余杭就让人送他们回家了，只留下死者的老公一个人去局里做笔录。

“根据《刑事诉讼法》第一百三十一条，我们决定司法解剖您妻子的遗体，请在这里签个字。”

一份《遗体解剖通知书》放在桌面上被缓缓推了出去。

林厌坐在对面，挺直了脊背看着这个身材矮小、有些寡言少语的男人。

“你想查明真相的吧，不想让你老婆死得不明不白吧？赶紧签吧，越早解剖离真相越近一步。”

随着时间的变化，尸体上的一些特征会逐渐消失，这也就是她迫不及待地想解剖尸体的原因。

男人的孩子因为一直哭谁也哄不住，便也跟着爸爸到了公安局。宋余杭刚把人哄睡着，从隔壁值班室出来，推门而入听见林厌说这句话，便抛去了一个不赞同的眼神。

林厌张了张嘴，无声地道：难道我说得不对吗？

宋余杭：你可以委婉一点儿的。

段城捅了一下郑成睿：“哎，她们说啥呢？”

IT 直男从电脑前抬起头来：“谁？谁说话了？”

段城：“……”

是没人说话，两个人全靠眼神交流了。

宋余杭轻咳了一声：“是这样，解剖过程我们会全程录音、录像，按照规定您也可以到场……”

What？

林厌一个眼刀扫过去，她可没有让不相干的人旁观她的解剖过程的习惯。

男人听到这里，才动了动唇，声音沙哑，满脸颓废："不、不了……"

他刚吐出两个字又红了眼眶："警察同志，拜托你们了。"

他把纸抽过来，打开笔帽，一笔一画地写下自己的名字，边写边抹眼泪。

林厌伸了个懒腰起身，拿着通知书换衣服准备解剖去了。

法医解剖室里光线很充足，换气扇开始工作了。

林厌穿着白色防护服，从头到脚全副武装，脸上没什么表情地从托盘里拿过手术刀。

段城上解剖台的机会不多，有些跃跃欲试，也去摸了一把手术刀在手里："我来给您打下手，切皮割骨这些小事就交给我来吧。"

"你干什么？"就在他即将划下去的那一刻，林厌一把拽住了他的手，语气有些冷。

"我的解剖台轮不到别人插手，一边扛机器录像去。"

"喔……"段城不情不愿地放下手术刀走到一旁默默拿起了相机。

"林……"

他刚想出声却看见她把手术刀垂直地放于胸前，微微低头，算是默哀。

"死者丁雪，2008 年 5 月 17 日晚零点四十五分，第一次尸体解剖，现在开始。"

那是他第一次从林法医脸上看见类似于虔诚的表情。

和医生做手术不同，解剖台就有些血腥和大开大合了。

一字从头拉到尾划开了胸腹部，林厌的手很稳，拿纱布擦干净渗出来的血迹后，她看也不看就从托盘里抄起了弯头组织剪分离肌肉，沿着肋骨平行地切过去，动作很是干净利落。

几个帮忙的法医看着她的眼神真真切切地有些正色起来。

"咬骨钳。"

她一手不空，开口要了器械。

一个助理法医赶忙将东西递给了她。

剪断死者的肋骨的时候用了些力，林厌微微踮起了脚，然后就听得"咔嚓"几声脆响。

她把沾满血迹的器械放在了无菌布上。

"来，帮忙，取骨。"

一根根肋骨从胸腔里被拿出来放上计量器称重。

闪光灯闪个不停，段城在拍照，林厌说着数据，负责记录的警员在白板上不住地写着。

打开的胸腔里两肺肉眼可见地膨大，林厌将指尖轻轻压了上去，有凹陷感，换了一把直头组织剪小心翼翼地剥离着。

肿胀的两肺最终成功地被取出，重量大约是正常肺的两倍。

密不透风的环境里即使空调开得很低，数十斤的防护服穿在身上她也闷出了一身汗，而且剧烈的尸臭在所有器官拿出来的那一刻越发浓郁，发酵半个月的臭鸡蛋、腐肉、臭豆腐、粪坑味混在一起都没这个恶心。

刺激气味冲进眼睛的时候一阵刺痛，段城忍不住拿肩膀以上干净的部位去揉眼睛，擦得一片通红。

再加上拍照总是要离尸体特别近，视觉刺激加上感官刺激，段城忍不住干呕了一声。

林厌头也没抬，拿脏器刀划下了肺部组织切片："滚出去吐，别污染环境。"

切开的肺部组织流出了大量血色泡沫状液体，段城再也扛不住了，扔了机器跑出去干呕。

林厌面色如常地说着解剖结果："水性肺气肿。"

她看着负责记录的警员在白板上写了下来，目光再转回死者脸上的时候，眉头轻轻皱了起来。

水性肺气肿是一种生活反应，换而言之就是死者生前溺水而亡，而不是死后被抛尸入水的。

难道真像那个警察说的那样死者是套着塑料袋自杀的？

林厌微微摇了摇头，否定了这个想法。

那厢宋余杭的笔录也做了一半。

男人名叫孙向明，三十二岁，是本地一家银行的职工，与死者丁雪结婚七年，育有一女。

死者现年三十岁，江城市一中的普通教职工，孙向明从手机里翻出了一张照片，含着泪推到了宋余杭面前。

"这……就是我妻子。"照片上的女人容貌普通，穿着素雅的格子毛衣，看上去是挺温和知性的一个女人。

"结婚这么多年，我们很少吵架，我也没听她对谁大声说过话，和亲戚朋友也没有结怨，我想不通……谁会害她……"

宋余杭避开了这个话题："说一下你妻子失踪当天的情况。"

孙向明想了想，回忆起当天的情形。

"没什么异常，早上起来她做了早餐，我吃完后送雅雅去幼儿园，我妻子也准备去上班。"

"平时都是谁送孩子？"

"我，一直是我，她带高三毕业班，比较忙。"

宋余杭示意旁听的警员把这个信息记下来。

"早餐吃了什么还记得吗？"

孙向明皱着眉头想了一会儿："好像是小米粥、包子、馒头什么的……"

"什么时候发现人不见了的？"

"晚上，晚上。"一说到妻子失踪，他明显有些激动起来。

宋余杭的目光看似温和平静却牢牢锁住了他，不放过他一丝一毫的微表情和小动作。

"说说具体情况。"

"晚上吃完晚饭后，我在洗碗，她说她要出去。"

宋余杭打断了他的话："大概几点？"

"不记得了，估计是八九点吧。"

"这么晚了她出去干吗呢？"

"她说是学校里出了点儿事，几个孩子打架了，她赶过去处理。"

"然后她就再没回来？"

"对。"孙向明舔了舔唇，说到这里明显有些哽咽，微微低下了头，一旁的刑侦人员递了纸巾给他。

"我等到十点多她还没回来，就给她打电话。"

"电话接通了吗？"

"没有。"

宋余杭微微挑起了眉头。

"不过挂了之后，她给我发了一条短信，让我别担心，自己先陪雅雅睡觉。"

"短信呢，给我们看一下。"

孙向明赶紧把手机翻出来，翻到通讯记录给他们看。

"向明，我可能还要晚点儿才能回来了，你先睡，不用等我。"

一句寻常不过的嘱咐，可能是这个女老师留在世上最后的遗言了。

“抱歉，根据规定，您的手机我们得暂时扣留，详细检查一下。”

男人苦笑了一下，接二连三的打击让他整个人看起来憔悴不堪：“我知道，我现在也被列为怀疑对象了吧？”

宋余杭没答，确实是这样，警方不会放过任何一个有作案可能的人，尤其是近亲属，往往是首选的侦查对象。

“然后呢，你就再没打电话去问？”另一个侦查员开口了。

说到这里男人脸上溢出痛色：“没……是、是我的错……要是我再打电话给她或者出去找她，说不定就、就不会……”

“那个时候，你在干吗？”

孙向明揪住了自己的头发，脸上有惭愧懊恼之色：“我、我白天上了一天班很累，又要陪女儿……领导又临时布置了工作下来……我在家加班……”

侦查员止住了他想伤害自己的势头：“事已至此，节哀顺变，我们一定会抓到凶手的。”

孙向明缓了一会儿才又接着说：“直到第二天早上学校打来电话，说她没去上班，我才意识到可能出事了，立马就报了警……”

后来就是妻子被警方列为失踪人员，采集了近亲属的DNA，直到三天后在莲池公园里发现了妻子的遗体。

“她走了，留下我和孩子可怎么活……”男人用手捂住了脸，勉强克制住自己不在警察面前呜咽。

宋余杭扯了一张纸巾给他：“节哀。”

“谢谢。”男人接过纸巾擦干眼泪，“拜托你们一定要抓到凶手，还我老婆一个公道。”

宋余杭点了一下头，从兜里掏出证物袋：“看一下这个，是你老婆的吗？”

正是那枚她从淤泥里扒出来的戒指。

男人一看见戒指眼睛瞬间就亮了：“是、是我老婆的……这是我们的婚戒……她从不离身……”

他下意识地想摸，宋余杭却收了回来：“抱歉，现在还不能还给您，等结案的那天，您妻子的所有遗物都会物归原主。”

她特意咬重了“遗物”两个字，男人却没什么特殊的表情波动，眼神茫然而空洞地点了一下头，十分配合警察的询问。

她见过太多这样一夕之间失去亲人的人，孙向明表现得十分正常，至少目前来看是这样。

天将明，熬夜看了一宿监控的刑侦人员再也支撑不住趴在了桌上小憩一会儿，办公室里鼾声四起。

宋余杭打开一盒泡面，坐在桌上面朝着白板，那上面有她刚梳理出来的线索。

以死者丁雪为核心，几道箭头向四周辐射着。

情杀，财杀，仇杀？

情杀，到目前为止，孙向明表现一切正常，但不能被排除嫌疑，需要进一步侦查。

财杀，目前为止最大的可能性，这种凶手拿了钱财很大可能性会去二手市场、旧货市场出手财物，还需进一步调查。

仇杀，大部分的蓄意报复者作案手段比较残忍，丁雪是个例外，不仅没有受到外力打击的迹象，也没有被性侵过的痕迹。

此条存疑，警方还需走访死者的人际关系。

对了，尸检，也许林厌那边会有新的线索。

宋余杭三两口吃完了泡面，打算去技侦那边看看。

第 10 章　疑云

四个小时过去，尸检告一段落。

林厌放下手术刀，后背已经湿透了：“结束，检材都提取好了吧？”

一个助理法医点了点头：“好了，一会儿就送去实验室。”

“记录呢？”她看向段城，对方拍了拍自己的相机：“没问题，都在这儿了。”

她微微抬了下下颌表示知道了，便转身摘了手套扔进医疗废物箱里，低头的那一刹那，恍惚了一下。

从他这个角度看过去，林厌的侧脸在惨白的灯光下白得过分。

段城见她不动，问道：“林法医？”

林厌回过头来接着道：“死者的肺、心肌、肝组织切片以及骨髓液、牙齿做一下硅藻检验。”

方辛面有难色：“硅藻检验的话得送省厅去做。”

“多久能出结果？”

“两天左右吧。”

“……”林厌深吸了一口气，克制住自己骂人的冲动，“就这么一个破硅藻检验我大二的时候都能做了，你们还要送省厅去做？怎么不送中央呢？”

“不瞒您说，技侦经费有限，人手也少，以前案子多的时候就连遗体都会委托第三方机构解剖，倒不是做不了，就是……”

另一个法医接了话。

林厌一挑眉头道：“说到底就是钱的事呗，好解决，我先去睡觉了，你们把这里收拾干净吧。”

她努了努下巴，伸了个懒腰，趾高气扬地走了。

三下五除二地扔了沾有尸臭味道的衣物，林厌步入了淋浴间里，水温很凉，水柱劈头盖脸地浇下来的时候林厌打了个哆嗦，一手扶着墙，慢慢调整着呼吸。

五分钟后，林厌擦着头发出来了，从储物柜里取出了昂贵的香水，不要钱一样往身上喷，直到那一丝淡淡的腐尸味彻底被掩盖过去，她终于松了一口气，从柜子里取出一盒口香糖。

她打开瓶盖，倒了两粒在掌心里，却突然听到门口有一丝动静，回过头去，就见宋余杭站在黑暗里静静地看着她。

更衣室里光线昏暗，林厌笑了笑：“有事？”

她把柜门关好，擦着头发往外走，顺手把瓶子递给了宋余杭：“口香糖，提神醒脑，来两粒？”

宋余杭让路：“不了，我来问你解剖结果。”

林厌顿住脚步，打了个哈欠：“大姐，麻烦你看看表几点了，公安机关就可以无休止地让人加班吗？”

她说这话的时候回过头来，卸了妆后素颜清丽，肤色过分白皙，因为熬夜眼下一圈乌青。

宋余杭看了一下表：“现在是凌晨五点半，给你一个小时的休息时间，六点半准时起来开会。”

林厌脚下一滑，咬牙切齿地道：“请问您是人吗？”

宋余杭皮笑肉不笑地回：“不是。”

林厌深表同意地点头：“我看也是，怪不得你这种人三十多岁了还是单身，我看哪，你也别祸害我哥了，自己单着吧，对大家都好。”

“单不单身有什么关系？两个人在一起就很快乐吗？”宋余杭轻轻摇头，

似乎不赞同这样的观点。

林厌下意识地反驳："当然……两个人总比一个人好，起码……会有人听自己说话，虽然说的也就是一些无关紧要的事罢了。"

但林厌就是这样的人，怕寂寞，怕午夜醒来只有一个人的空荡荡的房间，怕梦到初南，更害怕梦不到她。

她需要有一个人来听自己说无关紧要的事。

即使这个人只是爱她的身体或者她的钱，无所谓，反正她除了钱什么都给不起。

至于快乐，那是什么东西？

她从十八岁生日那天起，就没有发自内心地笑过了。

与人交往最忌交浅言深，林厌回过神来自嘲地一笑：宋余杭迂腐不堪，自己何必跟她说这些？

林厌迈步离去，听见身后那人低低回了一句："快不快乐我不知道，但一件事如果不是热爱的话，是无法坚持长达十年以上的吧？要是没有发自内心地尊重这件事，更是无法做到极致。我什么都不是，但至少是人民警察，破案是我的职责。"

林厌哂了哂，不再理她，瘦削的背影没入了冗长的走廊里。

这一番对话，任谁听来都是云里雾里的，但两个聪明人说话无须多言。

宋余杭把目光转向了一墙之隔的解剖室，林厌大概不知道，解剖过程的录像自己也看了。

林厌低头默哀那一瞬间的表情真的很不"林厌"。

林厌回到办公室，两颗糖已经被捏化了，薄薄的糖衣黏在手上触感十分不舒服。

林厌将其塞进嘴里，吞了好大一口矿泉水，平躺在椅子上缓了一会儿，掏出手机打了个电话。

"喂？我，林厌，要十台离心机……嗯……天亮后送到市公安局。"

"林总，这……时间太紧了……"

林厌冷笑了一下："送不过来下一季度的融资……"

"别、别、别……林总有话好说。"

林厌"啪"地一下挂了电话，目光又垂落到桌上的口香糖瓶子上。

她想了想还是将瓶子拿起来放进了抽屉里。

一个小时之后，林厌是被敲打键盘的噼里啪啦声吵醒的，她“噌”地一下坐了起来，身上盖着的制服外套滑落。

她揉了揉头发，手疾眼快地接住了制服，却记不起来昨晚自己盖了衣服没有。

记忆似乎断片了。

郑成睿见她醒了，赶紧觍着脸凑过来递给她热乎的包子、油条和豆浆，还有一个刚煮好的鸡蛋。

“林法医，醒了啊，快吃，吃完宋队喊我们开会了。”

肚子适时地“咕噜”了一声。

林厌不耐烦地挥了挥手：“知道了，一边去，看着你我吃不下去。”

“好、好，那您慢用。”

胖子似乎被人颐指气使惯了，在林厌面前脾气更是好得过分。

“要是不够吃我那儿还有。”

林厌打开塑料袋，拿纸巾拈了一个小笼包起来小小地咬了一口，皱了皱眉，然后全吐了出来，剩下的一股脑扔进了垃圾桶里。

“这是人吃的吗？这是猪食吧？”

胖子涨红了脸：“这、这是食堂餐……”

一屋子的人看过来，林厌靠在椅子上，嘴角挑起讽刺的笑容。

“也就你们吃得下去。”

有人脸上隐隐露出怒色，被同伴拉走了，其他人纷纷起身。

“走，开会了，开会了。”

等人都走后林厌靠在椅子上打电话叫了外卖，等外卖来的工夫去洗了脸漱了口。

她再回到座位上的时候，粤式早茶已经放到了自己的桌子上。

三份点心、两道蒸菜、两盅粥，这当然不是普通外卖，而是林家大厨做的营养早餐。

她一日三餐俱是精心烹制，既要营养均衡，热量还不能太高，因此很少吃外面的垃圾食品，更别谈包子这种地摊货了。

不过这么多东西她肯定吃不完，猫一样每种尝一点儿便饱了，剩下的扔进垃圾桶，拿纸巾按按嘴角，这才优哉游哉地往作训室走去。

“林法医呢？”宋余杭目光大致一扫，技侦那边还空了个座位。

“来了。”众目睽睽之下，林厌踩着拖鞋姗姗来迟，还散着一头鬈发，穿着昨晚洗漱后换上的背心，黑色紧身衣完美地勾勒出了身形，丰满的地方呼之欲出，下面同色宽松短款运动裤，长腿细腰十分抓人眼球。

她美则美矣，但在满屋子制服扣得严丝合缝的人堆里就显得十分异类了。

方辛看看她，再看看自己，羞愧地低下了头。

段城那眼睛早在林厌进来的时候就黏在了她身上，想也不用想就知道他在想什么。

至于郑成睿，擦了擦自己嘴角流出来的口水。

宋余杭的唇抿成了一条直线。

张金海适时开口，打破了沉寂：“好了，人都到齐了，说案情吧。”

“死者丁雪，三十岁，江城市一中英语老师，于2008年5月14日晚八点到十点之间自行离家失踪，十点二十三分的时候给丈夫孙向明发了一条短信，内容如下。”

打印出来的文字内容被放大在了PPT上。

宋余杭坐在张金海对面，手里的笔转过一圈：“没有找到死者的随身物品，无法确认这条短信是凶手发的还是死者发的，很大的可能那个时候她已经遇害了。”

她话音刚落，林厌撑着脑袋靠在椅子上昏昏欲睡，打了个哈欠。

“不可能，根据尸体现象、超生反应、尸温、肝温以及环境气候等综合分析来看，死者死亡时间应该是在三天前的十一点到凌晨一点之间。”

张金海斟酌了一下问：“视侦排查得怎么样了？”

郑成睿站了起来，结结巴巴地答道：“还在看……暂时没发现有什么可疑人员出入公园。”

“假设凶手图财，在死者发完那条信息之后就抢走了她身上的财物，然后把人推到了水中呢？”

有侦查员提议道。

“那么死者的手机就成了破案的关键，据死者的丈夫说，死者当天出门的时候带了一部iPhone手机，价值四千多元，随身携带的手提包里也有现金、银行卡等物。”

“我们已经监控了死者名下的所有账户，一旦有人取款，附近派出所的兄弟们会立马赶过去。”

宋余杭点了点头："再派人去江城市的各大旧货市场，尤其是二手手机市场看看，有可疑的人立马带回来问话。"

林厌伸了个懒腰，仿佛他们讨论得热火朝天和她没有丝毫关系，又懒懒地打了个哈欠。

"我说，你们有没有想过，莲花池不是第一案发现场呢？"

"当然想过了，不然我们排查监控干吗？"一个侦查员接话道。

林厌站了起来，从裤兜里摸出一个U盘，直接把电脑拿过来将U盘插进去，滑了几下鼠标，几张图片出现在大屏幕上。

"这是解剖的时候发现的，死者右心室的血液非常稀释，其血黏度、比重、血红蛋白量、红细胞数都比左心室低。这在法医学上很不寻常，因为在淡水里被溺死的人是不可能出现这种指征的。"

张金海端了个茶杯一口水还没喝进去就全喷了出来："什、什么意思？也就是说她是在海水里溺死的？"

江城市虽然是滨海省内最临海的一座城市，但最近的海滨公园离市区也有二百多公里路程。

按照孙向明的说法来看的话，丁雪晚上八九点出门，凌晨十一点到一点之间死亡，这个时间根本不够跑一个来回，就算凶手一路紧赶慢赶地把死者溺死在海水里，再狂飙回来抛尸，万一在高速公路上遇见查车的，这不是自投罗网吗？

一片沉寂里众人抓耳挠腮，都有些苦闷，熬了一宿毫无收获，情况反而越发错综复杂了。

"送省厅做硅藻检验吧，如果能确定是在哪一片水域遇害的，将会对我们的刑侦工作有非常大的帮助。"

无论什么时候宋余杭说话都是一本正经，波澜不惊的。

林厌靠在椅子上不安分地转来转去。她和宋余杭的座位挨在一起，微微俯身便贴了过去，一股清甜的女人香飘进了宋余杭的鼻腔里。

宋余杭下意识地闪躲，避开了她的动作却没躲过她亮晶晶的眼睛，对方的脸上还带了几分疑似邀功的神情。

"送什么省厅啊，我都能做。"林厌看了看表："嗯，我订的仪器应该快到了。"

她的言下之意就是：宋队，要是破案的话，你可得好好谢谢我啊。

宋余杭面无表情，当作没听见一般转过了脸："那暂时先这样，兵分三路，一组去调查二手市场，二组去死者家里看看，我去江城市一中了解一下情况。"

江城市一中。

听见这个名字的时候，林厌在心底默念了一遍，然后伸出手："我也去。"

第11章　学生

“你不是对破案不感兴趣吗？”宋余杭偏头给自己系上安全带，林厌也打开车门坐了上来。

林厌的眼睛生得很漂亮，弯起嘴角笑的时候眉峰上挑便有几分玩世不恭的感觉。

“可是我对宋队感兴趣呀，您去哪儿我就去哪儿。”

宋余杭挂挡出发，显然没把她的玩笑话放在心上：“哦，我还以为林法医只对钱和男人感兴趣呢。”

林厌摇着脑袋，明明出身豪门却偶然也会流露出市井街巷里的风流气。

“非也非也，我欣赏一切美的事物，和是男是女无关。”

车开出不远，正值早高峰，车子堵在了十字路口处，林厌撑着脑袋数红绿灯，下意识地说了一句：“左拐走长城路，有条小道可以直接到江城市一中。”

宋余杭瞥了她一眼，神色不变地道："那条路去年街道改造的时候给封上了。"

"哦，是吗？"林厌换了个姿势让自己靠得更舒服一点儿，微微合上了眼睛闭目养神，也因此错过了宋余杭眼里一闪而过的犀利的光。

刚下早自习，校园里一片生机勃勃的景象，正值盛夏，阳光从香樟树间隙里投下斑驳的光影，穿着蓝白相间的校服的少男少女或并肩走在一起，或站在走廊上背单词，或者三三两两打打闹闹地跑过她们身边。

"喂，中午吃什么？校门口刚开了一家云南米线，要不要去试试？"

"好啊、好啊，我要吃香辣味的！"

"我说这才刚吃完早饭，你们就开始惦记着午饭了？"

"哎哟，这不就和某人上课铃声刚响就期待着下课一样吗？"

"好哇，敢说我，你给我站住！"

"哈哈哈——"

一阵清凉的风涌过林厌身边，她的肩膀被人撞了一下，恍惚她似听见谁在耳边喊"林厌"。

她猛地回过头去，以为能看见朝思暮想的人，却看见宋余杭站在走廊尽头，一身普通的白衬衫，袖口微微挽了起来，露出白皙的手腕，黑色西装裤笔挺，阳光洒落在她身上，令她显得轮廓分明。

"这边。"

那声略带亲昵的"林厌"仿佛只是林厌神思恍惚下的错觉。

林厌定了定神，抬脚跟上。

"你好，警察。"宋余杭亮出警官证，"想找您了解一下，丁雪是个什么样的人？"

接待她们的是高三的年级主任，一个有些谢顶的中年男人，听见这个名字就开始叹气，带着她们在沙发上坐下了。

"她人挺好的，虽然年轻但也算是我们一中的教学骨干了，要是不出这档子事，再熬两年，不出意外教学组长就是她的，前途无量啊。"

"她平时性格如何，和学生家长、同事之间有没有什么矛盾？"

"矛盾？"年级主任愣了一下，随即苦笑开来，"要说矛盾的话，哪个老师和学生、学生家长之间没矛盾？大部分是恨铁不成钢或者教育理念不同罢了，这些都能理解，可要是为了这些就杀人的话那也未免太……"

林厌“呵呵”冷笑了两声：“我还见过为了一块钱当街砍了对方十几刀，刀刀正中要害，我光是缝尸体都缝了半天的呢。”

“这……”

年级主任被噎了一下，明显是秀才遇上兵有理说不清。

宋余杭理都没理她，继续问：“案发当天晚上，也就是周五晚上八九点的时候，死者的丈夫说死者接到了学校打来的电话，说是有几个孩子打架斗殴，需要她前去处理一下，情况是否属实？”

年级主任戴上老花镜翻着自己的手机，然后给她们递过去：“属实，属实，电话就是我打的。”

宋余杭在纸上记下了通话时间：九点十分，共三十秒左右。

“麻烦您把那天的情况详细地跟我们说一下。”

“好、好。”男人坐在沙发上抿了一口茶水，慢慢回忆起来。

“你们骗人！不许胡说！丁老师不是那样的人！”瘦弱的男孩子穿着脏兮兮的校服，头发理得很短，攥紧了拳头从地上爬起来一拳就冲着说话的人砸了过去。

对方人多势众，他偷袭得手后很快被人掀翻在地上，一帮人冲着他拳打脚踢。

男孩子用手护住了头，咬着牙一声没吭，直到走廊尽头传来一声厉喝。

“你们在干什么？！快住手！”

众人哄笑一声如鸟兽散，丁雪跑过去把倒在地上的男孩子扶了起来。

“没事吧，他们又打你了？不是上次刚叫过家长吗？我去找——”

“丁老师。”少年叫住了她，黑夜里眼眸漆黑，眼里隐约有水光，他擦去嘴角的血迹勉强笑了笑，“没事，这么晚了还麻烦您跑一趟。”

“不麻烦，你这孩子，作为你的班主任，保护你是应该的。”女人说着从兜里翻出纸巾递了过去，想要扶他起来。

少年有些拘谨地拒绝了她的接触，自己把纸巾拿了过去，攥着却也不开口说话，仿佛是在思索着什么问题。

“怎么了，小周？”

他仿佛下定决心一般抬起了头：“高中三年您待我极好，如果不是您，我可能就上不了学了，现在还不知道在哪里打工。您说过，我们是朋友，那作为朋友的话，您可不可以告诉我，您——”

他话音未落，背后传来脚步声，年级主任和副校长一起出现在走廊里。

“丁老师，没事吧？”

丁雪回过头去，把男生从地上扶了起来：“没事，那帮孩子又打人，明天可得叫家长来学校好好谈一谈。”

男生见有人来，便闭了嘴。

“谢谢老师，那、那我回宿舍休息了。”

“好，我送你吧。”丁雪见他走路仍有些一瘸一拐的，主动提议。

“丁老师，你这是怎么了？”副校长见她脸色不怎么好，额上有薄汗，领口也是湿的，出声问道。

“要是身体不舒服的话，可以安排调休的。”

他说这番话是出于上司对同事的关心，不知怎的，丁雪的目光却闪躲了一下。

“没事，过来的时候有点儿下雨，带了伞还是被淋湿了。”

她一只手里拿着一把折叠雨伞，说完之后她就捂着唇咳嗽了几声，看上去倒真的像是着了凉的样子。

年级主任回过神来，把茶杯放在桌上：“这就是我最后一次见她的情形。”

“我……”

“我……”

两个人异口同声，林厌顿了顿：“你说。”

宋余杭接上：“我们能不能见一见那个孩子？”

“喔，好、好，没问题，我打个电话去。”年级主任似乎愣了一下，起身去窗边打电话。

年级主任挂了电话后走过来，眉头却轻轻皱了起来：“代课老师说他今天没来上学，请假了。”

宋余杭马上要了孩子的家庭地址，年级主任去翻花名册的间隙，林厌走到外面透气。

以前她在学校的时候想抽烟却不能抽，如今倒是无所顾忌了。她从烟盒里拿出一根烟来叼上，“啪”地一下按着了打火机。

往来学生纷纷侧目，林厌还吐了一口烟圈，挑了一下眉头，抛去一个媚眼。

有胆子大的学生凑上来，张嘴一口烟味："姐姐，也给我来一口呗。"

她轻轻一瞥，男孩子油头粉面，脖子上挂着条金链子，校服拉链也没拉，一看就不是什么好学生。

最重要的是，那链子是纯金的。

林厌微微弯起嘴角，把烟取下来往他嘴里一送，男生很识趣地叼住了。

"有意思，弟弟哪个班的啊？"

烟是好烟，还带着女人唇齿间的香味，男生一下子猛吸了两口："高三（16）班。姐姐，留个联系方式呗。"

林厌瞥了一眼他校服上的软胸牌，神情带了点儿八卦意味："（16）班啊，我听说最近死的那个女老师就是……"

一说到这个，男生夹着烟愣了一下，猛地抽了一口："就是我们班主任。"

"挺可惜的，我看报纸上说她是教学能手呢。"林厌自然而然地接过话头，咂巴着嘴。

谁知这男生却"哼"了一声："可惜什么，还不是……"

他说到这里似乎意识到不妥，猛地住了嘴，目光狐疑地上下打量着林厌。

"不对，上课期间封闭式管理，你是谁？又是怎么进来的？"

这小子还挺机警，林厌笑靥如花，故意抛了个媚眼，内心恨得牙痒。

谁知男生猛地一拍大腿道："喔，我知道了！你是记者！最近好多人来我们学校采访。"

"咳……"林厌被自己的口水呛了一下，"对、对、对，我是记者。"

她点头如捣蒜："所以你知道关于你们老师的什么八卦内情，她平时交好的都有哪些人哪，闹过矛盾的同事都有谁啊，和哪个学生关系特别不好或者特别好，以及婚姻关系啊，都可以告诉我。"

她这谎言维持还不到一分钟，上课铃声响了，男生三两口把烟吸完后摁在栏杆上，转身往教室跑去，一边跑还一边回头比了一个飞吻。

"谢谢美女姐姐的烟，下次见。"

"哎——同学。"林厌跺了跺脚，这上课铃声响得真不是时候。

她话音未落，只见那男生险些在教室门口撞到来人身上，匆匆稳住了身形后赶紧鞠躬：“李老师好。”

林厌看过去，被称作“李老师”的人穿黑色西装制服裙，一眼看过去架了副无框眼镜，像极了影视剧里刻板的教师形象。

宋余杭从办公室里推门而出：“走了，林大记者。”

“……”

林厌冲着她的背影暗暗竖起了中指。

第 12 章　争吵

“请坐，警察同志，屋里有点儿乱，这几天也没来得及收拾……”男人替他们开了门，一边把人往屋里引着，一边捡起了散落在地上的沙发垫子，神色有些尴尬。

孙向明的小女儿孙雅坐在窗边安静地玩着彩泥，见有人来也只是瞥了他们一眼，又埋下头把彩泥揪成一块一块的。

孙家不大，两室一厅的房子，格局很好，南北通透，简单摆放了几件家具，没有隔断，入门就是客厅，衣物扔得遍地都是，吃完的盒饭就那么摆在桌上。

玄关处插着的花已经枯萎了，和这个家一样散发出颓败、萎靡的气息。

“喝些什么？”他打开冰箱发现空空如也，又走到厨房准备烧水。

方辛赶紧制止了他的动作：“不用，不用麻烦了，我们就是来看看，了解一下情况就走。”

“喔，这是我们的卧室，那边是我老婆的书房……”孙向明推开了卧室门，没有女主人的房间和客厅乱得如出一辙，大床旁放了一张小床，应该是孩子睡觉的地方，脏衣篮里的衣物都溢出来，蔓延到了地上。

孙向明苦笑了一下，眼眶又红了：“让你们见笑了，平时这些事都是她在做，如今我又要忙工作又要照顾孩子，实在是有些……”

方辛和两个民警大致瞅过一眼，都觉得没什么可疑的地方，尤其是他提到丁雪的时候，既不过分伤悲又能从肢体语言、眼神、微表情里察觉到情真意切。

做刑侦的都是人精，大致看一眼心里就有数，退了出来，走向一旁的书房。

电脑还开着，旁边的书架上罗列了不少书，有关于金融的，也有关于教育的。

方辛随手从书架上抽出一本《教育心理学》，轻轻拂去上面的灰尘，大致翻了几页又放了回去。

郑成睿的目光则落到了电脑上：“这个，我们可以检查一下吗？”

“可以的，请便。”孙向明走过去输入了密码，示意他们随便用。

郑成睿打开随身携带的笔记本电脑就开始捣鼓：“这电脑平时都是谁在用呀？”

“我，还有我老婆都会用，我经常下班了还回来加班，她有时候也会备备课什么的。”

电脑桌面就是一家三口的照片，女孩子被爸爸妈妈簇拥在中间，手里拿着饭勺，笑靥如花。

方辛盯着看了会儿，只觉得人世无常，转眼间一个幸福的三口之家就分崩离析。

就在这时她突然觉得有道视线落在了自己身上，猛地回过头去，小女孩站在门口的阴影里，“哇”一声哭了起来，冲过去抱住孙向明的腿。

“爸爸，妈妈……我要妈妈……”孙向明手足无措起来，又是扯纸巾给她擦眼泪又是把人抱起来在怀里哄着。也许是他的胡楂弄疼小女孩了，她反而哭得更大声，嘴里一个劲儿地喊着“要妈妈”“要妈妈”。

“抱歉，失陪一下了。”屋里人多，男人只好把孩子抱出去坐在沙发上耐心地哄着。

方辛透过门缝看过去，瞧见他把手里的玩具递给孙雅，对着女儿的时候面上难得地带了一丝强撑起来的笑容。

幼年丧母，中年丧妻，这场景看了就让人觉得心酸。

“他们的夫妻关系如何？”另一队刑侦人员来到了孙向明的岳母家了解情况。

老人家里冷冷清清的，只有一个人，供桌上摆了两张遗像，一张是亡夫的，另一张则是死者丁雪的。

说到这里，老人就开始抹眼泪：“怪就怪我，当初不该把小雪嫁给他……”

刑侦人员对视一眼，神色严肃了些：“请您翔实地告诉我们，不要添油加醋，只陈述您看到的事实就好。”

老人又抽抽噎噎了一会儿，才勉强开口道："我不跟他们住，具体平时他们怎么相处的，我也不清楚，不过逢年过节走动，我瞧着两个人倒是挺好的，偶尔也会拌拌嘴……"

"他们打架吗？"

老人仔细想了想，道："那倒是没有，给那龟孙子一百个胆子他也不敢动我女儿一根手指。"

她说到后面又有些义愤填膺。

"这话怎么说？"

"当初是孙向明那小子主动追求我闺女的……"老人说到这里长叹了一口气，看着桌上的遗像又红了眼眶。

"追了好长一段时间，一两年吧，我女儿才同意的。他就是一个小职员，家是农村的，父母也没有退休金，家庭情况不是很好，结婚的时候我没要他们家彩礼，甚至赔了一大笔嫁妆，就是想让他对我女儿好一点。毕竟我丈夫去得早，我就这么一个女儿了。"

老人说完这句话，又哭起来，一把握住了刑侦人员的手就打算给他们跪下。

"求你们，一定要抓住凶手，还我女儿一个公道。"

"找校长吗？她现在不在，去代课了，你们得等一会儿了。"工作人员在她们面前放下了两杯白开水，便自顾自地去忙活了。

林厌一挑眉头道："官都做到校长了，还需要代课？"

"那当然了，我们江城市一中是重点高中，从上到下业务能力必须过关的，就算是校长，完成行政工作之余也要抽出时间上课的。更何况现在快高考了，又出了这档子事，一时半会儿也招不到好的老师……"

说到这里，这位工作人员就有些愁容满面了。高考过后紧接着就是秋季招生，最近闹得满城风雨的新闻对他们学校多少会有点儿影响。

等人走后，林厌抿了一口白开水，只觉得有一股塑料杯子的怪味，又放下了，捅了捅宋余杭的胳膊。

"哎，你怎么看？"

"公安局外不讨论案情。"

宋余杭面无表情地翻着桌上的书刊。

"你每次和我多说两句话会死吗？"

“会。”宋余杭翻过一页校内杂志，“我怕你被我气死。”

林厌抄起桌上的水杯就打算泼过去，门却在这时轻轻地被人推开来。

女人腋下夹着课本走了进来，四十左右的年纪，身材保持得依旧得体，嘴角含着淡淡的笑意，在看见办公室有人的时候愣了一下。

来人正是林厌刚刚在走廊里看见的那位李老师。

工作人员赶紧道：“这二位是江城市公安局的警察，前来了解案情的。”

女人这才回过神来，主动上前握手：“你好，李诗平，江城市一中副校长。”

宋余杭看着主动伸到自己面前的手也含笑握了上去：“市局刑侦支队副队长，宋余杭。”

“您好，宋队，这位是？”

她看了过来，因为常年教书育人的关系，女人身上的气质有种说不出的温和儒雅的感觉。

“法医，林厌，不过握手就算了吧，常年摸尸体，比较晦气。”

林厌大咧咧地说完，李诗平脸色僵了僵，却还是保持微笑地请她们坐下。

宋余杭在那边了解情况，问来问去都是那些事，林厌听得不耐烦便站起来打量着四周。

办公室不大，木质桌椅，真皮沙发，她摸了摸桌面，轻轻敲了敲，红木的。

旁边的书架上摆了几本书，大部分是教育类书籍，有少部分英文原著，看起来很是高深的样子。

她随手抽出一本校刊翻了翻，李诗平的目光看过去，林厌又迅速将校刊塞了回去，接着去摸人家桌上的地球仪，拨得骨碌碌转。

林厌似乎被吸引了注意力，乐此不疲，岂料一个用力过猛，球体被拍飞了出去，落在宋余杭脚边。

“……”向来稳重的宋警官喉咙紧了紧。

她或许真的不该带林厌出来。

“抱歉、抱歉，你们继续。”林厌打着哈哈走过去捡起球体，将其安在地球仪的底座上，抬眸正好对着橱窗里的一张老照片。

那是一张教职工合影，死者丁雪站在右上角，微笑着看着她们。

“这就是我最后一次见她的情形……”李诗平说完顿了顿，微微合了下眸子，似在不忍，“怎么好好地就……”

宋余杭合上笔录：“谢谢您的配合，后续若有需要还请配合我们调查，我们还想拜访一下贵校校长，请问——”

李诗平端起茶水抿了一口：“抱歉啊，葛校长现在不在江城市，上周五的时候就去省城出差开会了，等他回来我一定第一时间联系您。”

宋余杭起身：“好的，那就不打扰了。”

李诗平也起身送客：“没关系，配合警方的工作是我们的义务，我本人也希望警方能尽快抓到凶手，还我同事一个公道。”

林厌率先出门，却又被人叫住了。

她顿住脚步，双手插在兜里看着对方：“什么事？”

李诗平犹豫再三，还是说：“毕竟同事一场，丁雪还是我亲自招进来的人才，我想知道——”

“想知道她死得痛不痛苦是吧？”林厌换了个姿势抱臂站着，脸上带着几分不怀好意的笑容。

宋余杭已来不及阻止——

“嗯，千奇百怪的死法里溺死应该是最难受的吧？若是一刀致命那倒还好了，可是偏偏要活着感受每分每秒氧气都会从肺里剥离的窒息感，你会挣扎、会痛苦、会喊叫，可是你一张嘴水就会灌得更多，你的手脚会逐渐失去力气，你会下沉，最后再也浮不起来。等你浮起来的时候已经是几天后了，全身泛起尸斑，身上的皮肤会脱落，水里的微生物会啃食你的面部，你会变得面目全非，口、鼻、眼里全是抱团繁殖的蛆——”

林厌越说越离谱，宋余杭猛地提高了声音：“林厌！”

李诗平扶着门框，脸色煞白。

林厌一摊手，无辜地眨了眨眼：“是她让我说的，我说错了吗？宋、警、官？”

她刻意咬重后几个字，分明是在挑衅。

宋余杭被她气得不轻：“你——”

李诗平缓过神来，勉强地笑了笑：“没事，破案的事就有劳你们了，早点破案对我们江城市一中的声誉也有好处，若有需要帮忙的地方，请尽管开口。”

宋余杭点了点头，生怕林厌再说出什么狂悖无礼的话，扯着她的衣服硬是把人半拖半拽着走了。

走到空旷处，林厌一把甩开了她的手：“你干什么？！放手！”

宋余杭抓得紧，林厌猝不及防地一甩，领口的扣子崩落，两个人都气喘吁吁的。

尤其是林厌，皮肤白，微微一激动眼角便泛红，死盯着宋余杭，像不甘示弱的猛兽。

“你以为你是谁啊？我说什么、做什么要你管？”

宋余杭本来已消了大半的气，听她提起这茬，心头火起：“你知不知道你刚刚那几句话已经透露了案情细节？！任何情况之下我们警方都应该对尚处在侦查阶段的案情严格保密！”

“什么警方？！什么你们、我们的？你是你！我是我！少把我和你们这帮酒囊饭袋掺和在一起！”

“你配吗？你不配！”她说完狠狠地往地上啐了两口，使劲把刚刚被宋余杭扯下去的衣领拽了回来。

论泼妇骂街，十个宋余杭也不是她的对手，林厌满意地看着宋余杭的脸青一阵白一阵的，喉头上下滚动着，双手紧握成拳。

她想到初到市局那天宋余杭的下马威，嘴角便轻轻地浮起嘲讽的笑意。

她似乎总是这种表情，不屑、嘲讽、冷漠、玩世不恭，总之从来不会好好笑。

林厌上前一步，她今天出外勤没穿高跟鞋，宋余杭比她高了一个头。林厌伸手一把将宋余杭的衣领扯了下来，咬牙切齿地直直看进那双淡棕色的眼睛里。

“还有，别再对我拉拉扯扯的，否则，别以为你是女的我就不会告你性骚扰了。”

堂堂刑侦队长，被人扯着衣领警告，她该是愤怒的，该是恼火的，该一拳打过去的。

可是宋余杭将拳头握了又松开，松开又握住，呼吸因为极力调整着反而有些不稳起来。

她盯着林厌的眼睛，那里面有自己的影子，她终于想起来自己在想什么了。

刚刚她不小心扯开对方衣服的时候，对方的肩窝处有一个形状古怪的文身，像是某种古老的文字，又像是不知名的远古图腾。

宋余杭失神的工夫，林厌已经放开她，退后一步，语气变冷：“从现在开始，你查你的，我查我的，我想请你别忘了，从职务上来讲，你我是平级，我林厌平生最讨厌的就是有人对我指手画脚。”

她还有一句话没有说完：谁挡了我的路，我就要谁不得好死。

不知为何，她竟隐隐希望，不会有对宋余杭说出这句话的一天。

林厌走后，宋余杭摊开掌心，一枚小小的米色扣子已被捏得汗津津的。

她本想将其扔掉，但也许是职业习惯使然，越小的东西越能见微知著。

宋余杭还是拿卫生纸将扣子包了起来，揣进兜里。

第 13 章　关系

“怎么样？绝对猛料，我只要这个价钱——”戴着金链子的男生伸出两根手指晃了晃。

对面的人染了一头黄毛，爆炸头，叼着一根烟站着，脖子上挂了个旧佳能相机，见他那手势吐了口烟圈，二话不说转身就走。

“别，别价啊，你先看看！”男生着急了，追上去把照片塞她怀里。

“绝对值这个价，要不然再、再给你打个折，你再帮我写几套卷子……”

女人手里夹着烟，这才似笑非笑地看着他：“行吧，一千块不能再多了，卷子给我。”

趁着男生低头翻书包的工夫，女人把照片翻了过来，一看就是偷拍，照片像素不怎么清晰，不过社会新闻越模糊越好，模糊才能引人遐想。

照片上的女人正是丁雪，而趴在她身上的，是另一个叫不上名字的男人。

不过女人看着有几分眼熟，就是想不起来是谁，反正不是丁雪的老公就是了。

“这是……”她故意嫌弃地把照片甩得哗哗响。

男生把试卷递了过去：“婚外恋啊！这是我们的校长，多劲爆的消息，我连新闻标题都给你想好了，就叫——江城市一中知名美女教师劈腿上级，因情被害身亡！”

他正说得扬扬得意，女人把照片塞进了包里，状若无意地往他身后一指：“哎，你看那是谁？是不是你们的老师？”

男生下意识地回头，女人拔腿就跑。

“不——妈的！”

他还未说完话，猛地回过神来，女人已一溜烟地跑到了校门口的公交车站上，公交车刚好到站，她顺势挤在人群里上了车，车门即将关闭的时候还冲他挥了挥手。

男生气得七窍生烟，狠狠地往地上啐了几口唾沫：“以后别让我看见你！”

林厌放下手里的报纸，走出报刊亭，抬手叫了一辆出租车：“跟上前面那辆公交车。”

继副校长之后，宋余杭又陆陆续续地走访了几位其他教师，得到的不是“不好意思我不知情”就是“我和丁老师不熟”等搪塞之语。

在她问到死者有没有和人发生过什么矛盾时，几乎所有人都是同一个答案。

“没有吧，丁老师为人很好的，不过她和一个学生走得极近，你知道的，这在学校比较忌讳……”

那种欲言又止的表情让人上了心。

宋余杭合上本子，决定去见一见这个名叫周末的学生。

“喂？主编，您说……”女人边走路边点头哈腰地说，“我？我在外面采风呢。”

“你能采什么风？好稿子写不出一篇来！净是什么偷鸡摸狗鸡毛蒜皮的小事！我们要热门！热门懂吗？！要博人眼球！这个月销量再上不去，你给我卷铺盖滚蛋！”

耳边传来中年男人的怒吼，宁缺稍稍把手机拿远了些，仍是一副嬉皮笑脸的模样。

“是、是、是，我知道了，您放心，这次绝对是大卖点，我刚拿到了关于江城市一中死的那个女老师的大猛料——”

她话音未落，前路被人挡住，人行道地砖上投下一片阴影。

她缓缓抬头，女人抱臂站着，似笑非笑地看着她，那张脸十分耐看，只是神色有几分不怀好意。

宁缺暗道不好，难道来人是同行？

她打算绕过去的时候，她走一步林厌走一步，她往左走林厌也往左走，她往右林厌跟着往右。

宁缺清了清嗓子，摆出一副谄媚的笑脸："这位是……找我？"

林厌顿住脚步，指了指宁缺背上的包："照片给我。"

宁缺攥着背包带子的手紧了紧："同行？那你也应该知道规矩，独家报道不可能——"

林厌从钱包里抽出几张红票子甩了甩："钱就是规矩，拿着钱滚蛋，照片给我留下。"

宁缺心思百转千回，那沓钱数目不少，可哪儿比得上工作这个长期饭票来得安稳？这次要是杂志销量真的上不去，第一个被开除的人就是她，她好不容易才在江城找到工作，绝对不能就这么轻易地被开除。

"好、好。"宁缺说着，去摸自己的包，慢吞吞地掏着东西。

林厌有些不耐烦了："快点儿。"

她话音未落，迎面飞来厚厚一沓稿纸，四散开来遮挡住了视线，宁缺拔腿就跑。

眼看着对方又要故技重施，跳上路边拉客的摩托车，林厌三两下追上去，朝着对方的后心就是一个飞踹，宁缺滚下马路，行人纷纷如鸟兽散。

林厌拖着宁缺的衣领把人拽了回来，拿钱拍着她的脸，语气凉凉地道："敬酒不吃吃罚酒。"

林厌看着瘦弱力气却不小，宁缺挣扎了几下，林厌直接一屁股坐在了她的背上，宁缺差点儿没被压死，朝天翻着白眼，就差口吐白沫了。

林厌一只手卡着她的脑袋不让她动，另一只手从她的胳膊上拽下背包，打开翻了翻，里面有相机、录音笔什么的，最里面的夹层里塞了一张照片，林厌拿出来装进了自己的兜里。

宁缺还想挣扎，被人抓着头发提了起来："跟老娘耍流氓，你还嫩了点儿。知道我是谁吗？我是流氓他祖宗！这次放你一马，滚！"

她说完把人放开站了起来，远远地有巡逻民警拿着电警棍跑了过来："干吗呢？！"

林厌退后两步："没、没干吗。"

说完她拔腿就跑，溜得比兔子还快。

宁缺这才在民警的搀扶下站了起来："没事吧？丢什么东西了？跟我去派出所做个笔录，我们一定帮你把东西找回来。"

林厌那一脚踹得着实不轻，震得宁缺后背发麻。宁缺拂开了民警的手，一瘸一拐地捡着地上散落的物品与纸张。

“没事，不用了。”

她看着林厌离去的方向，用力捏皱了稿纸。

“你好，有人在吗？”宋余杭轻轻敲了两下门，无人回应，又退后一步打量起了整栋楼。

这里是江城市的西区，和东区一江之隔，却天差地别。

说这是楼也不过是三层高的平房，外面挂满了大人小孩的衣物，电线蜘蛛网一样分割着天空。

小巷逼仄，只能容电动车通过，她脚下不远的地方就是一条污水沟，臭气熏天。

周末的家就在这里，平房下的棚户，铁皮搭的，在太阳下被照得滚烫，门口摆了一盆奄奄一息的向阳花。

宋余杭转身透过布满铁锈的窗户往里看，屋里拉着窗帘，黑漆漆的。

她的目光落到了门口挂着的铁锁上，从包里摸出了一根铁丝。

“东西都扔了吧？”KTV 里闪烁着五颜六色的灯光，照得他的脸青一阵白一阵的。

男生埋着头低低地“嗯”了一声。

“好样的，这样，我知道你缺钱，这些钱你拿去用，不够再跟我说。”

桌上摆了一沓人民币，数目不少。

男生依旧埋着头不为所动。

于是说话的人推了他一把：“我说你是不是傻？你还真想着要告诉——”

他猛地住了嘴，咽了咽唾沫，换了个说法：“还有不到一个月就高考了，你想清楚，你上了这么多年学，再辛苦都过来了，眼看着就要熬出头了，就这么放弃？难道你就甘心一辈子这样，做个窝囊废，做个穷人？”

男生动了动喉头，声音沙哑地道：“那也——”

“你和我们这种人不一样，我呢，考不上大学也无所谓的，大不了就出国混个文凭呗，你要是考不上大学一辈子都出不了头了，难道你真的想一辈子住在你那个猪圈里？”

“小周，你知道人为什么要学习吗？说什么为天地立心，为生民立命，为往圣继绝学，为万世开太平——其实都是虚的，有这样的想法固然很好，但是没有也没关系。因为我们大部分人光是活着就已经用尽了全部力气，所以我们努力学习只是为了能活得更好，能改变自己的生活，能买自己想要的东西，能去追求自己喜欢的人。成功并不只有读书这一条路，但读书确实是一条通往成功的捷径，它不需要你付出成本，只需要你努力努力再努力。小周，老师不希望你辍学，你要加油。”

言犹在耳，故人却已经永远长眠于地下了。

男生用手抱住了头，从喉咙里发出了脆弱的哭号。

包厢里音乐声开得很大，没有人去阻止他这样宣泄，隔了好一会儿，音乐停了，男生缓缓地抬起头，目光落到面前的人民币上，喉咙动了动，伸手拿了过来。

中午的时候各小组归队，开了个简短的案情分析会。

先是郑成睿：“检查过死者丁雪生前用的电脑，没什么异常，不过查到常用通信工具的时候，发现有聊天记录被删除过的痕迹。”

宋余杭撑着下巴靠在椅子上：“和谁的？什么时候能恢复？”

一张照片放大在了屏幕上，男人戴着金边眼镜，西装革履，身形略胖。

“江城市一中现任校长，葛军。”

宋余杭心下了然：“这个葛军，案发当天去了省城出差，有一定作案嫌疑，派人联系省厅，将人请回来喝茶聊天。”

张金海则端着茶杯顿了顿：“怕是不妥，毕竟对方是市重点中学的校长，又是人大代表，还是等聊天记录恢复出来有确凿证据再说。”

众人看向宋余杭，她倒是没什么表示，转着手里的笔，表情淡淡的：“二组那边有什么收获？”

一个侦查员拿着笔记本站了起来：“我们走访了本市最大的几家旧货市场，均没有发现与死者丁雪同一型号的手机，这种手机刚上市，价格不便宜，一时半会儿应该也不好出手才对。”

另一个侦查员接上：“另外，我们也去了死者丁雪的妈妈家，了解到死者丁雪和丈夫的婚姻关系还算和睦，吵过架但是没有家暴的情形。”

方辛也站了起来：“通过对街坊邻里的走访调查，情况属实，死者丁雪和孙向明确实很少吵架，而且案发当天晚上，孙向明还有不在场证明。”

方辛出示了一份笔录，是孙向明家隔壁的邻居做的，据他说，他当天晚上加班，回到家的时候已经是凌晨十二点多了，孙向明开门拿外卖，两个人还打了招呼。

“我们也去楼下大排档调查过，孙向明确实点了餐，同时也问过孙向明所在单位的经理，当天晚上确实派活给他了，他在家加班不是谎话。”

宋余杭皱了一下眉头："视频监控呢？"

"这是小区单元门楼道口的监控，我们看了一晚上，眼睛也不敢眨一下，确实没见他出来过。"

"还有没有别的通道？"

"没有，我们查过了，消防通道也是通到单元门旁边的，要想出门必须从这个摄像头底下过。"

"这么说无论是作案动机，还是作案时间，孙向明都不符合，他还有不在场证明。宋队，对他的监视该撤了吧？"

张金海看了过来。他二人时常意见相左，在查案上宋余杭略激进，张金海则略保守，但他职务比她高一级，多半情况下除非宋余杭坚持，否则还是听他的。

果然，坐在对面的人点了点头："我没意见。"

这时视频正好放到死者丁雪出来的那段，摄像头位于单元楼前，因此将情况拍得清清楚楚。

只见她跌跌撞撞，神色慌张，还不住往身后张望，可是她身后空无一人。

"停，倒回去重新放。"

郑成睿按下了暂停，然后将视频倒退。

只见丁雪又慌慌张张地跑了出来，周遭空无一人，她却像见了鬼一样，这场景无端让人起了一身鸡皮疙瘩。

宋余杭皱眉："她跑什么？"

"难道是因为赶着去学校？"

"当老师的人对学生打架都见怪不怪了，至于这么激动？"

"停——放大。"宋余杭对丁雪频频回头的动作上了心。

谁在追她？

或者，她在害怕什么？

这视频看得人云里雾里的，张金海也皱起了眉头："总之，先暂缓对孙向明的调查，虽说先调查死者的近亲属是必要的程序，但也不能先入为主地认为人家就是杀人凶手，办案还是要讲证据的。"

众人纷纷点头附和着。

"我建议，下一步侦查工作重点放在这个叫'周末'的学生以及葛军身上，技侦那边抓紧点儿，尽快把聊天记录恢复出来。"

"是，张队。"郑成睿抬起胖乎乎的爪子敬了个礼。

宋余杭手里的笔转过一圈，停在指间，她本来撑着下巴有些懒散地坐着，这时却又坐直了身子起来盯着监控。

“监控我也看了，她走出一中门口的时间是十点半左右，按道理这个时间点应该回家才对，她却走向了完全相反的方向。”

那是条小道，市政设施不全，走出五百米左右监控便断了。

宋余杭的笔在桌上轻叩了两下：“我们大胆假设，她不是被抛尸在莲池公园的，而是自己去的，那么她又为什么在这个时间点去莲池公园呢？”

张金海抿了一口茶水，又叫人给添上了：“不排除死者丁雪与葛军存在某种不可告人的关系的可能，确实得好好查。”

大体的侦查方向没错，她便不再多说，目光随意一瞥，技侦空了个座位：“林法医呢？”

方辛赶紧接道：“在病理解剖室捣鼓器材呢。”

第 14 章　审讯

林厌从上次尸检留下来的检材里各取出了 20g 物质，分别进行有机破坏后分离出了残渣，清洗离心，滴取镜检，动作有条不紊。

这还是宋余杭第一次见她穿白大褂，鬈发盘了上去，露出了洁白如玉的后颈。

她以为林厌这样的人是不可能安下心来做实验的，未料对方却做得很认真，显微镜换了好几个倍数，一边观察一边做着记录。

“从回来就把自己关进实验室了。”方辛拿文件夹挡着脸，压低了声音道。

“宋队要是找她的话，我去叫叫。”

——从现在起，你查你的，我查我的。

宋余杭想到这话，张了张嘴，改口道：“不用了，让她忙吧，出结果后第一时间告诉我。”

林厌在病理实验室待了一下午，等出来的时候已经日落西山了。

她把白大褂挂在衣架上，手指拢了拢蓬松的头发，穿过去用黑色头绳利落地扎了起来。

“林法医，忙完了来吃点儿东西吧。”技侦的几个人围坐在一起吃着泡面。

“不用了，我不吃。”她从桌上拿起腕表戴好，犹豫着道，“宋——”

方辛赶紧接话：“喔，宋队下午来过，看你还在做实验就走了。”

林厌从鼻子里“哼”了一声，对方倒是识趣。

“我不是，我没有，我真的不知情，我和她就是普通的上下级关系……”审讯室里，坐在对面的人面对警察的询问还在死撑。

“你们要是没有证据的话，我可要告你们诽谤的。”

宋余杭从椅子上直起身，示意郑成睿把电脑屏幕转过去给他看。

“从去年三月开始，你对丁雪实施了长达一年多的性骚扰，包括但不限于口头骚扰。葛校长，您是有家室也是有脸面的人，让贵夫人知道的话恐怕——”

聊天记录上的文字不堪入目，其中还有他发给丁雪的挑逗她的色情照片。

在长达一年多的骚扰里，因着他是上级，丁雪一直对他处处忍让，婉言拒绝过，义正词严地拒绝过，而这一切也让他恼羞成怒，以至于 5 月 14 日当天晚上他给丁雪发了一条消息。

“敬酒不吃吃罚酒，你会后悔的！”

聊天记录触目惊心，葛军惊出了一身冷汗，却还在强撑，拿帕子抹了抹额上的汗水：“不可能，这一定是你们胡编乱造出来栽赃我的！”

他话音刚落，审讯室的门被人一把推了开来，身后跟着几个阻拦的民警，但已来不及阻止。

林厌一巴掌把照片拍在了桌上：“那这个你怎么解释？”

照片上的一男一女亲密地趴在一起，女人似乎喝醉了，而男的正拱起身子猥琐地去亲她的脸。

葛军额上的冷汗“唰”地一下就下来了，脸色青白相间，他咬了咬牙，狠了狠心打算来个抵死不认。

“我想你最好明白，你已被警方列为头号嫌疑人，无论你再怎么狡辩，我们总会找到证据将你绳之以法。堂堂一校之长，不会不知道，即使零口供，只要证据确凿也能定罪吧？想想你的家庭、你的父母、你的妻子、你的孩子……难道你要让他们为有一个杀人犯儿子或丈夫或父亲而蒙羞，从此再也抬不起头来做人吗？坦白从宽，抗拒从严，你照实说，我们会在结案报告里写明，说不定到时候上了法庭，你还有争取减刑的机会。子欲养而亲不待，你要是在里面被关一辈子，说不定父母走的那天你连在床边尽孝的资格都没有。你还是老师，还是校长，还是教学先锋，就是这么为你的孩子、你的学生做表率的？”

听听，这口才，这思想工作做得林厌都心动了。

说到父母和孩子，葛军的神色终于有了些许波动，宋余杭留意到他在桌子底下紧张地抠着手，添了最后一把火。

“你放心，我们警方绝对不会冤枉一个好人，但是也绝对不会放过任何一个坏人。”

葛军挣扎再三，神色变换，还是说：“我没有杀她，我真的没有杀她，虽然我对她放过狠话要弄死她，但是我从来没有想过她会死！”

不知道为何，林厌下意识地去看宋余杭，而对方的目光也轻飘飘地瞟了过来。

对视后，两个人同时挪开目光。

宋余杭接着问话：“那 5 月 14 号晚上你在干吗？”

“我、我真去……”在一屋子刑警的怒目而视下，他的声音越来越低：“借着出差之名……去、去会情人了……我真的没有杀她，不信你们去查！”

他三下五除二地把自己的情人的底抖了个干净，一个侦查员去核实。

不一会儿，侦查员面色有点儿难看地回来了，附在她耳边小声道：“宋队，他说的是真的，我们核实了省城他入住的那家酒店的出入记录及监控视频，也问过前台了，他和那个情人晚上七点入住，直到第二天早上才出来，就连晚饭都是让酒店送上去的。”

葛军拿帕子抹了抹额上的虚汗：“看，我说的吧，我真没撒谎。警察同志，我都说了，现在该放人了吧？”

宋余杭蓦地咬紧了下唇，线索又断了。

而林厌靠在椅子上嘴角泛起了意味不明的微笑。

“宋队，那现在怎么办啊？好不容易才把人弄回来，真的要——”方辛也压低了声音道，身为女性对这种道貌岸然的伪君子是最恶心的，颇为同仇敌忾。

宋余杭起身道：“让他走，反正外面的兄弟们也等好久了。”

“谢谢、谢谢，诸位都辛苦了，改天葛某一定请诸位喝茶。”葛军拱着手点头哈腰地道，一张脸上是止不住的笑容。

段城捅了郑成睿一下：“哎，你说他是不是觉着，自己这情妇是找对了，要是没那情妇的话，可就跳进黄河也洗不清了？”

胖子推了推眼镜，摸了摸自己圆滚滚的肚皮：“这案子什么时候才能结束？我想吃烧乳鸽、烤猪蹄、小龙虾、卤鸡脚……”

段城的肚子也适时地叫了一声：“行了，快闭嘴吧。”

葛军走出审讯室，笑容就凝固在了脸上。

他身前站着几个西装革履的青年人，统一黑色制服，胸口佩戴着检徽，冲他出示了证件。

“江城市人民检察院，我们怀疑你在江城市一中任职期间有重大违规违纪行为，请跟我们走一趟吧。”

他回头看去，宋余杭带着几个人悄无声息地堵了他的后路。

“我说过，我不会放过任何一个坏人。”

果然。

见葛军这边审不出什么结果，林厌嘴角微微勾起一抹讽笑。

她伸手想去把桌上的照片拿回来，未料却被人一把按住了。

她抬起眼眸，对上了宋余杭微冷的眼神。

“你从哪儿弄来的？”

“你管我，不是说了你查你的，我查我的？”

林厌欲抽走手，宋余杭却微微使了点儿力气，两个人一时僵持不下。

“不符合程序的证据不能作为呈堂证供。”

“管他白猫黑猫，能抓到耗子的就是好猫，要不是我把证据放他眼前，你能问出来？”

林厌寸步不让，与宋余杭针锋相对。

“警方办案讲求结果更讲求过程。”

“少拿你们那一套来糊弄我，我只是穿着这身衣服，并不代表我认可你们的行事作风。我早就说过了，在我眼里，你们……”她轻轻上前一步，俯身在宋余杭的耳边道，“都是窝囊废。”

林厌满意地看着那人胸腔上下起伏着，不过瞬间，宋余杭又平静了下来。

“既然你这么讨厌我们，为什么又要与我们为伍呢？林法医，你不恶心吗？”

这人真的是太会戳别人的痛点了。

林厌咬牙切齿起来：“该恶心的是你们的不作为，是你们的低效率，是你们的无能，不是我！”

宋余杭明亮的目光看过来，她说话时语气倒是不焦不躁：“其实我一直很好奇，你为什么这么讨厌我们警方呢？”

林厌把手从那张照片上松开：“无可奉告。”

够了，她跟宋余杭说得也太多了。

林厌转身欲走，背后却传来宋余杭略低沉的声音：“林法医，我有一句忠告。”

林厌顿了顿脚步。

“凡事不要剑走偏锋，否则只能自食其果。”

下午五点多，正是晚高峰时期，接送孩子的车在校门口排起了长队。

林厌在街边找了家咖啡馆坐下来，视野正好，宽阔的落地窗外隔着一条斑马线就是启明星幼儿园。

她点了杯拿铁，有一口没一口地喝着，随手翻着店里的书刊。

天慢慢黑下来，夕阳散去最后一缕余晖，孩子们陆续走完了。

老师也准备关校门了，小孩子还趴在铁栅栏上，眼巴巴地往外瞧着。

“小雅乖，老师已经给你爸爸打电话了喔，他一会儿就来接你了。”

老师摸了摸小孩子的脑袋，自顾自地去忙了。

一个黑色身影遮挡住了阳光，男人手里拿着棒棒糖递给小孩子：“小雅吗？我是你爸爸的朋友，你爸爸让我来接你。”

小孩子眼神懵懂地看向来人，又看了看他手里的糖，咽了咽口水。

男人打开铁门，打算把人抱出来的时候被人扯住了。

“放下她，你不是她爸爸的朋友。”

林厌看过去，嘴角微微勾起一丝弧度。

“刚才真是麻烦你了，要不是你的话，这孩子今天可就危险了。”李诗平怀里抱着孙雅，感激地冲眼前的人笑了笑。

小孩子很乖地趴在李诗平的怀里，倒是不怕生。

林厌笑了笑：“我也是路过，刚好看见你们拉拉扯扯的，顺手拔刀相助了。”

“看不出来，林法医也有那么好的身手。”这话倒是不假，刚刚那个人贩子与她拉拉扯扯的，都已经把孙雅拖到路边的面包车上了，她怎么都拽不住。

也不知道林厌从哪里出现的，手里拎着一根机械棍，兜头就是一棒，趁着歹徒吃痛的工夫，顺势抢下了孩子。

孩子这才得以脱险，对方见势不好，爬起来跳上车走了。

李诗平还是有些心有余悸。

不过她到底是见过大风大浪的人，只是脸色有些发白而已，还算镇定。

“防身罢了。”“咔”的一声，机械棍又恢复到电笔大小，被林厌轻而易举地收进了兜里。

“李校长怎么来这边了？我记得这里离一中还是有些距离的吧？”

“喔，我住这边来着，正打算回家，今天也是巧了，还得多谢林法医帮我解围……”

她话音未落，远远地一个男人风尘仆仆地跑了过来：“雅雅，雅雅，没事吧？”

说罢，男人直接把人从李诗平怀里抱了过去。

刚刚的动静有些大，幼儿园老师和保安都出来了。

“我说你这家长怎么当的呀？天天最后一个接孩子，工作忙也不能忽略了孩子吧，要不是两位好心人帮忙，今天可就出大事了。”

“对不起、对不起，我下次一定注意，一定注意。”孙向明冲着老师点头哈腰地道，眼神从李诗平脸上一扫而过。

林厌看见他的喉头动了动，然后他转过来冲自己开口道：“今天的事麻烦林法医了。”

“不用，举手之劳，事情解决了，我走了。”她冲二人挥了挥手，转身离去，余光里李诗平站在原地目送孙向明离去，孙雅趴在爸爸的肩膀上不说话，眼角还挂着泪痕。

孙向明打开了自己手里拎着的袋子，拿了一个小小的水族箱出来哄孙雅：“你看，爸爸给你买什么了？你最喜欢的金鱼。”

李诗平回到家没多久，门口响起了敲门声。她起身通过猫眼往外望去。

来人是宋余杭。

李诗平拿纸巾按了按眼角，这才打开门。

“宋警官啊，这么晚了有什么事吗？”

宋余杭孤身一人站在门外，穿着便装，背了一个单肩包：“打扰了，来找您了解一下情况。”

“没事、没事，请进。”

李诗平让开了过道，又从玄关的鞋柜里拎出一双客用拖鞋给宋余杭。

“谢谢。”

“宋警官喝什么？”

宋余杭换鞋的工夫，李诗平走进了开放式厨房，准备煮咖啡给她。

“不用麻烦了，白水就好。您一个人住？”

“嗯，和前夫离婚后就一个人住了。”

宋余杭留意到料理台上放了一个用过的玻璃杯，而李诗平手上端着自己的杯子和给她的白水。

“您的孩子呢？”

“我没有孩子。”

李诗平淡淡地说完，抿了一口咖啡。

宋余杭不再多问，从包里掏出纸笔坐了下来。

例行询问结束之后，宋余杭又抛出了一个问题：“您对丁雪的印象如何？”

女人端着玻璃杯恍惚了一下：“喔，对她的印象挺好的，她是年轻教师里的教学能手，人也知书达理的，对待学生一视同仁……”

“听孙家邻居说，他们夫妻关系不是很好，她在学校里提过吗？”

李诗平回忆了一会儿：“没，没听她提起过她丈夫。”

“她从来不提？”

“从来不提。”

“您知道周末这个学生吗？”

“知道，高三年级的问题学生之一。”

“我看你们校门口贴的成绩单上也有他的名字，他怎么会是问题学生呢？”

李诗平沉默了一会儿，宋余杭观察着她的表情，总觉得有那么一点儿难以言喻。

“您不知道……他、他……”李诗平似乎有些难以启齿。

“纠缠老师对吧？”

李诗平不说话，算是默认了。

“那您对葛校长有什么看法？”

“我听说他已经被立案侦查了是吗？”李诗平不急着回答，反而问道。

宋余杭点了点头：“没错，您的消息还挺灵通的。”

“不瞒您说，学校里早有风言风语，说他德行不端……”

“您觉得，他和丁雪死亡的干系大吗？”

第 15 章　孱弱

从李诗平家出来后，宋余杭招手拦下了一辆出租车，报了地名便微微合上眸子闭目养神。

“小姐，蓝迪酒吧到了。”

“好，谢谢。”她伸手递过去钱，推门下车，抬头看了一眼硕大的霓虹招牌，站在路边都能听见震耳欲聋的音乐声。

有几个头发染得花花绿绿的小年轻站在酒吧门口抽烟，一见着她就凑过来揽客：“小姐，喝酒吗？今日酒水特价八折。”

宋余杭从兜里掏出证件：“警察，找一个叫周末的人。”

几个人顿时一脸兴致缺缺，做这种生意的人最怕警察上门，晦气。

一个头发染成绿色的小年轻有气无力地推开门：“周末，有人找。”

男生正在吧台里擦洗杯子，猛地一抬头，对上宋余杭的眼神后又把头埋下去干自己的活儿。

宋余杭知道他就是自己要找的人，走过去敲了敲吧台：“警察，找你了解一下情况。”

周末因为还在上学，倒是没留奇奇怪怪的发型，穿着酒吧统一的工装，很是干净清爽的一个男生。

见着那证件，他眉头都没皱一下：“丁老师的事吧？”

不等宋余杭开口，他又道：“我不知情，我想您可能问错人了。当天晚上丁老师送我回宿舍之后，我就一直在宿舍里休息，室友和宿管都可以为我作证。”

这小子还知道什么叫不在场证明。

宋余杭神色平静地道：“目前没有证据表明是你杀了她，你何必这么激动？我今天来只是想了解一下你平日和她关系如何，或者她和哪些人走得特别近……”

她话音刚落，有客人叫道：“我的酒呢？！怎么还没上来？”

周末端了托盘出去：“麻烦让一让，我还要工作呢。”

宋余杭伸手拦住他的去路，示意他稍等片刻：“难道你就不想知道，是谁杀了她吗？”

男生脚步微顿，片刻后嘲讽般笑了笑：“宋警官，我今年还未满十八岁，据我所知，单独询问未成年人好像并不合法吧？”

这人还挺聪明。

宋余杭怔了怔，他已经端着托盘没入人群里。

“不好意思让您久等了，您的长岛冰茶，请慢用。”

回转身来他的一个同事正好路过，周末把托盘递过去，摘了围裙，低声道：“有警察找我，前台你帮我看着点儿，我去后面了。”

同事正是那个绿毛，点了点头，两个人互换了位置，周末消失在熙熙攘攘的人群里。

酒吧换了一首更激烈的舞曲，灯光五颜六色，晃得人眼睛都看不清楚，再加上人来人往，摩肩接踵，宋余杭跟着走了不远就发现失去了目标。

她嘴角微微勾起一个有趣的微笑，直到有人轻轻地拍了一下她的肩膀。

宋余杭下意识地就准备给对方一个过肩摔，抓上那人的手背，触感软绵无骨，一股清甜的香水味飘进了鼻腔里。

林厌贴着她的耳朵，也不知说了什么，热气轻轻拂过后颈，蹭出了点儿轻痒的感觉。

宋余杭松开手，退后一步站定道：“你说什么？”

林厌手里端着一杯莫吉托，眼神带笑，轻轻睨她一眼：“我说，原来宋大警官也有失算的一天啊。”

宋余杭抿了抿唇，对这句话倒是听清了：“你来这里干什么？”

“查案啊，还能干吗？我就说了，现在的年轻人啊早就不吃你那一套了，看姑奶奶的。”

林厌把酒杯往她手里一塞，风情万种地撩了一下头发，又把一字肩的连衣裙往下拉了拉，挤出饱满的曲线。

不等她主动按铃，立马就有侍应生过来招呼她。

绿毛：“小姐，喝点儿什么？”

“……”

宋余杭面无表情地转过了脸。

“你们这里最贵的酒，还有啊，要你们这里长得好看的小年轻出来陪我玩。”她状似喝醉了，脚下不稳，踉踉跄跄地搂住绿毛的脖子，被人扶到了卡座里坐好。

“两瓶路易十三。”绿毛对身后的小年轻吩咐道，又觍着脸去瞧林厌，差点儿被她满身的大牌晃花眼。

林厌从卡座里弓起身，又去搂他的脖子，倒也不避讳，眼神迷离，舌头都捋不直了：“我听说……听说你们这里有个叫周末的大帅哥……姐有的是钱……让他出来陪我喝酒……这些都归你。”

她说着胡乱地从LV的包里扯出一沓人民币塞进了他怀里。

绿毛的口水都差点儿掉下来，但他想了想，神色一瞬间有些犹豫：“姐……他今天不在，要不……让别人陪您喝酒，照样体贴听话又懂事。”

林厌心思百转千回，脸上勾出媚笑，伸手把人拉了下来：“那行吧，我看不用别人了，就你吧，只要哄姐姐开心，这钱哪都是你的！”

宋余杭与她就隔了一条过道，看着她与几个小年轻推杯换盏。一卡座的红男绿女，林厌咯咯笑着，花枝乱颤，低头不胜酒力般把脑袋埋进绿毛怀里。

林厌嗓音轻轻柔柔，身段柔弱无骨，眼波荡漾，似在苦恼：“可惜了，那个小弟弟不在，姐姐还想包养他呢。我啊，就喜欢这种年下小狼狗。”

被她这样一搂一抱，绿毛骨头都酥了，哪里还顾得上其他：“包养？那小子最近可不缺钱。”

林厌躺在他的腿上，由着他喂了一口酒：“哦？怎么说？不缺钱他一个学生干吗来这种地方打工啊？”

绿毛也喝大了，张嘴就道：“不知道那小子最近傍上了什么金主，昨天还看到他戴了一块欧米茄的手表。”

欧米茄这个品牌虽然比不上劳力士奢侈，但对学生来说也算是轻奢品了。

林厌轻轻一挑眉头道："哦？男的女的，敢跟姐姐我抢人，也不看看我是谁……"

宋余杭听得入神，端起酒杯抿了一口酒，突然觉得不对，这不是林厌刚才喝过的吗？

宋余杭皱了皱眉，赶紧将酒杯放了下来，醇厚的酒香却停留在唇齿间挥之不散了。

一行人放浪形骸，一直喝到了深夜酒吧打烊，林厌也问到了自己想要的信息，余光一瞥，那个人还正襟危坐在椅子上，面前的酒一口未动。

林大小姐歪歪扭扭地站起身，将一沓钱扔在桌上："得了，酒也喝了，玩也玩够了，散了散了。"

说罢她转身欲走，绿毛赶紧扶住她，对旁边几个人使了个眼色，几个人一对视，跟在他们身后往外走去。

宋余杭把卫衣拉链一拉，帽子往头上一扣，也结账往外走。

"哎，小姐，小姐您慢点儿啊，车在这边呢。"林厌脚步虚浮，眼神迷离，还不时弯下腰装难受，小脸煞白。

一时半会儿连宋余杭也分不清她是真醉还是假醉，只好跟着他们。

眼看着面前开来的车不是自己那辆，林厌在心底微微冷笑。

他娘的，这帮人还想捡尸。

绿毛吩咐人打开了车门，准备把人扶上去，林厌看似站立不稳地搂住了他的腰，实则右手摸上了他的脊柱第三节，这个部位只要受到重力击打，非死即残。

未等她出手，身上一轻，绿毛已经被人扯开了。林厌竟然还有些遗憾，刚刚聚力的右手又松开来，顺势搂住了来人的侧腰，把头靠在了来人的肩膀上。

"亲爱的，你来了，我好难受，带我回家，好不好？"刻意娇嗔的声音，让人肉麻得出了一身鸡皮疙瘩。

两个人同时激灵了一下。

宋余杭面无表情地低头看着林厌。

对视的那一瞬间，两个人各怀心思。

林厌眨了眨无辜的眼睛，搂得更紧了一些，还攥着她的衣服，把头埋在了她的胸前。

宋余杭忍住把人扔出去的冲动，揽着林厌的肩膀往外走。

几个人见宋余杭坏事，神色都有些不善起来，其中一个仗着醉意冲上来想要抢人，宋余杭把林厌从左手换到右手上揽着，反手一个肘击，正中要害，那人后退数步痛得直抽凉气。

“给我上！”

几个人七手八脚地冲了上来，宋余杭把林厌往身后一推，没回头地低声道：“报警。”

“哎呀，没带手机呢，宋队不就是江城市数一数二的刑警吗？还报什么警啊？”醉意从林厌的脸上一扫而空，林厌站直了身子，恨不得手边有一盘瓜子再摆个马扎嗑瓜子看戏。

只见那小混混兜头就是一拳，宋余杭侧身躲过。她格斗经验丰富，当即一个扫堂腿把人掀翻在地，动作干净利落。

余光瞥见有人从背后偷袭，她偏头躲了一下，抓住那人的胳膊就是一个背摔。

有人抄着棒球棍冲上来，宋余杭以一敌多，脸上也不见惧色。她打法迅猛，稳扎稳打又不失灵巧，只见她一个膝撞直接把绿毛撞飞了出去，又不让他顺势逃脱，扯着他的手腕把人掰了回来。

绿毛疼得嗷嗷直叫，凭着蛮力想要用脑袋撞开她。宋余杭直接一记勾拳，把人打得鼻血飞溅。她推着他往后退，力气不比男刑警逊色，直接把人撞到了车上，发出“砰”的一声巨响，直震得绿毛头晕眼花。宋余杭反手一掰，绿毛本就脱力的手腕握不住棒球棍，棒球棍掉了下来，她将其抄起来扔了老远，从兜里掏出手铐把人和车门铐了个结结实实。

看着滚落到自己脚下的棒球棍，林厌笑不出来了，打算开溜。

警车还没来，躺了一地的小流氓已经哭爹喊娘。

宋余杭转过身来看林厌，眼神有点儿深沉：“林法医演了一出好戏，去哪儿啊？”

林厌刚想说话，胃里一阵翻江倒海，忍不住扶着电线杆干呕起来。

她有意想拿那几个小流氓试宋余杭的身手，宋余杭也有意杀鸡给猴看，不然对付几个地痞瘪三而已，哪儿至于那么凶？

对方分明是在用行动告诉她：别轻举妄动。

宋余杭是聪明人，还记着档案室的那一遭。

她对林厌的疑心从未消除过。

林厌想到这些，咳得更厉害了，扶着电线杆弯下腰去。她喝酒喝得凶，吐起来就格外要命，站都站不稳，那洁白如玉的后颈就暴露在路灯下，显得苍白又孱弱。

警车到了，她把目光从路灯下的人影上挪回到了这一帮子花花绿绿的小流氓身上。把人押上警车后，宋余杭回头看了一眼，跟方辛要了纸巾走过去。

“给。”

看着面前人递过来的纸巾，林厌怔了一下，一抹嘴角的污秽，抬起头来，眼神亮得发烫：“不用，我没醉。”

宋余杭自讨没趣，便不再多说，转身走了。

过了许久，林厌终于好些，扶着墙走出巷口，却没想到警灯还在闪烁，宋余杭也还没走。

宋余杭就那么随意地倚靠在车门上，双手插在兜里，帽子还扣在头上，简简单单的灰色T恤、黑色长裤，却有一种邻家少年般温和淡然的感觉。

她仿佛只是在等隔壁班女生下课的学长，刚刚出手凌厉的并不是她。

林厌不知道为什么脑子里突然冒出这个想法，她浑身激灵了一下，今晚第二次被自己恶心到了。

“冷？”见她还是脸色煞白，又打了一个寒噤，宋余杭看了看她露在外面的肩膀和锁骨，十分体贴地把自己的外套递了过去。

林厌没打算接外套：“你不生气？”

“林法医诡计多端，我要是桩桩件件都生气，还不得气死？”

一句话说得她又咬牙切齿起来，林厌劈手夺过对方手里的外套钻进了车里：“你还是闭嘴吧！”

宋余杭笑笑也跟着她上车：“段城，开车吧。”

回去的路上林厌终于消停了些，也许是因为最近没怎么休息好，再加上酒力涌上来，不一会儿就睡着了。

她身上还盖着宋余杭的外套。宋余杭似乎从来不用香水，也不化妆，衣服上有一股淡淡的阳光味道。

半梦半醒间，林厌想着，这味道好像冬日暖阳里把被子抱出去晒一下午那样好闻。

她就枕着这股香味，彻底睡死了过去。

巷子有些窄，车子很不好开，道路也坑洼不平，又是一个颠簸，林厌的脑袋歪过来靠在了宋余杭的肩上。

宋余杭想伸手扶稳她，却无意间触到了她的鼻息，感受到热意轻轻拂过了手指。

车厢里没开灯，林厌肤色白得惊人，闭着眼睛，呼吸均匀，竟睡着了。

那孱弱的后颈就暴露在宋余杭的注视下。宋余杭的父兄都是警察，她自小学的不是广播体操而是军体拳，到七八岁又进了省队专门练自由搏击。

父亲不允许她孱弱，她也心高气傲，一心想追上哥哥，后面慢慢长大，身高已远超同龄女性。她骨架大，看着精瘦，实际身上全是经年累月练出来的肌肉，脱了衣服或许也能考虑一下去健身房当个健美教练啥的。

她从不知道什么叫"孱弱"，今天头一次在林厌身上尝到这个词的滋味。

她只要轻轻一用力，那苍白的后颈便会折在她的手中。

这不怪她，孱弱的东西总会让人萌生毁灭欲，那是她在无数次同穷凶极恶的犯罪分子搏斗时悟出来的道理。

"宋队，到了。"段城熄了火，把车停在市局门口。

林厌坐起来，神色困倦，打了个哈欠，制服外套从身上滑落。她低头捡制服的工夫，宋余杭已经跳下了车。

外套上难免沾了点儿刺鼻的酒味，林厌下车后冲宋余杭扬眉："喂，我洗干净再还给你啊。"

宋余杭点了点头，没说一句话，埋头扎进了市局。她的脚程快，林厌还没彻底缓过劲来："哎——你跑什么？"

这话问得前面那人脚步一顿，宋余杭动了动唇，头也没回地道："审讯。"

第16章　隐情

若是没有捡尸这一遭，说不定这伙人还沦落不到进局子的地步，此刻这伙人都老老实实地手抱头挨着墙角蹲着。

酒早就醒了大半，绿毛被打怕了，见着宋余杭出现在面前，腿肚子就开始发软。

宋余杭拧开矿泉水瓶子喝了一口，学着林厌的样子抹掉嘴角的水渍："别怕啊，袭警不是什么大罪名，也就判个三五年啥的并处罚金。"

一伙人顿时嗷嗷叫："宋警官、宋队、姑奶奶耶！真喝多了、喝多了，平时不这样，咱们哪敢有那种心思呢是不是？给十个狗胆也不敢，这也不能怪咱们，毕竟……"

绿毛一边说着，一边用余光不住地去瞟林厌，谁知道那么火辣的妞儿居然是刑警呢？

这人也忒不像了，暴殄天物。

演戏归演戏，林厌拎得门儿清，看见他那猥琐的目光黏在自己身上就恶心，坐在椅子上忍不住一脚踹了过去，绿毛往后躲着，还嬉皮笑脸的。

"打人啦，打人啦，警察打人啦，这回可不是我先动的手啊！"

他们进了局子她要打人那就是刑讯逼供。

几个人前来拉她，林厌"噌"地一下站了起来，还未说话，面前落下一片阴影。

宋余杭个子高，挡去了大半部分日光灯，抬了抬下巴，看着审讯室，声音有点儿冷："请吧，一个个来，谁也跑不了。"

这伙人不仅玩捡尸，更是周末的同事，绿毛还给周末打掩护，让人逃避警方的询问，再看那捡尸团队合作分工明确的样子，估计不是第一次干这种缺德事了。

今晚这帮人确实该被好好审一审。

“起来，起来，进去。”几个刑警把人揪起来挨个押进去，只剩最后一个的时候，宋余杭看着周末，把矿泉水瓶盖拧了回去：“这个我亲自问。”

到底姜还是老的辣，早在周末消失在自己的视线里的时候，宋余杭就已经安排便衣围住了酒吧的各个出入口，将人逮了个正着。

宋余杭之所以没有阻止林厌是因为周末是块硬骨头，宋余杭也想从别人口中得到更多的信息。

到了局子里他们未必肯说真话。

她再和林厌拿到的信息一对，孰真孰假自有判断。

“姐，您没事吧？”段城看她精神不怎么好的样子，端了一杯水过去放在她的手边。

林厌从臂弯里抬起头来：“没事，还在审？”

“嗯。”段城应了一声，看了一下表，“有一个多小时了。”

林厌拉开抽屉，从口香糖瓶子里倒出两粒嚼了嚼，又将其塞回去，端起那杯温水一饮而尽，抹了抹嘴角站起来。

“我去看看，正好硅藻检验结果也出来了。”

按照规定，没有确凿的证据，周末也没有参与捡尸，所以警方只能是询问而不是讯问。

而未成年人做笔录必须有监护人在场，周末咬死了这一点什么都不肯说。

陪同询问的警察压抑住火气，把笔往桌子上一摔：“别以为我们不知道你父母双亡，哪里来的监护人？”

坐在对面的人笑了笑，往椅子上一靠：“那我就不知道了，警察同志，我都说了，丁老师出事那天我真的在宿舍睡觉，不信你去问我同学和宿管去。”

“你……”他似要发火被人摁了下来。

林厌关了摄像头，示意他起身。

对方努了努嘴：“这是个硬骨头……”

林厌伸手把宋余杭面前的录音笔也拿过来关了，宋余杭看她一眼却没有阻拦。

“这不是询问，我现在不是以一个警察的身份在跟你谈话，只是一个想寻求真相的普通人。丁老师还年轻，孩子还那么小，她本应该有更美好的人生的，你觉得呢？”

旁边的椅子动了动，林厌坐了下来，眼神带了点儿悲悯地看着他。

宋余杭从证物袋里拿出一个信封推了过去：“这是在丁雪的办公桌上找到的，你写给她的信，她都留着。”

“我相信她也给你回信了，你们谈天说地，聊人生、聊理想，你说人生无望，她便带你一步步走出泥淖；你高一进校时成绩垫底，是她给你补习，教给你知识，带给你自信和从容；她甚至拿自己的工资给你垫学费，你就是这么回报她的吗？”

“还有你身上的衣服，扣子是她给你缝的吧？”宋余杭偏头，淡棕色的瞳仁里难得有一丝犀利的光。

“你明明买得起欧米茄的手表，却连件旧衣服都舍不得扔。”

坐在对面的人在她的目光下瑟缩了一下，把衣袖拉下来盖住手表：“我不知道你在说什么，这手表是我捡的……”

林厌直起身子，漆黑的眼眸看着他：“承认吧，你喜欢她。”

隔壁审讯室里灯火通明，日光灯开得很亮，人盯着时间久了眼睛就开始发酸。

这是一种无声的手段。

他们对付这几个刺头，就没有隔壁那么客气了。

“你现在身上背的罪名可不小，包庇犯罪嫌疑人、袭警、猥亵女性，一条条捋下来，少说也得在牢里待个七八年，你不如老实交代，给破案提供重大线索的话，法院对你未必不会轻判。”

对面两个穿着制服、脸色严肃的警察，从进来到现在一句多余的话都没有，不苟言笑的。

绿毛在心底琢磨着，实在饿得不行了，水也没喝一口，口干舌燥的，眼睛也花。

“我说、我说，有水吗？我想喝口水。”

坐在靠近门那侧的警察朝外面使了个眼色，不一会儿有人端了杯热水进来给他。

“说吧，周末是什么时候去你们店里打工的？”

“大概三个月前吧。”

“5 月 14 号晚上，他去上班了吗？”

绿毛把头摇得跟拨浪鼓一样：“没有、没有，他缺钱，基本每晚都会来，那天我记得很清楚，他请假了，还是我替的班。”

“他有没有跟你们说是因为什么事？”

“没有，我们也没问。”

“他一整晚都没来？”

“没有。”

“你再想想他最近有没有什么反常的举动，或者接触过什么人？”

“我想想啊。”绿毛转着眼珠子，猛地一拍大腿道，“我想起了，第二天他早早地就来上班了，那天刚好是我们那里一个常客的生日会，还挺奇怪的。”

两位刑警对视一眼：“奇怪在哪儿？”

“办生日会的那个人啊，叫陈浩，是一个富二代，也是他们学校的学生，奇就奇在他俩居然勾肩搭背，称兄道弟的。”

绿毛想起周末刚来酒吧上班的时候陈浩还羞辱过周末，骂周末穷，摁着周末的脑袋让他舔地上的酒。

这谁能忍啊，忍不了，两个人大打出手，那一次周末赔了不少钱，险些被开除。

他一摊手道：“两人这都能和解，警察同志您说奇不奇怪？”

两位刑警对视一眼，其中一个人起身往外走，应该是去给头儿打报告了。

绿毛咧嘴一笑，露出一口黄牙，举起了手铐：“警察同志，您看我该说的都说了，是不是可以放人了？”

坐着的那个刑警把笔帽一合，没搭理他：“放不放，上级说了算。”

“宋队。”一个警员快步推门过来附在宋余杭耳边小声说了句什么，同时把一份文件放在了她面前。

对面的周末有些不安地动了动，开始频繁咽口水。宋余杭挥手示意底下的人倒杯水给他，自己翻了几页文件，一副气定神闲的样子。

“那手表是陈浩送给你的吧？”她说话声音清朗，字正腔圆，无论什么时候都是不焦不躁的，仿佛胸有成竹。

在这种压倒一切的气势之下，周末脸上的面具逐渐龟裂了。

他哆嗦着嘴唇，似乎想要辩解什么，两只手交叉在一起，不住抠着指甲缝里的死皮。

这一切被宋余杭收入眼底。

宋余杭的嘴角微微泛起笑意，看起来平静又危险：“让我猜猜，他为什么送你手表？能让两个仇人一夕之间和好的事可不多，除非你们有一个共同的秘密。“这个秘密重要到能让你们不计前嫌，我实在想不出两个普通的高中生能有什么秘密，除非——”

她神色一凛，寒声道：“你们，杀了人。”

周末本来埋着头，她越说自己的内心越痛苦，双手紧握成了拳头，咬紧了牙。

听到这里他“噌”地一下站了起来，踢开了面前的桌子，通红着眼眶咆哮道：“我不是、我没有！你们胡说！！！我那么喜欢她，怎么可能杀她！！！”

坐在对面的林厌受惊，本能地往后缩了一下，捂着心口：“哦哟，还挺凶。”

宋余杭拍桌而起，似乎天生就有把各种气场收放自如的天赋，厉喝道：“坐下！”

几个刑警七手八脚地冲了进来，把周末摁在椅子上。

那张面具彻底碎了，周末捂着脸哭了起来，一开始哭得断断续续的，最终变成了号啕大哭。

“我没有、没有杀她……我真的没有……对不起、对不起……”

“你觉得，他说的是真是假？”林厌坐在办公室的椅子上搅弄着咖啡，脚跷在桌子上，偏头去看宋余杭。

已经两天两夜没合眼的人看起来依旧不见疲色，翻着林厌交上来的检验报告。

“是真是假，等陈浩回来了就知道了。”

外勤已经去抓人了，最多两个小时一切就能真相大白。

林厌抿了一口咖啡，苦得直皱眉头。

“我还是挺疑惑的，陈浩是葛军的外甥，他想弄清楚自己的舅舅究竟有没有出轨，这没有错，周末喜欢丁雪，也想搞清楚她到底有没有和自己的上级纠缠不清，这也没有错，所以他们悄悄翻墙溜出了学校，一路跟踪她到了莲池公园。”

“除非葛军会分身术，否则那晚他不会出现在莲池公园里，那么丁雪究竟是去见谁？”

宋余杭停下翻页的手，抬眸看了林厌一眼，眼底闪过意味不明的光，直看得林厌起了一身鸡皮疙瘩。

对方在审讯室里也是这种似笑非笑的眼神，林厌赶紧挪开了目光。

隔了半晌，宋余杭才说：“这也是我的疑惑。”

根据周末的口供，他们一路跟踪丁雪到了莲池公园，当时已经是晚上十一点多了，公园里人迹罕至，丁雪走的是条小道，看起来轻车熟路的样子。

很快她就过了石拱桥，那一片树林枝繁叶茂，当时天又很黑，他们怕跟丢了，便紧赶慢赶着也追了上去。

石拱桥栏杆不高，刚刚及腰，丁雪看上去跌跌撞撞的，周末怕她出事，往前跑了几步：“丁老师！”

就是这一嗓子，回应他的是扑通的落水声。周末疯了一般冲上去，衣服都顾不得脱，一个猛子就扎进了水里，连拖带拽地把人抱上来的时候人已经没气了。

他想报警，叫救护车，陈浩死死地拉住了他。

两个少年在黑暗里对峙。

周末浑身都湿透了，陈浩被他打了一拳，嘴角都是血。

两个人都喘着粗气，天地万籁俱寂，只有不安的心跳声越发清晰。

陈浩从地上爬起来扑向周末，晃着他的肩膀：“你不能报警！警察会怀疑是我们杀的人！我这辈子就完了！”

他说到最后，声音已经带上了哭腔：“我不想坐牢……周末……我不想坐牢。”

怀中的人的身体已经开始变冷，周末抱着她，从喉咙里发出呜咽声。他小声啜泣着，因为压抑、害怕而不敢哭出声音来，把自己的手指咬得生疼。

“丁老师……不是我、不是我……我该怎么办……怎么办？”

他一边说一边用拳头砸自己的脑袋，又放开了丁雪，扑上去攥住陈浩的衣领，泪流满面地吼道：“都怪你、都怪你！出的什么馊主意！我们要是不跟踪她，她就不会走这里，也就不会失足落水了！”

“你还我丁老师！把丁老师还给我啊！”周末力气大，把人揍进了岸边的泥潭里，按着陈浩的脑袋往下压。

陈浩逐渐喘不上气来，两只手在空中划拉着，拼尽最后一丝力气扯住了周末的衣袖。

“周、周末……你不是想上学吗？不是想进、进重点班吗？我、我帮你……放开我……喀喀……我可以给你钱……”

周末的手就再也使不上力气了，他咬牙呜咽着，“扑通”一声也跪在了泥地里，面朝着丁老师，小声抽泣起来。

陈浩把嘴里的泥巴吐干净，爬起来走过去拍了拍周末的肩膀：“今天这事，只要你不说、我不说，就没人知道，我们就当她是……是……”

芦苇荡里有阴风飘过，惨白的月光照下来，就和丁雪的脸色一样白。

陈浩咽了咽口水：“她自己溺死的。”

第 17 章 搜查

宋余杭在林厌交上来的检验报告上轻点了两下笔尖："说说这个小环藻。"

林厌本来在她对面坐着，刺溜一下滑着椅子挪到了她身边，微微倾身过去："你那么厉害，不是什么都知道吗？求我呀，求我我就告诉你。"

林厌回来换了衣服，警服穿得松松垮垮的，没打领带，散着两颗扣子，露出瘦削的锁骨，那孱弱的后颈隐在了蓬松的棕色鬈发里。

宋余杭挪开视线，打开了电脑，不打算跟她废话。

林厌伸出手又把电脑盖上了，此时办公室里空无一人，她压低了声音说话，听上去颇有咬牙切齿的味道。

"你早知道周末会跑，派了人去堵他。"

这是肯定句而不是疑问句。

宋余杭抬眸，对上她恼怒的眼神："你不也是隔岸观火？"

林厌微微一笑，眸中凝的些许冰霜顷刻间消弭于无形，她又恢复了惯常的、漫不经心的表情。

"那是因为我知道宋队您肯定打得过啊。"

宋余杭也附和着她弯了弯唇："客气了，我也知道我要是不出手，林法医肯定也有办法自己解决。”

林厌把手收回来，撑上了自己的下巴，偏头看着她，眼波流转，风情万种。

“宋队真是抬举我，既然这样，又何必救我？”

宋余杭微微抿了一下唇，没说什么，林厌却又轻轻笑起来，眼眸微眯，似得逞的小狐狸。

宋余杭没再看她，径自打开了电脑：“换作别人，我也会救。”

“哦，那您真是心胸宽广呢。”那一丝若有若无的香水味又飘了过来，林厌再一次伸手盖上了她的电脑。

宋余杭皱眉：“你——”

林厌却已经转过身去，打开了自己的电脑：“小环藻呢，是圆心硅藻目的一种，多生长于海水里，我国东南沿海满地都是，这没什么稀奇的。”

但要放在这个案子里就很特殊了，凶手把死者溺死在海滨公园里再返程抛尸的假设并不成立，因此结论只有一种。

死者是在江城市内溺死的，并且这个地方有海水。

两个人对视了一眼。

“水族馆。”

“宋队，人到了。”一个警员进来敲门，宋余杭起身把卷檐帽戴上：“好，马上来。”

林厌跟着站了起来：“我也去。”

宋余杭回过身来看着她：“你休息吧。”

林厌微微弯起了嘴角：“关心我啊。”

宋余杭皮笑肉不笑地道：“您总是这么盲目自信，上司关心下属不是应该的吗？我宋余杭还没有那么不近人情。”

从职务上来讲，她是刑侦支队副队长，主管破案这一块，林厌则是技侦的负责人，两个人算是平级。

可是从警衔上来看的话，宋余杭工作时间久，早就是二级警督了，官大一级压死人。

林厌抄起文件夹欲砸，宋余杭已抬脚迈出了办公室。

她前脚刚迈出门，刚刚还嬉皮笑脸的林厌已经恢复冷静，伸了个懒腰站起来，揉了揉有些酸痛的脖子。

“啊，回家睡觉了。”

“师傅，去青山别墅。”林厌报出地名便坐在后座上闭目养神。

不一会儿，到达目的地，林厌下车，管家早已带着用人在门口等候，接过她手里的东西。

“小姐回来了怎么也不提前说一声？两天没好好吃饭了吧，我这就让人做……”

林厌摆摆手示意不必了：“我要睡会儿，别让人上来打扰我。”

她走了两步，又转过身来看着管家手里的宋余杭的外套：“把衣服洗了，别扔。”

“是，小姐。”管家恭顺地低下头去，却在心底暗暗讶异起来。

林厌的衣服多得衣帽间都放不下了，经常是今天穿了明天扔，别说洗了，放都懒得放，这还是她第一次主动要求留下些什么。

但凡回家，林厌总是会去阁楼待一会儿。她倒了杯红酒，靠在桌上慢慢品着。

困劲过去，这会儿她的思路越发清晰了。

林厌指尖轻轻摩挲着高脚杯细长的颈，一杯红酒见底的时候，她还是拨通了那个电话。

再次醒来的时候已日薄西山，手机在桌上振动着，林厌伸长胳膊将手机摸进手里，嗓音还是喑哑的：“喂？”

宋余杭从方辛手里接过手机：“喂，我，宋余杭。”

林厌没好气地翻了个白眼，开始穿衣服：“我知道是您，什么事，说吧。”

“我们找遍了江城市所有水族馆，也没有查到丁雪去过的踪迹。”

挂了电话之后，方辛乐呵呵地凑过来把那串号码亮给宋余杭看：“宋队，您也存一个呗，以后联系也方便。”

宋余杭看了两眼，还是下意识地拒绝了：“算了，没必要，在局里有事就直接打技侦的电话了，出外勤不是还有你们吗？”

方辛捂着嘴巴笑起来，神色分明有些古怪。

宋余杭：“怎么了？”

段城和郑成睿回过头来异口同声道：“那天林法医也是这么说的。”

“……”

“看，我说的吧，我猜中了，你明天的鸡腿归我。”

“我先说的，应该归我才对。”

“你一个女孩子，吃那么多肉干吗？”

“女孩子就不能吃肉了吗？你怎么对女孩子还存在刻板印象呢？”

眼看着那边争论得热火朝天，宋余杭微微摇头，走到了一边。

“怎么样了？”

蛙人刚从水底上岸，浑身湿漉漉的，摘了潜水镜，大口呼吸着，撑着膝盖喘了一会儿才说：“不行，水倒是不深，可底下情况复杂，有暗流也有礁石，而且天要黑了，什么都看不清，难哪。”

据周末和陈浩所供，他们从附近的垃圾桶找来塑料袋把人装进去之后，又把丁雪随身的物品都扔在了水中。顺着这条河警方已经搜寻一下午了，毫无进展。

河面上作业的冲锋舟也停了，宋余杭刚摸排完江城市内水族馆的情况赶过来，天气热，暑气还未散去，芦苇荡里更是蚊虫飞舞闷热难耐。

她一抹额上的汗水，挑了块干净的地方坐下来，左手一瓶矿泉水、右手一块干面包地啃着，和工地上落魄的农民工没什么区别。

这个案子进行到这里，每每有新的线索出现又总会被中断，千丝万缕好像都有联系实则又并没有什么干系。

宋余杭微微闭上眼睛，感受到夕阳的余晖洒在眼皮上，整个世界变成了橘红色。

高中时她喜欢数学，喜欢缜密的逻辑思考。她的老师曾告诉她，如果一道题解不出来的话，何不回头看看题目，也许会有新的发现。

那么把时针拨回去，一切又恢复到了原点。

但凡命案，无外乎情杀、仇杀和财杀。

财杀和仇杀在进一步的侦查工作中已经被排除了。

丁雪和葛军、周末、孙向明都有情感纠葛。

从作案时间来看，葛军和孙向明被排除。

剩下周末和陈浩，当时这里只有他们两个人，互相串供咬死了丁雪是意外落水也不是不可能。

但宋余杭始终有一个疑问，为什么是这里，为什么是莲池公园？

这里有什么特殊含义吗？

还有她从自己家里跑出来时的神情很不寻常。

宋余杭嘴里叼着一根狗尾巴草，咂出了一点儿苦味。她忽然翻身坐起，对了，戒指！

孙向明没有戴婚戒！

他在撒谎！

婚戒这种东西意义非凡，一对恩爱和睦的夫妻，怎么可能不戴婚戒呢？她倒是见过很多感情破裂的情侣或夫妻把这东西弃若敝屣的。

“方辛。”宋余杭站起来喊了方辛的名字。

方辛应声跑了过来：“怎么了，宋队？”

“上次的戒指，有什么发现吗？”这几天忙得晕头转向的，她倒是把这么重要的一件事给忘了。

“没什么特别的发现，材质是很普通的白金戒指。”

宋余杭皱眉道：“我问你，要是你结婚的时候，丈夫送你白金戒指，你怎么想？”

“这么穷酸还嫁他干吗？买不起钻石、黄金至少也是铂金吧。”没等方辛回答，一道声音远远地插了进来。

林厌拨开拂面的柳枝，钻了进来。

“怎么了，宋队要结婚了？只要对象不是我哥，男方送不起钻戒我送你。”

她说这话的时候笑得邪气，一双含情的眼不住往宋余杭身上瞟。

方辛捂着心口，心如小鹿乱撞。

这、这也太刺激了吧！

宋队的对象是林法医她哥？！

林法医还要送宋队钻戒？？？

怎么办，她发现了这么大的秘密，不会被灭口吧？那厢方辛脑补出了一出豪门恩怨狗血大剧被雷得外焦里嫩。

宋余杭已经回过身来看着林厌，表情没什么波动。她习惯了。

“不必，林法医的话，易拉罐环我都不想要。”

刚刚还笑靥如花的人一秒破功，林厌就差把高跟鞋脱下来打宋余杭了。

“方辛，你别拦我！嘴巴这么毒看老娘不……”

“不过，有句话你倒是说对了。”宋余杭双手插在兜里，淡淡地看着林厌。

“这么穷酸，嫁他干吗？所以，这戒指是她的心爱之物，却不一定是孙向明送的。”

几个人分花拂柳地往外走，宋余杭拿出手机打电话：“孙向明有重大作案嫌疑，马上向检察院申请搜查令，外勤组带人把小区的几个门都给我看好了！放跑一只苍蝇你们也就不用回来了！”

林厌额头上落下一滴水，她抬眸看去，不知何时起，刚刚还风和日丽的天气已变得乌云密布。

远处传来滚滚闷雷声，闪电划破了天空。

台风要来了。

警灯闪烁着，警车风驰电掣般掠过街道，雨水在车玻璃上蜿蜒滑下。

林厌拎着勘查箱下了车，裤腿上立马溅上泥点，技侦的几个人分别跟在她后面鱼贯而出。

为了以防犯人暴力拒捕抓人方便，宋余杭没穿制服。不过林厌知道她腰间的皮套里配了枪，还是实弹。

林厌舔了舔自己干裂的嘴唇，也一头扎进了楼道里。

一个伪装成物业的刑侦人员上去敲门："您好，物业，可以开一下门吗？楼下说您的卫生间漏水。"

孙向明放下孩子，从猫眼里看了一眼，手扶上把手，刚把门拧开一条缝，几个刑侦人员就扑上来把门撞开，把人死死地摁在了地上。

宋余杭给孙向明戴上手铐，同时把搜查令举到了他眼前："警察，我们现在怀疑你有重大作案嫌疑，请跟我们走一趟吧。"

出乎意料的是，孙向明居然没有反抗，沉默着被人从地上拉起来，脸上没什么表情。

即将迈出屋子的时候，他回头看了一眼还坐在沙发上玩玩具的女儿，动了动嘴唇："我女儿……"

宋余杭把人推出了屋子："你放心，我们已经通知孩子的姥姥一会儿来接孩子。"

林厌站在门外，外面雨下得大，上来的时候制服已经湿了半边，却越发显得她身姿挺拔、目光锐利。

视线交错的那一刹那，她点了点头：交给我吧。

宋余杭读懂了她的眼神，微微颔首，押着人大步离去。

等人都走后，林厌从勘查箱里取出手套"唰"地一下戴上，活动着手指。

"给我好好搜，尤其是地毯下、家具上、杯口边缘等容易被忽视的细节，一丝血迹、一枚指纹都不能放过。"

"是！"

众人齐声回答，开始埋头干活。

第 18 章　真相

“说，5 月 14 号那天晚上，你在干吗？”

“我不是已经说了吗？我在家工作。”

把人抓回来已经两个多小时了，换了一拨人翻来覆去地问话，这也是审讯技巧之一，在精神高度紧张的情况下，只要他撒谎，审讯人员反复询问细节，他总能露出破绽。

孙向明说得口干舌燥，舔了舔嘴唇，可是没人给他倒水。

“警察同志，我能问一下你们为什么怀疑我吗？”抽了个空当，他主动开口了，仍是一副忠厚老实相。

对面坐着的刑侦人员对视一眼：“无可奉告，不要转移话题。”

“是，我承认我和小雪有时候会吵架，但夫妻相处，为孩子的教育问题、为鸡毛蒜皮的小事吵架不都是正常的吗？警察同志，难道你在家从没和你老婆吵过架吗？”

这话问得张金海一时语塞，他只好端起茶杯抿了一口茶水，旁边的刑侦人员把笔一摔，说道：“老实交代，难道非要等我们搜查出证据你才肯死心吗？！我告诉你，这样不仅减不了刑，法院还会从严、从重判决！你被关一辈子都是轻的！”

宋余杭在外面看监控，直皱眉头，敲了敲门，示意他俩换人。

张金海走出来时脸色不怎么好看：“宋队，这次有些冲动了吧，按规定我们只能关他 24 小时，24 小时之内要是再没有确凿的证据指明他杀人，我们就得放了他。”

他的言下之意就是，这要是传出去他们抓了放放了抓的，市局的面子往哪儿搁？冯局也来了，坐在一旁撇着茶杯里的浮沫，眉头皱成了一个“川”字。

若要定罪量刑，这个案子没有目击证人，那么口供和证据缺一不可。

宋余杭看着他，话却是对冯局说的：“24 小时之内我一定拿下他死罪的口供，至于证据，我相信林法医。”

方辛将鲁米诺试剂喷洒在了茶几上，为了观察潜血反应，屋里没开灯，光线昏暗，每个人的脸都是影影绰绰的。

可让人气馁的是，他们几乎翻遍了整个客厅也没找到什么有价值的指纹和血迹。

林厌打着手电往卧室走去：“继续搜。”

距离 24 小时的期限还剩下不到 18 小时。

宋余杭走进了审讯室，拿着本子在孙向明的对面坐下。

孙向明耷拉着脑袋，打了个哈欠，显然是被问得受不了了，看也没看，张嘴就来：“我真的没杀人……”

他说这话的时候虽然睡眼惺忪，但神色坦荡，没有一丝多余的小动作。

宋余杭推了一杯水过去：“别紧张，我就是来和你聊聊天。”

孙向明往那杯子瞟去，舔了舔嘴唇，却没动。

宋余杭靠在椅背上，这是一个放松的姿势：“喝吧，没事的，现在是法治社会，我们不会苛待犯罪嫌疑人的。”

孙向明这才慢吞吞地拿过杯子，先小小地抿了两口，随后举起杯子一鼓作气地喝完了。

宋余杭示意来人给他添上。

孙向明抹了抹嘴唇，把杯子放下：“我真没杀她……”

宋余杭坐得更放松了些，双腿自然地分开，英气的眉松懈下来，周身凌厉的气场散去，这个姿势让她看起来平易近人多了。

“今天我们不聊这个，谈谈你是怎么认识她的吧。”

“啪嗒——”卧室的灯被打开了，小孩子的床就摆在床边，占据了大半部分通道，林厌小心地挤了过去。

房间不大，塞得满满当当，孩子都三岁了还和父母住在一起，他们夫妻俩怎么过性生活？

林厌掀开被子，一股小孩身上的腥膻味涌入鼻腔，她伸手摸了摸，被窝又湿又冷，应该尿了有一会儿了。

夏天东西湿了干得快，也不知道窝了多久才能弄成这样。

她厌恶地皱了皱眉，把被子拉好，又去摸索大人的床，依次掀开被子和枕头提取毛发，可是依旧没有发现什么有价值的线索。

那厢宋余杭的谈话也陷入了僵局。

孙向明倒不是什么都不肯说，他非常聪明，起码比表面上看上去狡猾得多。他知道在警察面前多说多错，所以宋余杭问一句他答一句，不反抗但也不积极就是了。

“通过相亲认识的。”

“听丁雪的妈妈说，你那时候非常喜欢丁雪，追了很久。”

没有问话的时候，他就保持沉默。

宋余杭倒也不着急，也抿了一口茶水，又给自己添上了：“你认识葛军吗？就是他们学校的那个校长。”

孙向明抬了一下眼皮：“知道，听说他也进去了。”

“是，他骚扰你老婆，劣迹斑斑，算是罪有应得了。”

宋余杭看见他不着痕迹地弯了一下唇，又很快恢复平静。

那个笑容说是高兴，倒不如说是讽刺的意味更强一点儿。

“长期骚扰你老婆的人终于伏法，你不开心吗？”

孙向明没说话，下颌紧绷，留意到宋余杭正在打量他，这才道：“开心，我当然开心了。”

宋余杭摇头：“你不开心，因为真正长期骚扰她的那个人不是葛军。”

孙向明放在桌下的手交握在了一起。他在挣扎、在思考，可是他的外表看上去依旧沉着冷静，没有一丝破绽。

这样的人很难对付。

如果是旁人在经验丰富的刑警面前，别说三番五次被讯问了，能挨过一轮就算是好汉了。

当然也有例外，那就是没有说谎，这样的人无论再怎么问，结果都是一样的。

可是种种迹象表明，孙向明和妻子感情破裂，他是最有可能杀了丁雪的那个人。

他一直不愿意承认，到底是另有隐情还是真的不曾杀人？这也始终是她心里的疑问。

丁雪的死因是溺死，可是究竟是什么时候，在哪儿溺死的，这始终是个谜。

“浴室我亲自搜。”林厌从方辛手里接过鲁米诺试剂，掀开帘子走了进去。

地砖、洗手池、浴缸……只要是她能想到的角落，一丝一毫都不放过。

林厌趴在地上，关了灯拿手电筒去照浴缸下的缝隙，依旧一无所获，干净得过了头。

她有些气馁，就在这时接到了宋余杭的电话。

时间紧迫，两个人都没有废话，宋余杭开门见山道：“情况如何？”

林厌用肩膀和下颌夹住了手机，手上动作没停：“没有找到任何有价值的线索。”

那边顿了一会，林厌听见了淅淅沥沥的雨声，对方应该不在审讯室里，这也就说明那边的讯问依旧毫无进展，她这边要是再拿不到关键性证据，24 小时之后警方就得放人，谁都不甘心。

林厌清了清嗓子，正准备开口。

对方略带低哑的嗓音传了过来：“没事，尽力而为。”

“哟，宋队今天转性啦？您这样我还怪意外的呢。”林厌说着，用手去摸浴缸内部。

审讯室外，宋余杭面朝落地窗站着，手里夹了一根烟，看着雨水在玻璃上蜿蜒地流成线。

她很少抽烟，除非是迫不得已需要自己冷静下来思考的时候。

这样的时候并不多。

“其实有一点我很奇怪，孙向明并不否认自己与妻子感情破裂，但一直在否认杀人的事实，与其说是否认，倒不如说是他觉得自己并没有杀了她。”

林厌手一顿，脑海中模模糊糊地想起了些什么，但快得很，只是一闪而过，她什么也没有抓住。

宋余杭准备挂电话了。烟已经快烫到手指，她在烟灰缸里按熄了烟。

那边似有所觉，林厌站了起来：“等一下，虽然找不到明确指向他杀人的证据，但我们也有了一些发现，你看能不能拿去撬开他的嘴。”

“你说。”

“我发现，孙向明可能存在虐待孩子的倾向。”

“她说不想要二胎就不要！”

“嫁进来几年也生不出来男娃，不下蛋的母鸡！”

“死了好，死了干净！”

那天晚上在殡仪馆时，孙向明的妈妈的几句话突地蹿入脑海里，宋余杭霍然转身，大踏步往审讯室走去。

“好，我知道了。”

忙碌了大半晚上的刑侦人员都还没吃没喝，孙向明倒先吃上了，手里捧着一杯豆浆，面前的塑料袋里还放了两个花卷。

他咬一口花卷咽下去，见有人进来伸长了胳膊把剩余的东西递给她：“宋警官，还没吃饭吧，来两个？”

宋余杭在孙向明对面坐下来：“不必了，吃饱了吗？没吃饱再让人去买两个。”

孙向明风卷残云般把剩下的两个花卷啃完，一杯豆浆全下了肚，顿时觉得浑身都有了力气，舒坦很多。

他打了个饱嗝，抬眼望向墙上挂着的时钟：“吃饱了，我什么时候可以休息？”

“不急，还早着呢，我还有些问题想请教孙先生。”宋余杭挺直了脊背，一改刚刚放松的姿态，神色变得有点儿冰冷和深沉。

“丁雪出轨了。”

她用的是肯定句，孙向明瞳孔一缩，还是没吭声。

“你之所以不肯告诉我们那个人是谁，是因为你也不知道吧。”

“让我猜猜，他比你有钱，比你体贴，比你聪明，比你会哄女孩子开心，更重要的是，你在床上也比不过他。丁雪是不是很久没让你碰她了，自从有了孩子之后。”

她将嗓音压得有些低，外面疾风骤雨，听起来有几分诡秘。

尾音落下来的时候，孙向明的唇抿成了一条直线。

“我猜你刚结婚的时候也很喜欢丁雪，但是受妈妈的影响，日子久了，你觉得丁雪哪儿都好可是生不出孩子，好不容易有了孩子，却是个女孩，你想要她生二胎，她不同意对吧？”

“我不知道你在说什么。”孙向明头一次这么激烈地反驳她，“是，我承认，我是有些重男轻女，但是我真的没有杀她，不信你去查，她从家里出去的时候还是好好的呢。”

宋余杭微微一笑：“你终于说出来了。”

孙向明怔了怔：“你——”

她却又放松地靠在了椅背上：“问题就在于那天晚上，她从你家出去的时候慌不择路的样子，我一直想不通她在害怕什么，原来是在怕你。”

“你是没有直接杀她，你是间接！”她从桌上的烟盒里摸出一根烟点上了，烟雾缭绕里她看见孙向明变了脸色。

和林厌抽烟的妩媚不同，宋余杭一旦抽起烟来，整个人的气场就越发强大和自信了，带给对手的是一种极强的心理震慑，仿佛没有什么能逃过她的法眼。

“让我猜猜，那天晚上你想和她做爱对吧？可是她拒绝了并表示等一下有约，当着孩子的面你们发生了争执，吵得很厉害，孩子一直在哭，你怒不可遏地扇了孩子一巴掌。丁雪质问你为什么拿孩子撒气，说你没出息，你是个窝囊废，赚不到钱，也不是个好爸爸，从来不顾家，她是不是还说了——”

“就你这样的，还想生二胎？做梦吧！”宋余杭把那颐指气使的姿态学了个七八分像。

孙向明开始急促地呼吸，两只手在底下交握着抠起了手指，额角青筋暴跳。

“女人发起火来，大部分会翻旧账，无论是外表多么温柔儒雅的女人，在不爱的人面前都一样。她从你农村的出身数落到你工作不求上进，再从你老实木讷的性格数落到了你重男轻女的妈妈，她甚至会说——嫁给你，简直是倒了八辈子霉！”

宋余杭眼里溢出一抹怜悯之色，也不知道是对着谁的，她缓缓吐了一口烟圈才说：“可惜她忘了，越是忠厚老实本分的人，变态起来越不是人。”

孙向明完美的伪装终于露出了一丝裂隙，他交握的手扶上了桌子，毫不自知地用力掐下了些木屑。

宋余杭微微倾身，给了他最后的致命一击：“你那么喜欢她，为了娶她倾尽所有，她却从来没有爱过你，就连女儿也是你强迫她生下来的吧？”

她眸中浮起稍许悲悯之色，看在孙向明眼里尤为刺眼。

“你太可怜了，她临死时都没有告诉你那个人是谁。”

“砰”一声巨响，手铐拍在了桌子上，孙向明霍地站了起来，双目赤红，死死盯着她咆哮：“不顾家的人是她！出轨的人是她！她该死！她该死！”

宋余杭静静地看着他发疯，嘴角勾起了一丝笑意。

几个刑警冲进来七手八脚地把人按在了椅子上，孙向明却又捂着脸哭了。

“咯咯咯——”他嘴里发出令人齿冷的声音，宋余杭以为他在哭，他却又挪开一只手，露出半只猩红的眼睛看着她笑。

坐在她旁边陪同审讯的警员顿时起了一身鸡皮疙瘩，大声呵斥道：“笑什么笑？！有什么好笑的？！”

孙向明还没从那种疯癫的状态里脱离出来，捂着脸笑了一阵，墙上的时钟走过零点，开始报时。

孙向明松开捂脸的手，奇迹般冷静了下来，这下放松的是他，正襟危坐的是宋余杭。

他看着她眼底满是嘲弄的笑意。

“你知道了又能怎么样？指纹、血迹、毛发……但凡有指向我杀人的证据你们尽管去查，查不到……”

他也微微倾身，凑近宋余杭道：“天一亮，你们就得放人。”

第 19 章　对峙

天边又是一道炸雷，闪电短暂地照亮了屋子，作训室里每个人都各司其职，脚步匆匆，神色凝重，没有人说话，烟雾缭绕里偶尔能听见几声咳嗽，以及敲击键盘的噼里啪啦声。

宋余杭按着太阳穴，已经连着一个礼拜没有好好休息过了，嘴巴里因为焦躁而起了好几个血泡，她用舌头顶着，用疼痛来抵抗倦意。

办公桌上的电话急促地响了起来，有人一把接了起来，然后回过头来喊她："宋队，有新线索了！"

宋余杭一个箭步冲了过去，嗓音有些不稳："喂？！"

方辛替林厌举着手机，林厌趴在地上，用卷尺量着地上的痕迹，她平时有些咋咋呼呼的声音在此时听起来是那么亲切。

"150cm×70cm×60cm！我知道了！是鱼缸！鱼缸！先前我一直想不明白，丁雪是在哪里溺死的，直到翻遍了整个屋子也没有找到什么线索，直到发现了这个。"

林厌晃了晃手里的小型水族箱："应该是他买给女儿玩的金鱼，养得很好，这种东西娇贵，新手玩不好一天就死了，他很有经验。其次我们发现整个客厅只摆了沙发、餐桌，在本应该隔断客厅和玄关的地方突兀地摆了一个书架，把架子挪开，发现有一条不太明显的白色擦痕，测量后为150cm×70cm×60cm，符合市面上常见的海水鱼养殖的鱼缸的尺寸。”

她说到这里，望向窗外，外面大雨滂沱，闪电的光亮划过她冰冷的眉角。

林厌的嗓音低了下来：“这里是第一案发现场，我确认，死者丁雪的死亡原因是迟发性溺水。”

宋余杭嘴角终于流露出一丝如释重负的微笑：“辛苦了，接下来就交给我吧。”

再一次进入审讯室，宋余杭只是来跟他做个道别，下次两个人相见只可能是在法庭或者刑场上了。

“你是在鱼缸里溺死她的吧？”宋余杭站在门口冷冷地看着孙向明。

孙向明蓦地咬紧了下颌，原本躺在长椅上休息的人霍地坐起来看着她，隐隐有些咬牙切齿。

“不用问我是怎么知道的，若要人不知除非己莫为。”

她说完之后，孙向明看着面前警官冷静坚毅的眉眼又笑了起来，似嘲讽又似不屑一顾。

“知道了又怎么样，你们找不到证据的，找不到就无法定我的罪，等天一亮，我还是会出去的。”

宋余杭看着他，这下眼底倒是不加掩饰的厌恶神色了：“其实我很想知道，当你掐着她的后颈把人摁进水里的时候，你在想什么，是解脱还是后悔？”

如果真的是解脱的话，丁雪早就该死在家里了，不会多活那几个小时。

都说是学校打的那通电话救了她，殊不知，善恶本就在一念之间。

宋余杭说完，转身大踏步地离去，任凭孙向明扑上来撞在铁门上，又哭又叫，骂破了喉咙，也没有回头。

“外勤组全部出发，以孙家为圆心，辐射半径十公里内的所有垃圾场、收废站、旧货市场、二手交易中心以及回收出售渔具的店铺，掘地三尺也要给我找出来，知道了吗？！”

雨水滑过她的鬓角，制服很快湿了半边，面前年轻的刑警们目光锐利地齐声喝道：“是！”

“出发！”

车门落锁，警车再一次开出了市局，冲进了瓢泼大雨里。

“林姐，宋队他们在过来的路上了，我们呢？”方辛拿着手机问林厌。

林厌把手套摘了装进证物袋里：“该干吗干吗，你们随意，反正我的任务已经完成了。”

装在兜里的手机振了一下，她面色如常地挥手走开：“你们先干着，我去一下洗手间。”

“我们小区的垃圾堆就在这里了。”物业打着手电引着一行人往楼背后走去。

雨下得又急又快，低洼处污水汇聚成涓涓细流，再加上雨水一冲刷，那味道更难闻了。

宋余杭穿着雨衣，个子高，再合身的裤子都有些短，露出小半截脚踝在外面，蹚着水走过去，拿手电四下扫射着。

“前几天有没有人来扔过垃圾？很大的一个东西。”

直径那么大的鱼缸孙向明要处理无非卖废品或者二次出售，再或者狠狠心砸碎了扔，不论是哪一种都不会不引起人的注意。

物业公司的人猛地一拍脑门道：“有、有，前几天 504 的业主搬了好大一个纸箱下来说是建筑垃圾，还怪沉的，我还搭了把手。”

“东西呢？”这个垃圾堆不大，一览无余。

“早就运走了，我说警官哪，您这大半夜的不睡觉找什么垃圾啊？”物业哈欠连天的，显然对半夜里被人从被窝里拉起来感到十分不满。

“运哪儿去了？”

“城北的垃圾填埋场。”

宋余杭二话不说转身就走，物业追了两步：“现在去估计什么都找不到了，按市政规定，所有垃圾都会在当天统一销毁处理，要么填埋要么焚烧。”

宋余杭走到楼门前的时候，技侦的人也刚好下来，林厌拿手挡着雨，抬眼看灰黑色的天幕，腕上的手表在黑暗里发出微弱的荧光。

离天亮还有不到六个小时，时间不多了。

宋余杭从她身前走过，带来一阵潮湿的风。

林厌略抬了抬眼眸：“我想你应该知道，即使找到鱼缸，上面残存的指纹也可能因为大雨的冲刷而不复存在。”

宋余杭脚步微微一顿，侧过身子看她。

林厌望进那双棕色眼睛里：“退一万步讲，就算鱼缸上侥幸留下了他的指纹，那又能怎么样呢？判不了他死刑的。”

她说这话的时候嘴角微微勾起了嘲讽的笑意：“死因是迟发性溺水，从主观上来说，当时没有立即致死，而且他还有个三岁的孩子，我鉴定过的案子里有个因为情感纠葛砍了对方三十多刀的人，残忍吗？可怕吗？丧心病狂吗？但因为是凶手拨打的急救电话，死者在送医途中死亡，所以最后被判死缓，现在凶手也还没死成。宋余杭，放弃吧，孙向明早就知道他不会死，他有恃无恐，你此去无异于大海捞针。”

宋余杭从那嘲讽的笑意里咀嚼出了一丝冰冷的恨意。

她肩上的四角星花被雨水冲刷得雪亮，越发衬得眉眼锐利，两个人就这么隔着雨帘，冷冷地对望。

“那又怎么样呢？我承认，我国现行的法律或许是有不周全的地方，难道林法医要越过道德和法律的底线，去做那把杀人的利刃，以怨报怨吗？”

林厌嘴角溢出冰冷的笑意，咬牙切齿地道：“如果法律不能让犯罪分子得到应有的惩罚，那我替天行道又有何不可？”

宋余杭上前一步，因为个头高，把昏暗路灯下那一丝残存的光线都遮蔽了。

林厌被笼罩在她的阴影里，仰起头，雨水顺着瘦削的下巴往下淌。

“我不会给你这个机会的，如果有那一天，即使是出鞘宝剑，我也不惜亲手毁了它。”

宋余杭居高临下地看着林厌，那双淡棕色的眸子里依旧没什么情绪，但是林厌相信她说得出做得到。

一想到将来会和这样的人成为对手，林厌勾唇一笑，全身的血液都沸腾起来，竟然有几分棋逢对手的兴奋。

她抬眸，轻轻上前一步，踮起脚，手柔弱无骨地放上宋余杭的肩膀。在外人看来，就是两个相当亲密的人在说悄悄话。

林厌揽着宋余杭的肩头，在她耳畔吐气如兰：“是吗？我很期待那一天的到来。”

宋余杭镇定自若，微微偏头也贴上了林厌的耳朵，知道不能躲，躲就是甘拜下风。

“会的，不会让你等太久。”

“宋队——”有人来叫。

宋余杭退后一步，再次抬眸看着林厌，不愧是泰山崩于前也面不改色的人，几个瞬息的工夫，已经恢复平静。

“但是在那之前，我有别的事要做，法律怎么判是法律的事，破案、搜集证据寻找真相是我的职责，我俯仰于天无愧于地，对得起我身上的这身衣服，也对得起我的良心。”

她说这话的时候分外平静，不像是赌咒发誓，也不是一时头脑发热。

她早已经过了那个年纪。

热血平息下来变成了需要时刻谨记的职业操守，在日复一日烦琐的刑侦工作里她并没有被消磨掉热情，那种热情变成了川流不息的河流，越是平静，越是暗流汹涌。

林厌浑身一震，咬紧了下唇猛地看向宋余杭，宋余杭却已经带着自己的人上了车。

一声令下，全员奔赴城北的垃圾填埋场。

江城市局刑侦支队倾巢出动，包括调休的、请假的，甚至是辅警，可以用的人都来了。

冯建国站在窗前，外面的雨根本没停过，他手里的茶已经凉了也顾不上换，就着抿了一口又放下。

有警员进来敲门，面有难色：“冯局，孙向明的律师来了，要求我们放人。”

“去告诉他们，时间还没到，这个人不能放。”冯建国把茶杯放在桌上，负着双手烦躁地来回踱步，“派人联系宋余杭，这都多久了，一点儿消息都没有，都是干什么吃的？”

警员欲言又止。

冯建国停下脚步看着他：“又怎么了？”

“记者也来了，检察院那边也派了人来了解情况，张队正在接待，您要不要过去……”

他“看看”两个字还未说完，就看见冯建国眉毛一扬，破口大骂：“记者都是狗鼻子吧，闻着肉包子味了就一拥而上生怕跑慢了连口热狗屎都没得吃！”

警员想笑，又死命憋住了，赶紧稍息立正地站好，目不斜视。

“去告诉他们，不接受采访，这个案子没什么可说的，一切等官方通知。”

作为江城市最大的垃圾处理中心，每天都有数以万计的垃圾从城市中央运来这里统一填埋。

积年累月下来垃圾堆成了小山，车还没开进去就闻到了一股恶臭。

宋余杭戴上口罩，跳下车，污水立马没过脚面，众人跟着她深一脚浅一脚地走着。

前面引路的工作人员快要被这股味道熏窒息了，摆摆手停下来，喘着粗气道：

“前几天运来的垃圾都倒那边了。”

众人顺着他手指的方向一望，黑压压一片，堆成了小山包。

段城面如土色：“这、这怎么找啊？”

宋余杭没回头，吩咐手下的刑警都戴上手套穿好胶鞋做好防护措施，便带头扎进了垃圾堆里。

行动即是表态。

领导都这么做了，其他人也纷纷捏着鼻子跟上。

很多时候破案没有捷径可言，只有日复一日踏踏实实的付出与努力。

这才是制止罪恶的捷径。

像翻垃圾、刨粪坑这种事宋余杭也不知道干过多少回了，汗水贴着额角渗出来还没感到一丝热意就被冰冷的雨浇熄了。

水滴顺着下巴往下淌，她也分不清究竟是雨还是汗，天色漆黑，雨势不见小，隔了三五米便看不清人影。

雨水被眨进眼睛里，视线逐渐模糊起来，她一摘风帽，用干净的肩膀揩了一把脸，再看了一眼腕上的手表。

凌晨三点半。

心急如焚是她此刻最真实的心情写照。

“嘶——好痛”也不知道是摸到了什么金属制品还是铁钩子，一个刑侦人员的手被扎了一下，他顿时摘了手套大呼小叫起来。

旁边打着手电埋头翻垃圾的同事也有些愤愤不平：“我们在这里翻垃圾手都不知道被扎多少回了，天生贱命，有的人啊来都不来，别说垃圾了，雨都没淋着一点儿。”

宋余杭回头，唇抿成了一条直线。

她走到一旁，摘掉手套，从雨衣内侧的兜里摸出手机，抹干净水珠很快又被雨水打湿，反复几次才开了机。

她按下一串没有归属地的号码，电话很快被接通。

“喂？帮我盯一个人。”

电闪雷鸣之下，狂风卷起气流在旷野里发出了“呜呜”的回音。

她嗓音低哑，听上去无端让人心惊。

第 20 章　对手

林厌抽完一根烟的时候，车到了，她拉开车门上车，从后视镜里瞥见身后不远处的一辆车也发动了引擎。

“小姐，去哪儿？”

林厌系好安全带：“暂时没想好，随便开吧师傅。”

等在城中绕过几个圈子之后，那辆车还在身后穷追不舍，他跟踪的方式很巧妙，距离隔得很远，但总能在她即将消失的时候追上来。

林厌微勾嘴角，有意思。

“师傅，去市公安局。”

天还没亮，市局门口就蹲守了一大堆媒体记者，林厌一从车上下来就被包围了，各式各样的长枪短炮戳到了身前。

“林小姐，林小姐，听说这个案子也是您做的鉴定？”

“林小姐，凶手是死者的丈夫还是另有其人？”

“听说死者私生活混乱，和江城市一中的校长纠缠不清，这是否是凶手杀人的理由？”

林厌不置一词，伸手拨开一条路，有人在身后穷追不舍：“林小姐，林小姐，说说这个案子吧……”

记者追到大厅的时候被赶来的民警阻拦住了，林厌得已成功脱身，张金海正在接待检察院派来的人，见她回来顿时眉梢一喜，热情地打了个招呼。

“哟，林法医回来了，案子怎么样了？”

林厌不咸不淡地应了：“啊，估计没戏。”

张金海一拍大腿站了起来，愁容满面地道：“唉，我就说嘛，这次弄的这叫什么事，就算找到了证据也未必能……”

在检察官面前他将那后半句话又咽了回去，见林厌脸色不怎么好看的样子，赶着献殷勤：“回来了就好，回来了就好，林法医这次也辛苦了，去休息吧。”

等的就是他这句话，林厌略一颔首：“成，我去睡会儿，今天有案子让别的法医上吧。”

等她走后，张金海又坐了下来，和几位检察官侃侃而谈：“这就是我们市局新招的林厌，林法医，我看也不像外界传的那么不近人情嘛……”

湿衣服穿在身上难受，林厌边走边把外套脱了拿在手里，余光不着痕迹地往身后瞥去。

那跟着她的小尾巴消失了。

市公安局的走廊里人来人往。

她推开值班室的门走进去，把外套甩在沙发上，人往铁架子床上一摔，开始养精蓄锐。

时间一分一秒地过去，值班室陆续又有人进出拿东西，林厌睡得很沉。她是真的累了，已经很久没有这么高强度地工作过了。

清晨第一缕光线透过窗帘的缝隙洒在床上时，林厌睁开了眼睛，倦意一扫而空，取而代之的是神色清明。

“在江城市一中被害女老师案中，昨日被拘留的死者丈夫孙向明，其律师已提起上诉，或因证据不足而于今晨被释放，江城市电视台为您现场报道。”

屋内没拉窗帘，依旧是漆黑一片，电视还开着，女主持人喋喋不休，画面一转，拍到了孙向明在其父母和律师的护送下往外走的场景，孙向明还朝围观的媒体记者社会群众鞠了个躬。

“谢谢大家的关心，我觉得我们应该多多理解并支持警方的工作，毕竟他们也是为了破案，还我妻子一个清白。”

他说到这里眼眶又红了，在众目睽睽之下揩着眼泪，声音哽咽，一句话也说不出来了，只好摆手示意媒体不要再拍了。

随后，他跟着父母上了一辆出租车，消失在公众的视线里。

“砰”的一声，遥控器飞出去砸中电视屏幕，嘈杂的声音中断，世界恢复一片死寂。

电视机面前坐着的人咬牙切齿，用手揪着自己的头发，从喉咙深处发出了嘶吼声，那向来清秀的面容逐渐变得阴鸷和扭曲。

大清早的市局是最忙碌的时候，有往来穿梭的工作人员、脚步匆忙的刑警以及来办事的普通群众。

再加上出了孙向明这事，应付媒体、应付检察院的问责，众人更是忙得焦头烂额了。

冯建国在办公室里来回踱着步：“还是得派几个人去监视他，绝不允许他离开江城市一步，社会舆论妄想干涉司法正义，可笑！”

他说这话的时候难免让人想到多年前江城市警界流传的传说。

“铁肩担道义，丹心筑警魂。”这是他上任江城市公安局局长时赵俊峰送他的座右铭。

别看冯建国现在年纪大了，身材发福了，身手也不如从前了，可年轻时也是跨省抓过毒贩、边境斗过歹徒、生死一瞬解救过人质，甚至在一场捣毁制毒窝点的战斗中挨了一枪还死死抱住制毒头子的大腿直到增援部队赶来。

冯建国一战成名，才有了后来的步步高升。

这些年来他不再上一线摸爬滚打，脾气日渐收敛，说这话的时候不怒自威的气场让小警员浑身一震，立马站直敬了个礼，中气十足地喝道：“是，局长，保证完成任务，绝不让孙向明离开我们的视线一步！”

他转身欲走，冯建国却又转过身来问道：“宋余杭人呢？”

小警员愣了一下答道：“应该在回来的路上了吧。”

看着冯局的脸色，小警员心有戚戚地替他掩上了门，心想：宋队这次可是大难临头了，少说也得挨个处分吧。

他正想得入神，不小心撞到了走廊上干活的清洁工，扫把掉在了地上。

他俯身捡起扫把还给人家：“不好意思。”

清洁工戴着统一的帽子和口罩，佝偻着腰，看上去年纪有些大了，嗓音也分外低哑。

“没事。”

说罢，清洁工又继续沿着瓷砖线清扫过道里的灰尘。

警员抱着文件夹继续往前走，突然觉得有哪里不对，这个清洁工好面生，新来的吗？

他转过身去看，走廊里空无一人，顿时惊出了一身鸡皮疙瘩，暗骂一声：大白天见鬼了。

宋余杭靠在车门上，血顺着指尖往下淌，手指被垃圾堆里的废旧玻璃碴割得血肉模糊，方辛拿了一包纸巾过来想替她捂上。

宋余杭不着痕迹地避开："没事，一点儿小伤，告诉兄弟们，收工了。"

雨倒是停了，可天色还是昏暗的，片状云压得很低，看上去倒像是在酝酿一场更大的暴风雨。

一夜未眠，宋余杭眼里都是血丝，头发也乱糟糟的，衣服上都是垃圾味儿。其他人也都一样，上了车就瘫在座椅上没人说话，气氛凝滞而沉闷，不一会儿就鼾声四起。

段城哈欠连天，强打着一点儿精神在开车，宋余杭靠在椅背上，紧绷的唇松懈下去，脸色是熬夜过后的青白，到底不是铁打的人，这个时候才流露出一丝疲惫。

这车上的每个人都身心俱疲，她也不例外，以至于向来清晰流畅的思维也有些恍惚了，脑海里一会儿是死者丁雪的脸，一会儿是孙向明隔着铁门冲她毛骨悚然地笑的画面。

场景一转，漫山遍野的白，她似身在芦苇丛里，手指轻轻拂过芦花，芦花被风吹上天，又盘旋着落在她的眉梢上。

她听见有人沉声道："如果法律不能让犯罪分子得到应有的惩罚，那我替天行道又有何不可？"

替天行道。

她替谁，行何方道？

宋余杭咀嚼着这几个字，只觉得有一道闪电劈开了混沌，猛地坐了起来，外套从身上滑落，神色变幻莫测。

"段城，换路线，不回市局了，直接去孙向明家！"

段城上下眼皮正在打架，被她这一嗓子惊得差点儿去了三魂七魄，他结结巴巴地道："怎、怎么了宋队？"

"这个案子还没结束，快点儿，再晚就来不及了！"

宋余杭七手八脚地从兜里摸出手机，开始给孙家附近蹲守的外勤打电话。

就在刚刚那一刹那醍醐灌顶，她想明白了更多的事。

她和林厌第一次去学校了解情况的时候，李诗平追着林厌问丁雪的死因，根本不是出于好奇，而是出于对另一个人的关心。

宋余杭又想起那次去李家的时候，墙上挂了很多奖状，全是教学竞赛的冠军。

宋余杭随口问了一句："您是教化学的啊？"

李诗平抿了一口咖啡："对，从初中起就对这方面很感兴趣吧，本来想当科学家的，谁知道阴错阳差地当了老师。"

一个教化学的人办公室里为什么会有那么多英文原著？答案不言而喻了。

还有橱窗里过分干净的照片，以及那枚戒指，"S"可以是"宋"，可以是"孙"，当然也可以是"诗"！

林厌注意到的细节宋余杭未必没有留意到，那么究竟是什么遮蔽了她的视线呢？

是她不愿意相信世上还有这样的感情存在，还是……

一想到这里，她只觉得有一股隐秘的恐惧蹿上了全身。

宋余杭把下唇咬出了血色，舌尖尝到了一丝铁锈味。她猛地一捋头发，把额前的碎发全部撩了上去，双目赤红。

"段城，再开快点儿！"

来不及了。

"您好，您的外卖到了。"门口传来敲门声，孙向明刚洗好澡出来，擦着头发，凑到猫眼上看了一眼。

是楼下那家他常点的大排档，来人还穿着那家的工作服，举着袋子退后一步正准备给他打电话。

"来了、来了。"孙向明把毛巾放在玄关柜上，把门打开一条缝，伸出胳膊去拿。

外送员却没将东西给他，而是说："先生，可不可以给个好评啊？简单写一下对我们的菜品的口味评价什么的，老板要求的，请您帮个忙吧。"

大夏天的，面前的人还穿着长袖工装，戴着印有店铺名字的鸭舌帽，为了干净卫生还戴了一个口罩，只露出一双眼睛，隐隐流露出恳求来，那压在帽子里的鬓角渗出些薄汗来。

孙向明不耐烦地接过对方递过来的纸笔，在便笺上边写边说："上次点的那个炒花甲，味道不错，但是没洗干净，吃了好几口泥沙，回去跟你们老板说……"

他话音未落，外送员点头哈腰道："是、是，您说的是。"

外送员宽松的袖口中隐约露出一丝寒芒，孙向明突然觉得有哪里不对，抬眸看着对方的眼睛，对方仍然微笑着望着他。

不知为何，孙向明突然觉得对方有些面熟，又有一丝头皮发麻。

写到一半他不肯再写了，把便笺和笔一起塞回对方手里，拿过对方手里的外卖就准备关门，就在那个瞬间，李诗平动了。

也不知道她哪里来的力气，一把攥住了孙向明的手臂，用门“砰砰”地挤压撞着他的胳膊。

孙向明骨头都要被挤碎了，从喉咙里发出撕心裂肺的哀号。

黑衣人从四楼的天井一跃而上，蹿进了消防通道里，厚重的铁门被推开，一个人立马软趴趴地倒了下来，身上的衣服除了内裤都被扒干净了，黑衣人的指尖触上对方的颈动脉，还有气。

地上的人脖子上有一个细小的针孔，应该是被药晕了。

来人不再耽搁，沿着消防通道向上跑，即将推开铁门到达五楼的时候，旁边的洗手间里走出一个身材高大的男人，耳朵上挂了一个微型麦。

便衣！

来人心里微微一惊，旋即眼里溢出一抹狠色。

两个人撕扯着摔进了屋内，撞倒了玄关，外卖洒了一地，孙向明想叫，女人顺手抄起掉在地上的毛巾想去捂他的嘴。

到底男女力气悬殊，孙向明回过神来，掐住她的脖子把人踹开，又反扑上来把人摁在地上死死掐着她的喉咙。

袖子里的针管掉落在了地上。

李诗平的脸色逐渐变得青白，她徒劳无功地挣扎着，去掰他的手指，脑袋逐渐偏向一边，偏头看见那支针管的时候，眸中突然迸发出一股强烈的恨意。

就是这股力量驱使着她，张开手指一点一点地把针管摸进了手里，她在这个瞬间难免想起了第一次和丁雪见面时的场景。

她认识李诗平比孙向明早得多。

那时候她是老师，丁雪是她的学生。

那天李诗平刚和丈夫吵完架到学校检查值日。

“李老师早。”

“早。”

学生们陆续进校，少女扎着马尾辫一蹦一跳地从长街上走过，彼时春光烂漫，杨花飞舞，空气里飘浮着细碎的尘埃。

眼看着就快迟到了，少女还一会儿去揪朵小花，一会儿去抓一朵浮在空中的柳絮。

李诗平眉头一皱，又看见少女停留在校门口卖煎饼的小摊前：“还不快点儿，要迟到了知不知道？！”

丁雪回过头来，不情不愿地摸了摸肚子，还是把钱放进了卖煎饼大爷的铁盒里：“爷爷，您帮我留着，我明早来拿。”

大爷呵呵一笑道：“行，小姑娘快去吧，别迟到了。”

丁雪背着硕大的书包踩着铃声往校园里跑去，跑过她身边的时候却又停了下来，把刚摘的那朵玫瑰花递到了她面前。

少女眼睛亮闪闪的，声音也脆生生的：“老师，你的眼睛好红，不要不开心了，我保证明天不迟到啦！这朵花送给你，要多笑笑哟——”

丁雪就以这样仓促的姿态闯进了李诗平的人生里，一待就是数十年。

“你知道我最后悔的一件事是什么吗？”李诗平把针筒里的最后一点儿液体全数推进了孙向明的血管里。

她说得平静，却又不可抑制地发起抖来，针管空掉的时候，她跪下来捂着脸哭了。

“是我，是我劝她结婚的，是我、是我……害了她……”

站在门口的阴影里的黑衣人嘴唇翕动着，却终是什么都没说。

孙向明静静地躺在地板上，口吐白沫，了无生机。

他死了。

丁雪死了。

李诗平也跟着死了。

她在黑暗里咽了咽口水，吞下先含在嘴里的药，接着从自己的兜里掏出手机，锁屏密码是丁雪的生日。她多想再看一眼丁雪，视线却逐渐模糊起来。李诗平以为是泪，溅在手机上的却是血。

李诗平伸手把手机上的血抹干净，露出女孩子温暖的笑靥。

李诗平笑着笑着就咳了起来，血花四溅把屏幕打湿，她有些慌张地拿着手机在自己的衣服上擦了又擦，最后把手机放在胸前，缓缓地合上了眼睛。

“李诗平！”黑衣人一个箭步冲过去晃着她的肩膀，可是已经来不及了。

楼下传来警笛声，宋余杭跳下车，将子弹上膛：“一组带人把一单元给我围起来，不许放走一只苍蝇，二组跟我破门抓人，若遇到暴力拒捕，直接开枪不用顾忌。”

仿佛已经能听到刑警的作战靴踩在楼道上的脚步声，黑衣人还是不疾不徐地把李诗平放平躺在地上，从兜里掏出手套戴上，拿毛巾依次擦干净他扶过的地方，包括指纹、血迹和脚印，甚至是门把手。

快速而又精准地清理好一切的同时，黑衣人甚至从李诗平的肩上拈下了两根头发，最后小心翼翼地退到门口，把空调开到十六摄氏度，轻轻合上了门。

黑衣人转身的那一刹那，宋余杭迈上楼梯，直接从后腰的皮套里拔出了枪："站住！警察！别动，不然开枪了！"

两人隔了有数十米的距离，黑衣人拔腿就跑，子弹擦着他的脚飞了过去，在地上留下两个弹痕。

宋余杭犹如一只矫健的豹子蹿了出去，同时还不忘吩咐其他组的兄弟："发现目标，发现目标，守住消防通道别让他逃了！"

从消防通道里瞬间扑出几个刑警，拳脚直接朝着黑衣人的面门袭去，黑衣人毫不恋战，弯腰躲过，眼看着就要奔到阳台边上。

黑衣人刚扶上栏杆，后腰上一股剧痛袭来，直接被人踹了下来。他狼狈地就地一滚，躲过宋余杭迎面的一脚，一个鲤鱼打挺站了起来，出手就是一记刁钻狠辣的上勾拳。

拳拳相撞，双方各退了一步，宋余杭甩着手又扑了上来，电光石火间两个人走过数招，不分上下。宋余杭有意去掀对方脸上的面罩，却被人绞了胳膊，两个人互相博弈将对方卡得死死的。宋余杭余光瞥见背后墙上裸露的水管，脚下发力，借着冲撞的力气双手像钳子一样死死卡着他的肩膀把人推到了墙上。

"砰"的一声巨响，墙皮石灰簌簌掉落。

黑衣人耳膜嗡嗡作响，寻常人挨这一下可能当场就被撞晕了，但他格斗经验不比宋余杭差，拼着一口力气握住水管两端凸起的部分，借力凌空跃起，双脚狠狠往前一蹬。

他腿功极好，这一下猝不及防又正中腹部要害，宋余杭手指脱力，当场被人踹飞出去撞上了对面的墙，咳出一口带血的唾沫。

她身后的几个刑警见二人脱离开来纷纷拔枪，黑衣人不恋战，手掌撑上阳台的栏杆，竟然从五楼的天井一跃而下。

宋余杭扑上去，半边身子探出阳台，只来得及撕下对方的一片衣角。

只见那人犹如断线的风筝一样从半空坠落，出手快准狠，"咣当"一声，黑色的棍子牢牢地卡在了二楼的栏杆上，在空中稳住身形后，做了一个引体向上，翻上栏杆，跌跌撞撞地消失在走廊里。

宋余杭狠狠地一拳砸在了栏杆上："追！"

第21章　怀疑

纷杂的脚步声从楼上传来，黑衣人闪身躲进了堆放清洁工具的杂物间，抹了一把额上的汗水，按下衣领上的微型麦，剧烈喘息着。

“帮我拖住她，十分钟！”

脚步声越来越近，宋余杭端着枪和几个刑警以战术队形推进着。

黑衣人贴在墙根上，手攥紧了黑色机械棍，努力调整着呼吸，咽了咽口水，从后脑勺到脚尖绷成了一条直线，棍子倒提在手中，整个人似蓄势待发的野兽。

脚步声近在咫尺，他默默数着：一、二、三……

宋余杭的手扶上了门把手，脆弱的木门在她的手下发出了“嘎吱”的轻响，就在这个瞬间，黑衣人攥着机械棍的指骨也已泛白。

他脚步轻轻一动，就要杀出去夺路而逃，门外突然传来几声枪响。

“在那儿！别让他逃了！”几个刑警边开枪边追了出去。

一个黑色人影从楼梯拐角处直接纵身一跃跳下了一楼。

洞开的木门隐约露出一丝光线，门外的脚步声消失了。

黑衣人脱力，沿着墙根滑坐了下来，从喉咙里发出了几声压抑的咳嗽，一抹嘴角，手背上留下了点点殷红的痕迹。

真够可以的，竟然能把他逼到这个份上。

他一看腕表，时间不多了，不能再耽搁，强撑着机械棍站了起来，摘了风帽，脱了碍事的衣服，从杂物间里随手抄起几件脏兮兮的清洁工服装套上，往脸上抹了一把泥灰，改头换面，大摇大摆地走了出去。

“一组一组，从侧面包抄。”楼下蹲守的几个便衣见有人出来抄着电警棍就冲了上去。黑衣人身手很好，掰过其中一个人的手腕，抓住对方的胳膊就是屈膝一顶，膝盖是人体最坚硬的部位之一，重若千钧的力道下去，五脏六腑都在绞痛。

便衣当场就口吐鲜血飞了出去！

又是一个便衣扑了上来，当头一棒，直取黑衣人的后脑勺，便是要他当场伏诛再没有还手之力。

黑衣人抓住身前人的肩膀凌空一个飞踹，这招式和刚才楼上踹宋余杭的那一下颇为相似。

要不是刑警本能地用电警棍挡了一下，颌骨都要被他踢碎，饶是如此也噔噔噔地后退了数步，耳膜嗡嗡作响，一张嘴就咳出了带血的半截碎牙。

漆黑的枪口对准了黑衣人，宋余杭微微扣下扳机，却始终觉得哪里不对。

这个黑衣人的身手比刚刚更为矫健霸道，刚刚的那个人身手亦是一顶一的，但绝对称不上霸道。

她和黑衣人交过手，明白那招膝撞不仅要反应迅速、腰腹功夫极好，力道也要极为强劲才有可能把一个身高一米八、体重二百多斤的彪形大汉撞飞出去。而刚刚的那个人灵巧有余力道不足，否则他那一蹬，宋余杭现在也不会站在这里了。

而且那个人逃跑时分明受了伤，这个人却腿脚灵便，在多名训练有素的刑警的围攻下游刃有余，甚至有点儿像在耍猴，根本不急着逃命。

宋余杭脑中警铃大作，收了枪扑上去：“抓活的！”

那人似有所觉，把手上一个刚擒下的刑警反手往她这边一推，三两步游鱼一般错开了包围圈，在紧随其后的枪林弹雨里左突右闪，贴地一滚，子弹擦着他的耳朵飞了过去。

面前一堵两米高的围墙，黑衣人拽住树枝借力打力地荡了上去，一手牢牢攀住墙头，刚拽过的树枝立马被子弹打得粉碎。

黑衣人不再耽搁，双腿一蹬，双臂攀上墙头，使力翻了过去，子弹打在碎瓦片上火星四溅。

等宋余杭带着人追出去，长街上熙熙攘攘，那人已再无踪迹。

她有些烦躁地来回转了几圈，终是忍不住一拳砸在了电线杆上。

刚刚过来时头发已被扎了起来，额前碎发用夹子别着，露出饱满圆润的额头与赤红的一双眼。

宋余杭几乎是咬牙切齿地在说话："给林法医打电话，问问她、在、干、吗。"

"对不起，您所拨打的电话暂时无人接听……"

放在枕边的手机屏幕熄了又亮亮了又熄，听筒里传来的始终是冰冷的提示音。

段城挂了电话，脸色也有些焦急。他想不明白林法医怎么就成了怀疑对象，掺和进了这件案子里，要知道现在一下子死了两个人，罪名可不轻。

"宋队，没、没人接……"

"技侦还有谁在？"

现场已经被封锁起来，警戒线拉到了一单元楼下，警灯闪烁着，把那张脸衬得越发冰冷。

段城赶紧给郑成睿打电话，边摁号码边说："老郑、老郑在的，让他去看看。"

宋余杭"嗯"了一声："多带几个人。"

多带几个人……这意思是？

段城不敢再揣测，电话很快被接通，郑成睿听到一半手里的鸡腿"啪嗒"一声掉在了键盘上。

一行刑警脚步匆匆地穿过走廊，径直来到了值班室前。郑成睿清了清嗓子，敲门："林法医，林法医，在吗？"

一室寂静，并没有人回答他的话。

胖子咽了咽口水，退下来换另一个刑警敲门，依旧无人应答。

几个人对视一眼，胖子往后退了一步，正准备暴力破门的时候，林厌端着脸盆，脖子上还挂了一条毛巾，头发湿答答地往下滴着水，穿着背心热裤出现在走廊里。

看样子她是刚从解剖室那边的淋浴间回来。

她有点儿脸色不善地道："哟，这么一大堆人围在这儿是要干吗？"

胖子伸出去踹门的腿伸到一半闪电般缩了回来，谄笑着道："没、没……宋队找您呢。"

林厌示意他们让路，从中间插了过去，把脸盆塞进床底下，从枕头边上摸到手机，一串未署名的号码跳动在屏幕上。

她按下了接听。

宋余杭的声音犹如带着万年寒冰，仔细琢磨还有那么一丝咬牙切齿的意味在。

“李诗平死了。”

屋内空调温度开得很低，一进去林厌就打了个寒噤，为了不破坏现场，已经铺好了勘查踏板，孙向明面朝下趴在地上，旁边掉落了一支针筒。

李诗平则躺在不远处，唇边还残留着血迹，手里紧紧捏着手机。

痕检人员已经在工作了。

林厌戴上手套走到孙向明的身边，和段城一起把人翻了过来，由于尸体呈僵直样，还费了些力气。

她把勘查灯交给别人，右手轻轻掰过孙向明的下颌，灯光一照，脖子上有肉眼可见的一个细小针孔。

方辛把掉落在地上的针筒捡起来装进证物袋里交给宋余杭：“初步判断这上面只有一个人的指纹，具体是谁的还得回局里做一下指纹比对。”

宋余杭接过针筒仔细端详了半晌，余光却落在了林厌身上，那眼神说不出的冰冷刺骨，还有一丝丝厌恶。

被注视着的人掰开孙向明的口腔，摘了口罩微微俯下身去，看得段城目瞪口呆，以为她要和死者来一个亲密接触。

“林、林法医……”

林厌确实趴得很低，一手撑在地上，鼻尖挨着孙向明的鼻尖，轻轻嗅了嗅，似不确定，再次俯身下去重复动作，问到了一股苦杏仁的味道。

三番五次地确认之后，她才起身道：“死于氰化物引起的中枢性呼吸衰竭，具体是有机类氰化物还是无机类的，得等进一步尸检才能确认。”

她这话是在跟宋余杭说，不过那人置若罔闻。

宋余杭拉开窗帘，外面天色依旧昏暗，她使劲推了推窗户，纹丝不动，焊死的，这就意味着在场的第三人不可能是从窗户爬上来的。

她又回到门口。

打斗的痕迹主要集中在玄关那一块，门锁完好无损，门的侧面有挤压状的痕迹，戴着手套的手指轻轻一摸，掉下来些许木屑。

她吩咐人来拍照，顺便提取检材。

既然门锁完好无损，说明这个人不是破门而入的。他认识孙向明也认识李诗平，说不定就是李诗平主动替他开的门。

为什么呢？

李诗平不害怕来的是警察吗？

还是说她早就知道那个人会来？

宋余杭目光一瞥，就见林厌正蹲在地上给李诗平做初步尸检，口罩挡去了大半部分娇媚的容颜，发丝整齐地盘进帽子里，露出纤细白皙的后颈。

宋余杭大踏步走了过去。

面前骤然落下一片阴影，挡住了勘查灯的光，林厌不耐烦地抬眸："让一让，挡光了不知道吗？"

宋余杭盯着她的眼睛，眼神锐利，似要把她的脸瞅出一朵花来。

林厌被这目光盯得浑身发毛，强自镇定，眼里流露出一丝调笑之色。

"怎么了，宋队也看上我了？"

方辛轻咳一声转过脸去，去扯段城的衣服。

段城手里还拿着放大镜正在观察死者的口腔，猝不及防地被人扯着衣领子拖走了。

"啊——我还没看完呢……"

"等会儿再看！"

四目相对的时候，宋余杭蹲下身来，看似亲密地揽住了林厌的肩膀，实际只有自己知道用了多大的力气。

林厌被她捏得生痛，骨头都像要碎了，但是不能躲更不能还手。

像那晚那样，她们亲密地贴着耳朵说着话。

"李诗平死了。"宋余杭几乎有些咬牙切齿了。

林厌指指面前的尸体，眼神有点儿无辜："我知道啊，我不就是为这事过来的吗？"

"丁雪死了，孙向明也死了，他们都死了，你开心了吗？"

林厌看着面前的人淡棕色的眸子漫不经心地道："我有什么可开心的？我还想多睡会儿呢。"

她神情坦荡，眉梢眼角间没有一丝多余的闪躲之色。

林厌这样的人比孙向明难对付多了。

宋余杭依然钳着她的肩膀没动，看进那双漆黑的瞳孔里。

那里面空空荡荡的，只有自己的影子。

她也笑了：“林法医心态真好，还睡得着，你听见楼下孙向明的父母和女儿的哭声了吗？白发人送黑发人，孩子幼年父母双亡，夜长梦多，地狱空荡荡，魔鬼在人间，希望林法医夜夜都能好眠呢。”

她说得轻巧，又俯身过来，压低的嗓音颇有蛊惑人心的力量。

林厌动了一下，宋余杭却不让她躲，轻轻吸了一下鼻子，似在喟叹：“林法医今天的香水还挺特别的，我记住了。”

“宋队，周边的群众走访——”有人拿着纸笔走了过来，宋余杭放开林厌起身走了过去，仿佛什么事都没有发生过一样。

林厌微微敛下眼，动了动被捏得酸痛的肩膀，薄唇轻启吐出几个字：“调戏老子。”

这笔账她记下了，迟早要连本带利地讨回来。

看着面前李诗平失了血色的惨白的脸，林厌微微恍惚了一下，伸手想要把李诗平放在胸前的手机拿出来，自己的手机却响了起来。

她摘了手套走到一边接起电话：“喂？”

对方刚吐出一句话，她就变了脸色，摘下帽子就往外跑。

宋余杭伸手拦住她：“你干什么去？！”

林厌粗暴地扯着她的衣领把人撞开：“让开，别拦我，否则我跟你没完！”

那向来或调侃或不屑或冷酷或嘲讽的眸子里竟然有一丝罕见的慌乱之色。

宋余杭愣怔的工夫，林厌已经松开她拔腿就跑，冲到楼下直接叫了一辆出租车。

“师傅，去泰安精神病院。”

她低头系好安全带，神色焦急，车慢慢滑出小区的时候，裹尸袋也从楼上被抬了下来。

二位老人见着那裹尸袋就瘫软在地，号啕大哭起来。

丁雪的妈妈怀里抱着孙雅，小孩子哇哇大哭，伸长了手臂去够爸爸，丁雪的妈妈一边把人往后抱一边也揩了一把眼泪。

宋余杭仰头看着天空又下起了毛毛雨，想起那次去李诗平家的时候，李诗平说起丁雪时脸上的那种笑容。

“她是教学能手，人很好，很温柔，知书达理，对待学生一视同仁……”

即使她已经去世了，但想来在乎她的人，应该是无论何时何地想起她来，脸上都会不自觉地泛出温暖的笑吧。

宋余杭的目光追随着林厌的那辆车，耳朵上挂着的微型麦传来吱吱的声音。

“还跟吗？”

宋余杭压低了声音道：“跟，她很狡猾，小心一点儿。”

第 22 章　镜子

“小姐，那辆车还跟着你。”

林厌举着手机从后视镜里看了一眼，今天着实没心情再跟人周旋，扯了一下嘴角，吐出冰冷无情的话：“做掉。”

挂掉电话之后，从拐角的山路上开出来一辆黑色桑塔纳，和她乘坐的出租车擦肩而过。

林厌靠在椅背上，视线漫无边际地飘向了虚空的山野上，手却逐渐捏紧了手机。

“小姐，泰安精神病院到了。”林厌从钱包里甩出几张票子，推开车门下车，脚步匆匆地一路小跑着进了医院。

早有医生在门口候着了，引着她往楼上走，一脸歉疚地道：“小姐，病人突然发作，谁都近不了身，我们这才给您打了电话……”

林厌健步如飞，几乎是在跑了，压下心中的火气，问道：“多长时间的事了，为什么现在才通知我？你们是怎么看护的？现在情况如何了？”

精神病院不大，三层高的小楼，穿过二楼冗长的走廊，最里面的那间房里住着一个特殊的病人。

平时紧闭的铁门大开着，林厌一个箭步冲了过去，手刚扒上门框，就看见一个蓝白色的身影朝她扑了过来，手中寒芒一闪而过。

旁边的医生吓得脸都白了：“林小姐，小心！”

林厌侧身往后一躲，剪刀贴着她的胸口擦了过去，面前头发花白、佝偻着腰的老人嘴里念念有词，拿着剪刀嘟囔着又转了回去。

“初南，初南……”老人一边说一边摩挲着手里泛黄的照片，贴上脸颊又怕被别人看见，小心翼翼地将照片塞回怀里，隔会儿又拿出来看看，周而复始。

她一边说，一边拖着蹒跚的步子，腰上挂着尿袋，一走一漏，混浊的黄色液体就顺着裤子往下淌。

再一次从旁人口中听见这个名字，林厌也瞬间红了眼眶，手掌紧握成拳。

她仰起头似要把苦涩全部咽回去，再三深呼吸后轻轻往前走了一步，喉头微动，唤着病人的名字：“陈阿姨……”

被叫作“陈阿姨”的人掀开被子，把枕头全部扔到了地上：“初南，初南你在哪儿呀……不要和妈妈玩捉迷藏了……”

她扶着床颤颤巍巍地俯下身，床底空无一人，老人浑身哆嗦着站起来，嘴唇翕动，红了眼眶，又去摸索别的地方。

“初南，别躲了……你快出来呀。”

不大的房间里只摆了一张床、一个衣柜，连张书桌都没有，一览无余。

老人转来转去，一无所获，尿液已经濡湿了半条裤子，她也浑然不觉，只抚摸着怀中的那张照片，神色温柔。

“初南呀，该回家吃饭了，妈妈做了你最爱吃的红烧鱼，吃完饭咱们去踢毽子。初南呀，牛奶放你书包里了，记得喝。初南呀，天黑了，该睡觉了，妈妈给你盖被子。”

她一边说着一边用自己的衣服把照片遮得严严实实，还像哄婴儿一样抱着那张照片轻轻颠着，原本拿在手里的剪刀放在了床上。

林厌往前凑近一步，老人恍若突然被惊醒，神情变得有些不可捉摸。

她又把那张照片拿了出来，盯着看，道：“初南呀，天亮了，你怎么还不回来呀？”

林厌咽了咽口水，想要凑过去安抚她：“陈阿姨，初南已经……”

老人歪着脖子看着她，神情陌生，也像是透过她在看身后的一群人。

林厌的身后只有雪白的一堵墙。

“喂，江城市公安局，陈初南的家属吗？您女儿的遗体找到了。”

“很抱歉，我们发现她的时候就是这样了，法医和痕检部门都尽力了……”

林厌在她眼中化成了光怪陆离的光线，一会儿张牙舞爪，一会儿碎成了碎片。

警方说是遗体，其实不过就是躺在解剖台上的一堆烂肉。

她透过那遥远的光阴看到了过去，看见了那晚殡仪馆里惨白的灯光，看见了自己号啕大哭瘫软在地，也看见了自己跪在警察面前抱着人家的腿不撒手，求着他们尽快破案。

一个月过去了。

两个月过去了。

三个月过去了。

…………

她日日夜夜地徘徊在市公安局门口。

一年过去了，她去上访，被人赶了出来，晕倒在大街上。

两年过去了，她发给省公安厅、纪委、监察部门的举报信犹如石沉大海。

三年过去了，她卖了房子，流落街头，与乞丐为伍，走哪儿怀里都揣着一沓寻人启事。

她就这样捧着个破碗，拄着一根棍子，穿着一双露脚趾的布鞋，走出了江城，走出了滨海省，走遍了大江南北。

五年过去了，她疯了。

那双混浊不堪的眼睛里渗出了泪花，她拿着剪刀颤颤巍巍地起身，一步步逼近林厌：“是你、是你……是你杀了她……”

“还有你们！”她拿着剪刀在空中胡乱比画着，林厌往后退着，用眼神示意其他人趁这个机会赶紧把人摁下来。

“陈阿姨……”林厌嗓音发涩，启口艰难，再三克制情绪才让自己说出了一句完整的话，“您先把剪刀放下，我带您去找初南，相信我……我……一定会找到她的。”

在她接近陈阿姨的同时，几个医护人员也从背后悄悄绕了过去。老人似有所觉，猛地转身，剪刀雪亮的刀锋冲着医护人员的脸划了下去。

“我杀了你！我杀了你！”

千钧一发之际，林厌暴起，直接从身后死死地抱住了老人的腰，把人拽了回来。

老人挣扎着，哭号着，嗓音凄厉无比，那尖利的剪刀一下一下地朝着林厌的手背扎了下去。

林厌没躲也不想躲，任由锋利的剪刀在自己的手背上扎了几个洞。

赶上来的医护人员七手八脚地把人摁倒在地，一支镇静剂下去，老人终于安静了。

林厌从地上把人轻轻地抱起来放上床。她力气不大，但陈阿姨特别轻，已经瘦得皮包骨头了。

医护人员替陈阿姨换上干净的衣物和被单，林厌转身关上了门，下属递过来纸巾。

“小姐，要不要去看看？”

林厌低头端详着自己还在往外渗血的手背，心想：这点儿痛比起陈阿姨的痛苦，比起初南的遭遇，又算得了什么？

“平时都好好的，怎么突然会……”下属还未说完，就被林厌冰冷的目光骇得住了嘴。

那种眼神和刚刚里面的那个人挥舞着剪刀乱捅一气的时候的眼神十分相似。

他毫不怀疑自己再多说一句就会被人拧断脖子，不自觉地往后退了一步，额上冷汗涔涔。

“滚。”

他如释重负，微微鞠了一躬，然后快步离去。

走廊里只有寂静的风。

林厌靠着墙根滑坐下去，把头埋进了臂弯里，声音有一丝不易察觉的颤抖：“今天……是初南的生日啊。”

一室噤若寒蝉。

宋余杭带头站在前面承受冯局的唾沫星子。

“都是饭桶！饭桶！一整个刑警队的人被人家耍得团团转，没抓到人也就算了，连人家是男是女都搞不清楚，纳税人的钱就养了你们这帮酒囊饭袋！！！”

冯建国越说越气，将桌子拍得震天响：“平时训练的时候一个个耀武扬威的，老子天下第一难逢对手，把你们那吹牛的功夫拿出来一星半点儿也不至于输得这么难看！”

被黑衣人打伤的那两名队员还躺在医院里，一个肝挫伤，另一个颌骨碎裂。

宋余杭动了动嘴唇，什么话也没说，微微低下了头。作为刑侦支队副队长、行动总指挥，她难辞其咎。

“冯局，您别生气，别生气，注意身体，当务之急还是破案要紧。”张金海想要扶着人坐下，被人一把拂开了。冯建国虽然面上拒绝了他的好意，但也不可能真的做得太过，还是接过他手中的茶杯，抿了一口给自己消消火。

“指纹比对得怎么样了？毒物分析出来了吗？”

方辛战战兢兢地从队伍里站出来：“啊……比、比对好了……针筒上确实只有李诗平一个人的指纹，现场也没有发现第三个人的指纹、足印和血迹。”

另一个助理法医也站出来道：“初步判断死者孙向明为氰化物中毒，死亡时间为上午十时左右，屋里开了空调，实际死亡时间可能还要早一点儿，而另一位死者李诗平的口腔里则检测出了残余的砷化物，俗称砒霜，剧毒。现场有打斗的痕迹，死者孙向明左手腕、上臂下均有大范围擦伤，经鉴定与门口侧面上的挤压痕保持一致，从木屑里也检测出了他的皮肤组织。死者李诗平左侧颈部皮肤上留有四个不太明显的扼痕，右侧一个，左右扼痕均与孙向明的指纹相符合，从李诗平的指甲里也提取出了衣物纤维，经鉴定与孙向明身上穿的睡衣是同一件。因此我们认为，死者孙向明与李诗平发生了激烈的搏斗，李诗平在搏斗中处于下风，但千钧一发之际还是把装有氰化物注射液的针筒扎进了他的脖子里，一击致命。而李诗平身上除了孙向明留下的扼痕外，并无其他体表伤痕，初步推断为……自杀。”

冯建国揉了揉眉心，只觉得焦头烂额：“那现场出现的那个黑衣人怎么解释？”

宋余杭动了动嘴唇，嗓音喑哑地道：“现场处理得非常干净，就连门把手都被人擦过了，要不是我们出现得及时，这根本就是一桩蓄意报复仇杀后畏罪自杀的戏码！此人有丰富的反侦查意识，是个老手，或者……”

黑衣人根本就是警务工作人员！

她的后半句话没说完，冯局挥了挥手，示意人都散了。

宋余杭跟着其他人往外走时，冯建国抿了一口茶水，叫了她的名字。

“宋余杭留一下。”

“说说吧，为什么怀疑林厌？”只有两个人的时候，冯局说话反倒温和多了，示意宋余杭坐。

宋余杭在沙发上落座，盯着面前的一次性纸杯：“我……”

“赵厅是你的老师，也对我有知遇之恩，当年的他就坐在我现在的位置上，他是咱们江城市局走出去的厅长，你今天丢的不是一个人的脸，是整个刑警队、整个市局，丢的是他老人家的脸！”

这番措辞比起骂她酒囊饭袋更让人无地自容，宋余杭搓了搓脸，把额前碎发捋上去，深吸了几口气平复呼吸。

“是我的错。”

“我在赵厅手底下当片警的时候，每次开会他必强调，破案不能想当然，似是而非，一定要拿事实说话，讲道理摆证据，我们是公安警察，不是土匪！孙向明的死你负一半责任，要是没有抓了放放了抓的那一遭，说不定也不会打草惊蛇，现在李诗平也死了。这下好了，本来以为破案了，又多出来个黑衣人。”

冯局一脸恨铁不成钢的表情，屈起食指狠命地敲着桌子：“宋余杭啊宋余杭，你现在又想当然地认为林厌就是那个黑衣人，道理呢，证据呢？你知道林厌的父亲是什么人吗？你知道她又是什么人吗？你信不信你前脚刚抓了林厌，后脚市委一个电话就能打到我的办公桌上。办案不能掺杂私人情绪，你是老刑警了，怎么还犯这种低级错误呢？”

面对他的苦口婆心，宋余杭只是埋下头，双眼通红，似在隐忍，但终是什么也没说。

她说不出口。

她往常也不相信什么神乎其神的直觉、推理，只信自己搜集到的证据，符合逻辑地进行假设。

但是林厌是个意外。

宋余杭也不知道这种直觉来源于何处，就是隐隐有一种熟悉感，林厌和那个黑衣人脱不了干系。

而且，那个黑衣人是两个人。

彼时的她尚没有想明白一件事，所谓直觉一定是在对对方有一定了解的基础上产生的，她知道对方会那么做，其实潜意识里也折射出了自己的内心。

天才和疯子不一定只有一步之遥，但两个相似的人才有那么一丝丝可能揣测到对方的内心想法。

这就像照镜子，镜里镜外或许换了环境，但归根究底都是一个人罢了。

最后宋余杭起身离开的时候，冯局又叫住了她：“你之前不是问我为什么要把林厌调到咱们市局吗？”

宋余杭扶着门把回身，眼里都是血丝，几天不眠不休下来人也很憔悴。

她哑着嗓子问："为什么？"

"林厌这样的人要是不能成为朋友就是敌人，她是一把杀人见血的刀，你就是最好的鞘。"

"小姐，喝点儿什么？"宋余杭的目光漫无边际地扫过展示板上形形色色、花花绿绿的酒水饮料。

见她犹豫不决，酒保热情地做着推荐："长岛冰茶今日特价，由伏特加、白朗姆、龙舌兰等精心调制而成，特别适合女士饮用！"

宋余杭茫然地看着他的嘴一张一合，听不清他在说什么。

见她没反应，酒保又换了另一种酒指给她看："小姐要不要尝尝我们店的招牌莫吉托？在白朗姆酒里加入青柠、薄荷与碎冰，口感很是清爽——"

听见莫吉托这个词，她随口问道："什么酒？"

对方嫣然一笑，答："莫吉托。"

酒保还在喋喋不休地说："特别适合自由不羁的灵魂……"

宋余杭从钱包里掏出钱递过去："就这个。"

店门口的风铃丁零作响，男人收了雨伞推门而入，径直走到吧台前要了一杯深水炸弹。

酒保看着他端着酒往刚刚神思有些恍惚的那位女士的桌边走去。

男人往身后看了一眼，见只有一个小酒保在好奇地探头探脑，便把雨伞靠在桌边，在宋余杭对面坐了下来。

"你怎么——"宋余杭抬眸，男人已经把鸭舌帽摘了下来，头上缠了一圈雪白的纱布，边角隐隐渗出血迹来。

她顿时捏紧了手中的酒杯。

男人又把帽子戴了回去："是职业杀手，我捡回了一条命。"

宋余杭咬牙切齿地道："我还真是小看她了。"

男人抿了一口杯中的酒，帽檐压得极低，让人看不清面目："对方警觉性很高，身边高手如云，我已经暴露，不适合再跟了。"

宋余杭只觉得从这清冽的酒里尝出了苦涩味道。她不甘心但又暂时拿对方无可奈何。

"辛苦了，好好休息。"

这是她合作多年的线人，宋余杭从兜里摸出一沓钱递了过去。

男人接过钱收进自己包里。他不能待太久，准备离开了。

起身的时候宋余杭看见他微微弯了一下唇：“你好像从没在工作时间喝过酒。”

宋余杭怔了怔，把杯中的残冰晃得咣当作响。

“休假了。”

男人不再多说，背着双肩包大踏步离去。

在他走后，宋余杭摊开掌心，一片薄薄的布料已被揉得皱皱巴巴的。

这是她从黑衣人身上撕下来的，她并没有将它作为证物交给警方，而是自己贴身保存了下来。

宋余杭举起右手凑到鼻尖，深深吸了一口气。

酒精带来的温度也没能融化她眸中的坚冰。

林厌哪，林厌。

你究竟还能带给我多少惊喜？

第 23 章　雨夜

林厌安顿好陈阿姨回到别墅的时候已是深夜，雨下个没完没了，保镖撑着伞把她从车里迎了出来。

她没有想到这个点了还有人在等她。

隔着一片雨帘，别墅门口昏暗的灯光在积水里映出了宋余杭颀长的身形。

宋余杭撑着伞静静地站着，那张脸上惯常地没什么表情，林厌却从那紧抿的唇里感受到了一丝压抑的氛围。

来者不善。

林厌不欲停留，今天心情欠佳也没跟对方打招呼，遇上初南的事总是让她身心俱疲，更何况今天是个有些特殊的日子。

林厌由保镖护着走过宋余杭身边的时候，宋余杭动了，谁也没料到她会突然出手，那一拳又快又狠，直击林厌的腹部要害。

林厌后退了几步被保镖扶稳，弯着腰咳了几声。

两个西装革履的保镖立马走到林厌身前护着她，宋余杭甩了甩手，似是意犹未尽。

“林法医身手不是很好吗，怎么连一记简单的直拳都躲不过去？”宋余杭活动着手腕，发出咯嘣的骨头脆响，“或者，叫那个能打的人出来陪我玩？”

那两个保镖似是想动，林厌直起身子，一挥手，示意他们退下，同时把自己的外套递了过去。

“这是我和她之间的事。”

林家下人对她似乎都有一种天生的服从，即使知道对方来者不善，还是听从主人的吩咐退了下去。

天地之间似只有雨水砸在树木上发出的噼里啪啦的声音，和两个人沉重的呼吸声。

宋余杭手里的伞坠地的那一刻她动了！

面前的积水潭里映出了她矫健如豹的身形，她出手就是一记刁钻狠辣的左正弹腿，踹上了林厌柔软的腹部。要害部位连续受到多次击打，林厌痛苦地皱眉，“哇”地一下吐出了一口带血的唾沫。

不等林厌回过神来防御，宋余杭原地跳起右腿直直地砸向了她的面门。

林厌下意识地抬肘挡了一下，要是不挡那一下她会直接被人用脚踝带向地面，脑袋狠狠砸在水泥地上。

饶是如此，强劲的力道也让林厌后退了数步，“咣”一声撞上了别墅的铁门，手臂酸痛，被真皮厚底的作战靴砸出了一片瘀痕，抬都抬不起来。

宋余杭逼到林厌身前，出招迅猛又没有章法，拳拳到肉，林厌被动躲着，一记右勾拳砸上了脸颊，眼角顿时乌青了一块。

宋余杭拽着林厌的衣领气喘吁吁，雨水顺着林厌的下巴往下淌，也许是雨太大了，也让林厌的眼底沾上了水光。

“你出招啊！”宋余杭掐着林厌的脖子微微把人提起来抵上铁门，“再不出手的话你会死。”

林厌看着那双向来淡漠的眸子里满是血丝，笑出声来：“哈哈哈……”

那笑容妖冶又决绝。

宋余杭怔了怔，掐着她的脖子的手微微颤抖。林厌如附骨之疽般攀了上来：“那你就杀了我呀，我罪大恶极、十恶不赦，你杀了我就是替李诗平报仇，就是替天行道！”

她微微闭上了眼睛，似在喟叹：“快动手吧，我都等不及了。”

雨水劈头盖脸地浇下来，两个人浑身都湿透了，宋余杭从没觉得这么冷过，以至于牙齿发出了“咯咯”的声音，一时半会儿也分不清自己是在颤抖还是在咬牙切齿。

“那天晚上去过李诗平家里的人是你。”

她想起了放在料理台上的那个玻璃杯。

“丁雪是你的学妹。”

如果她没记错，丁雪应该比林厌小两岁，那天驱车去江城市一中的时候林厌对道路的熟稔程度不亚于本地人。

“是又怎么样？”林厌吊儿郎当地看着她，弯唇一笑，仿佛根本不在意被人掐住了脖子。

宋余杭又用了几分力，迫使林厌不得不仰起头来喘息，脚尖悬空离开了地面。

“这个案子一开始的所有线索都是你提供的，林法医好手段，把我们耍得团团转，你早知道凶手是谁。”

她用的是肯定句，从林厌这个角度看过去，大雨把她的眉目冲刷得越发锐利。

宋余杭浑身都湿透了，衬衫紧紧地贴在身上，雨水顺着下巴淌进领口里，那脖颈间偾张的肌肉与凸起的血管无时无刻不在昭示着她的野性美。

和男人不一样，和普通女人更不一样，她似乎总是特殊的那个，以至于林厌无法把她归到哪一类去。

雨水这样凉，那攥着自己脖子的手却是滚烫的，林厌咯咯地笑了起来。她知道怎么激怒宋余杭，就像宋余杭也知道怎么踩她的痛脚一样。

她们怎么会这么了解彼此呢，明明刚认识不久？

林厌迷迷糊糊地想着，已经开了口：“是啊，我知道啊，我知道丁雪是被孙向明溺死的，我知道是李诗平杀了孙向明，我还知道李诗平是怎么死的，砒霜，剧毒。”

她咯咯笑着，笑容阴冷又绝望：“七窍流血，死得很快，没什么痛苦。你想不想知道她最后跟我说了什么？”

“你住口！”宋余杭指尖蓦地发力，把人掼了起来。林厌剧烈咳嗽着，挣扎着右脚踹上宋余杭的膝盖，宋余杭下盘脱力，两个人纠缠着一起倒进了别墅旁边的灌木丛里。

树枝噼里啪啦地被压折了一大片，雨水泥浆劈头盖脸而来，两个身高腿长的成年女性相互角力，对这片景观植物来说是毁灭性的打击。

两个人你一拳我一拳，直朝着对方的要害攻去，宋余杭扯着林厌的衣领嘶吼道：“那个黑衣人是你！”

“对，是我，那又怎么样？”林厌发狠，一个膝撞把人弹飞出去，顺势翻身而起掐住了宋余杭的脖子。

林厌笑得妖娆又妩媚，从眼角眉梢间都透出了水意。

“你去告我啊宋警官，你有证据吗？检察院会信吗？你拿得到逮捕令吗？也真是巧了，你要是再晚来一步，说不定连个囫囵尸首都没有。”

宋余杭双目赤红，只觉得一股热血冲上头顶，想也未想屈腿就是一个膝撞，同时抓住林厌背部的衣服狠狠一顶，把人从头顶掀翻过去。

林厌从花坛里的灌木丛直接摔到了水泥地上，后脑勺着地，疼得不轻，五脏六腑都像要散架了，手上的伤口泡在水里渗出了淡红色的血迹。

宋余杭跌跌撞撞地爬起来，把人从泥水里拽起来，看着近在咫尺的这张脸，是那么好看，却也叫人心生寒意。

“你既然知道人是孙向明杀的，手上又有关键性证据，为什么不告诉我？！”她晃着林厌的衣领，声嘶力竭地道，“我可以亲手逮捕他，绝对不会放过任何一个亲手剥夺了他人生命的畜生！”

林厌被她晃得连声咳嗽：“咯……咯咯……没用的……你知道吗？”

她冷不丁地抬眸，眼里水光潋滟：“在孩子没有出生之前，丁雪早就想离婚了，孙向明家暴，最严重的一次把丁雪打进了医院，脾破裂，住了一个月的院。”

那拽着她的手顿住了，林厌嘴角又弯起嘲讽的笑容：“在李诗平的鼓励下，丁雪提出离婚，孙向明不同意，两个人闹上法庭，调解了三次，最后不准离婚，也就在这个时候，丁雪发现自己怀孕了。”

宋余杭松开手，林厌倒在了地上，圈发的皮绳早就被扯断了，一头长发荡漾开来似海藻般散在积水里，脸上有被树枝划出的血印子，也有被宋余杭打出来的瘀青，但仍美得惊心动魄。

那是一种残缺到令人心悸的美。

长时间的对峙几乎让两个人体力殆尽，林厌静静地躺在地上，任凭雨水冲刷着自己的身体，虚弱到手指都抬不起来，但她仍觉得解脱、痛快，仿佛宋余杭打得越狠，那些积压在自己心里的东西就能轻松一些。

她几乎快喘不过气来，时常会想，为什么那些害过人的畜生都活得好好的？

为什么她还活得好好的？

为什么偏偏是她的初南呢？

所以当李诗平提出那个交易的时候，林厌没有拒绝。

林厌躺在地上，眼角滑过两行清泪。她得感谢这场雨为她保留了最后一丝尊严。

宋余杭看着那双眼睛，那里面一片死寂，没有星星也没有自己的影子。

借着酒劲，自己发泄完了，可是现在开心了吗？并没有。

她也说不清心里究竟是什么滋味，既愤怒又不平，隐隐还有一丝失望。

她愤怒的是林厌不守职业道德把线索告知他人，间接造成孙向明身亡；愤怒的是林厌利用专业知识，替自己制造了完美的不在场证明，游走在法律边缘；不平的是凭什么林厌可以凌驾于法律之上，可以毫无悔意，又凭什么被打到站都站不起来还是咬牙不吐出一个“错”字？

林厌的骨头才是真的硬。

宋余杭彻底松开了她，脱力地跌坐在泥水里，也许是那双眸子里的失意太过明显。林厌偏头看了一眼，竟然微微扯了一下嘴角。

“你可能会奇怪，我这样的人一生下来就衣食无忧，家里有钱又有势，要是想匡扶正义替天行道的话为什么不利用权势把孙向明送进去就好了？”

林厌的目光望向了虚空，豆大的雨滴砸在脸上，带来微微的刺痛。

她轻声说：“我除了自己，谁也不信。”

宋余杭喉头微动，光线昏暗，她逐渐看不清林厌是什么表情。

但林厌似乎知道她想说什么，嘴角又扯出一个难看的笑容：“宋警官，不要对我抱有期待，我什么事都干得出来。我叫林厌，生下来就是个不讨喜的孩子。”

那一丝微弱的希冀轻而易举地就被人磨灭了。

那次在省厅里其实不是宋余杭第一次看林厌的采访。

她有很多个场合可以看见林厌，只要她愿意。

电视里、新闻上、报纸上、八卦周刊当中，甚至是学术会议上，她看见林厌如鱼得水般出入各种场合，或优雅或从容或淡定或犀利，前脚当着镜头诘难得媒体哑口无言，后脚袖子一挽当街破口大骂，甚至在大庭广众之下站在市局门口的国徽下和情人贴面热吻。

林厌和自己这种循规蹈矩的人不一样，宋余杭甚至有点儿羡慕林厌那种天生就自由而不羁的灵魂。

林厌活得随心所欲，从不在意别人的看法。

解剖丁雪的那天晚上，法医室里她低头默哀的那一分钟，是宋余杭头一次窥见林厌坚硬外壳下的柔软与善良。

但宋余杭不得不承认，林厌是个骗子，还是骗术等级最高、让人防不胜防的那种。

“动机呢？你告诉我……为什么？”宋余杭抹了一把脸，把眼里那一丁点儿水光抹干净。

林厌仰头看向灰黑色的天幕，一直看一直看，便仿佛能看见那个人在天上等她似的。

“没有动机，我就是这样的人。”

“是吗？”宋余杭微微扯了一下嘴角，“那天在档案室里你在找什么？1994年，那一年我没记错的话，林法医刚满十八岁，正在上高三……”

她话音未落，那个人猛地看了过来，眼神突地变了，神情变得有些咬牙切齿。

林厌胳膊肘撑在地上，勉强抬起上身：“你闭嘴！”

一听见那个年份，她几乎是生理性地心痛到窒息。

宋余杭偏过头看她，眼神有点儿意味深长：“身手、样貌都可以伪装，但是脾气、性格这种东西是装不出来的。林法医应该不知道吧，你每次总会用调笑来掩饰心虚，而我戳中你的痛脚的时候你就会奓毛。你看，就是现在这副样子。”

林厌仰起头努力想要抬起上半身，但她的胳膊根本不听使唤，五指徒劳地抓着地面又摔了下去，泥水溅上了宋余杭的裤脚。

宋余杭看见她气喘吁吁，眼神凶狠，那向来白皙的肌肤因为激动而染上了一丝潮红，就连眼角都是红的，细长而脆弱的颈项就暴露在自己眼前，像野兽暴露出了最柔软的皮毛。

打湿的衣服贴在身上，随着呼吸起伏着，林厌到底和她不一样，既脆弱又坚强，像绽放在悬崖上的凌霄花，无时无刻不在散发着自己的美丽。

宋余杭不由得想起刚刚拳脚相加时触碰到的柔软身体，那时候不曾想太多，如今却觉得林厌虽然身手好，但大多数是巧劲，到底和自己这种训练有素的结实肌肉不一样。

宋余杭慢慢伸出了手。

林厌浑身能动的只有手指和脑袋，大脑也昏昏沉沉的，感觉有点儿冷。

就在宋余杭的手指搭上自己的衣服的时候，林厌突然浑身激灵了一下，想到对方要做什么了——文身！

扣子解到一半的时候，那一块隐秘之地终于露出了一丝端倪，宋余杭打算把这个图案记下来的时候，林厌动了！

宋余杭也没想到林厌还有还手之力，那看似柔弱的双腿几乎是在瞬息之间绞上了她的脖子，腰腹弹起，林厌一个鲤鱼打挺不仅完美地从她的手下脱身，还顺势卸下了她的一条胳膊。

巴西柔术必杀技十字固！

电光石火之间宋余杭已来不及反应，林厌也没给她反应的时间，侧身倒地的同时，宋余杭的手臂已经抵上了林厌的小腹，右手被掰直，用力之大都能听见肌肉骨骼断裂的声音。一股剧痛瞬间让宋余杭额头上渗出了豆大的汗珠。

巴西柔术不愧为最优秀的地面擂台技，人一旦被反制倒地就再难以脱身。

不过，对方这样的状态又能坚持多久呢？

宋余杭忍着疼，勾唇笑了：“巴西柔术黑带以上，我还真是看走眼了。”

“恕我直言……咳咳……”林厌剧烈地喘息着，话都说不完整了，“您的眼光一直不怎么好。”

怪不得。

灵巧有余而力道不足，巴西柔术本就是以弱胜强、以柔克刚的综合格斗新流派，专攻降伏，以擒拿见长，倒是很适合林厌。

不过，在绝对力量面前，尤其是宋余杭还占据了体力优势，全盛时的林厌差不多能和她打个平手，但是现在——

宋余杭眼中寒芒一闪而过，凭着强横的上肢力量硬是单手撑地想要翻过身来，挣扎之间骨头发出了令人牙酸的声音，她几乎把整个身子拧成了一个诡异的弧度。

林厌浑身一惊，额头冷汗“唰”地一下就下来了。

这人疯了？！她再这么挣扎下去右手不要了？！

就是林厌这一愣怔的工夫，宋余杭右手屈肘砸中林厌的腹部。林厌手指脱力重重地倒向地面，闭上眼，疼痛却没有如期而至。

宋余杭在千钧一发之际把掌心塞进了林厌的脑袋下面，两个人相拥着一起倒在了积水里。

“刺啦”一声脆响，林厌拼命护着的东西还是大白于天下了。

林厌气得浑身发抖，一句完整的话都说不出来，翻来覆去地骂着那几个脏字，一边抽着气，一边拼命往后躲。胳膊被人反剪过头顶，她仰起头的时候那细长的颈项又暴露在宋余杭的注视下了。

更何况现在两个人贴得这么近，宋余杭几乎可以确认那片衣角就是林厌的。

就像法医可以单凭气味闻出一个人是什么类的药物中毒一样，刑警也可以单凭鼻子嗅出毒品的气味。

更何况人类对嗅觉向来记忆犹新。

她可以忘了一个人，但绝对不会忘记对方身上的味道。

那一片鲜红的文身似胎记，宋余杭抬手轻轻抚摸过去，感受到了指尖下的粗粝和凹凸不平的颗粒感。

那是林厌最不堪回首的过去。

这不是文身，这是……硬生生拿刀刻出来的！

宋余杭震惊地垂眸，对上那人的眼神，却见林厌轻轻闭上了眸子，喉头微动，眼角滑落两行清泪，似是不想让人看见这么狼狈的自己。

林厌偏过头去，咬了咬下唇，眼角都是红的：“看够了吗？看够了就起来。”

好似如梦初醒，宋余杭这才惊觉自己都做了什么，简直想给自己两巴掌。

今夜她不是警察，而是一个犯罪者。林厌确实有理由哭，宋余杭浑身一惊，仓促起身，抹了一把脸上的雨水，转过身去，又觉得这样好像不妥，毕竟是自己把人打成这样的，于是咬咬牙又转回来把手递给了林厌。

“起来。”

林厌推开她的手，自己慢慢地撑着地坐了起来，把滑落肩头的衣服拽了回来。

她浑身好似散架，脑袋也又胀又疼，手指都哆嗦着不听使唤，因此动作极慢。

雨水顺着她的下巴往下淌，衬得那张巴掌大的脸更小了。宋余杭难免想起刚刚对方哭的样子，一时之间心里又酸又涩。

雨太大了，她还是想要送林厌回去。

宋余杭微微蹲下身：“林……”

林厌抬眸，眼神很空，没有什么神采，哆嗦着嘴唇，身体往后一缩。

宋余杭在心底叹了一口气：“那你等着，我去叫人过来。”

不远处就是林厌家的别墅大门。

管家带着人跑过来把林厌收进伞底，又给她裹了一层毛毯，和几个下人一起扶着她往里走去。

宋余杭就这么看着她即将消失在铁门里。

林厌脚步一顿，似有所觉，回过身来盯着宋余杭面前的那一潭积水，说了今天晚上和宋余杭说的最后一句话。

“不管你信不信，孙向明不是我杀的，李诗平也不是我杀的，我只是一个见证者，替他们的结局画上一个不太完美的句号。”

第24章　景行

“当时是您父母出资买房的对吗？有没有全额？没有——”女人正坐在电脑前面接电话，一手敲着键盘做记录，敲门声响了起来，她拿着手机往玄关处走去，透过猫眼看了一眼，顿时换了只手拿手机，同时侧身替对方开门。

“不好意思，我现在这边有点儿急事，稍后再联系您。”

挂掉电话之后，宋余杭也进来了，俯身换上客用拖鞋，抬头苦笑了一下：“我才是要不好意思，这么晚又来麻烦你。”

季景行见她浑身都湿透了，脸上也青一块紫一块的，从洗手间里取出干净毛巾递给她：“你这是怎么弄的？怪不得不敢回家呢。”

要是让宋妈妈看见宋余杭这副样子，估计少不得又要唠叨一番，毕竟有父兄的前车之鉴，宋妈妈生怕宋余杭再出什么事。

“没事……和人打了一架罢了。”宋余杭说着，拿毛巾擦着湿漉漉的头发，透过半开的门往卧室里看了一眼。

“小唯睡了？”

“睡了，要不然知道你来还不知闹腾成什么样子。”季景行说着从厨房里倒了一杯热咖啡给宋余杭暖暖身子。

宋余杭头上披着毛巾坐在沙发上不知道在想些什么，从她一进门季景行就觉得有些不对劲，这个人鲜少出神，更何况是现在这样失魂落魄的样子。

这些年来宋余杭到她这里的次数屈指可数，上一次还是宋余杭的哥哥去世的时候。

“你真没事？”季景行不放心，还是从橱柜里拿出医药箱打开，在里面翻找着碘伏和棉签，“要不要去医院看看，这谁呀下手这么狠？”

宋余杭的眼角被林厌的指甲剜出了一道血痕，皮开肉绽，血迹几乎快蔓延到眼睛里去，林厌要是再往前一点儿，这只眼睛就保不住了。

宋余杭摸着，这个时候才后知后觉有一丝钝痛。她又不免想到，她打了林厌那么多下，打得林厌站都站不起来了，林厌可会痛？

会的吧，毕竟她都哭了。

宋余杭突然有点儿后悔自己的冲动。

季景行停下手里的动作，总觉得宋余杭今天整个人都有些不可言说的微妙感。

“失恋了？”她故意调侃。

宋余杭语气僵硬地道：“没有。”

季景行把手里的纱布递给宋余杭：“你也该找个人好好谈一场恋爱了，我先去睡了啊，明早还要早起送小唯去上学。客用洗漱用品都在浴室里的架子上面，今晚你也别睡沙发了，去你哥的房间睡吧。”

小唯是遗腹子，七年前宋余杭的哥哥牺牲的时候，全家人都曾劝季景行打掉这个孩子，她却执意留了下来，一个人抚养孩子长大，单亲妈妈确实很辛苦。

宋余杭对这个嫂子又敬又爱，两个人年纪相差不大，更多了几分知己好友惺惺相惜的感情在里面。

她站起身目送季景行走进卧室，动了动唇：“姐……谢谢你。”

季景行摆了摆手，端着咖啡杯，穿着宽松的居家服，脚上趿着一双朴素的灰色拖鞋，上面绣着的卡通图案已经模糊不清，那还是七年前他们刚结婚的时候一起买的，那天宋余杭也在场。

季景行努了努嘴，做口型：“晚安。”

宋余杭也回她：“晚安。”

“将。”

“垫将。”棋盘上已经厮杀得难解难分，黑子挪了一个士下去。

对方抚摸着自己的红子，犹豫不决。

“老爷，该喝药了。”女人端着汤碗，把漆黑的药汁吹凉，这才把勺子递到他的唇边。

男人已经不年轻了，鬓边长出了白发，脸上有皱纹堆叠起来的皱褶，还有些许老年斑，但是胡子理得很干净，那张脸和林厌有几分相像，不难看出年轻时的丰神俊朗，虽然窝在轮椅里，但仍显得肩膀宽阔，手长脚长。

他回过头来一口将药吞下，苦得皱起了眉头，女人往他嘴里塞了一颗蜜饯，他嚼了嚼把核吐在她的掌心里，这才回过头来继续看棋盘。

“炮。”

对方并没有一丝不耐烦的样子，得心应手地撤子，顺便带走了他的将军。

“将军，你输了。”

两个人哈哈大笑起来，林又元把剩下的棋子扔在了棋盘上：“不玩了、不玩了，还是这么狡诈。”

“林总。”一个黑衣人敲了门后快步走进来。

林又元似有所觉，漫不经心地端起茶杯抿了一口：“小姐最近在做什么？”

那黑衣人俯身在他耳边轻声说完，做了一个抹脖子的手势：“要不要……”

林又元看了对面的人一眼，抬手止住：“那倒不必，林厌没吃过亏，倒也不是什么坏事。”

“是。”黑衣人恭敬地一鞠躬，退了下去。

蹲在林又元旁边的女人眼珠子一转，娇滴滴地伏上他的膝头：“老爷，天色不早了，您还说明天要陪我去买包呢……”

林又元摩挲着她的下巴，和林厌如出一辙的含情眼里渗出笑意来：“老爷什么时候骗过你？来人，送客。”

水珠顺着她的手臂滑下来，在地上汇成淡红色的血水后渗入地漏里。

花洒开得很大，水雾缭绕里，女人湿漉漉的发似锦缎一样披在身后。

林厌举起手中无柄的刀，对着镜子，朝着自己一刀一刀地划了下去。

血珠溅在盥洗池里，似纯白雪地里开出了妖艳的曼珠沙华。

她仰起头，大口喘息着，把压抑的痛苦全数吞进喉咙里，哆嗦着嘴唇，额头渗出豆大的汗珠，一只手扶着洗脸台，浑身颤抖，直到胸口那个文身上又添了血淋淋的一笔。

“咣当——”林厌手里的刀掉进了盥洗池里，人也脱力地滑坐下来靠在浴缸上。她就这样耷拉着脑袋，一声不吭，好似睡着了一样。

只是从那紧闭的眼角滚出了两行热泪，很快和水珠一起坠入地面，消弭于无形。

“姑姑！今天放学早，你来接我，我们去游乐园玩好不好？妈妈很久都没带我出去玩过了……”季唯一坐在儿童座椅里，却伸长了胳膊要宋余杭抱。

季景行边开车边回头看了一眼：“哎、哎、哎，快坐好，妈妈怎么跟你说的来着？姑姑很忙，不要去打扰她。”

“没关系，姐，反正案子也结了，今天放学我去接小唯吧。”宋余杭伸出左手有些别扭地去摸小唯的头，笑容难得有一丝柔和。

“你那胳膊还是使不上劲吧？”季景行余光瞥到了，“我觉得你还是去医院看看比较好。”

昨天只是觉得疼痛难耐，今早起来就肿得老高，抬都抬不起来，宋余杭活动着肩膀，苦笑道：“行，我一会儿去医院看看。”

“好险好险，你这胳膊差一点儿就骨折了。”大夫举着 X 光片端详了片刻，又走到宋余杭身边在浮肿的肩头轻轻按了按，抬起她的胳膊动了动。宋余杭咬紧了下唇，脸色发白。

“我给你开个单子，你拿着去处置室缠个绷带，膏药一天一换，记得按时吃口服药。”

宋余杭拿着单子起身，穿好外套，略一点头道：“谢谢大夫。”

绷带缠到一半的时候，手机铃声响了，宋余杭一只手有些吃力地从兜里摸了手机出来：“喂？”

那边话还未说完，她已变了脸色，衣服往上一拉就往外跑去，小护士跟在身后喊：“哎？！你跑什么啊？！绷带还没缠好呢！”

宋余杭穿过人来人往的走廊，随意地把绷带的一角挽上胳膊，用牙齿咬着胡乱系了个死结，边走边说：“说案情，具体什么情况？”

“丁零零——”闹钟响了起来，林厌从被窝里探出脑袋，一只手在床头柜上摸索着，找到声源后一巴掌将其拍飞了出去。

世界终于恢复寂静，她又把被子蒙上脸，过不到一分钟，尖锐的铃声又响了起来，林大小姐愤怒地翻了个身，用枕头捂住了耳朵。

憋到透不过气来的时候，那魔音终于消失了，林厌松一口气，躺平，只觉得睁眼都难受，浑身酸痛，嗓子眼里都在冒火。

她咽了咽口水，准备去床头柜上摸玻璃杯喝水的时候，那催魂夺命电话又开始了。

大小姐忍无可忍，猛地翻身坐起，摸到手机就准备扔出去，却一阵头重脚轻栽下了床。

“嘶……好痛。”她揉着脑袋坐起来，只觉得今天脑袋一团糨糊，四肢也沉，根本不听使唤，但是看见屏幕上跃动着的那串号码时，还是按下了接听。

“喂，林姐，是我。”

“我知道是你……什么事？”林厌舔了舔干裂的嘴唇从地上爬起来，只觉得脚步虚浮，不得不扶稳了一旁的衣柜。

“我们现在在西城区的格林大厦旁边，发现一具高度损毁的尸体……”

段城说到一半被人毫不留情地打断了。

“什么叫高度损毁？说具体的尸表特征！”

段城心有余悸地往不远处的地上看了一眼，满地烂肉夹杂着人体骨骼碎片，红的红，白的白，黄的黄，活脱脱像一盘新鲜出炉的西红柿炒鸡蛋。

他忍不住又干呕了一声：“呕……您还是亲自来看看吧。”

宋余杭前脚刚到，林厌后脚也到了。今天这位大小姐罕见地没穿高跟鞋，穿着柔软舒适的平底鞋，走路姿势也颇为不自然，没太阳鼻梁上还架了一副硕大无比的墨镜，一下车就把口罩戴上了。

段城迎了上去：“姐，您怎么……”

她这一身打扮在阴雨天怎么看怎么奇怪。

林厌没好气地翻了个白眼：“阴天怎么了？阴天才要防晒懂不懂？”

她一瘸一拐地拎着勘查箱往案发现场走的时候，宋余杭正倚靠在车门上单手插兜打电话。

“小唯乖，今天放学就不能去接你了，你乖乖听妈妈的话，我们改天再约好吗？”

林厌隔得远，就看见了宋余杭低垂的眸子里有一丝笑意，脸上的表情也生动柔和得多。

风把她的句子模模糊糊地吹进耳朵里。

“小唯乖……我们改天再约好吗？”

咦，林厌浑身激灵了一下，鸡皮疙瘩都掉了一地。宋余杭这是跟谁调情呢？

说是格林大厦，其实案发现场也就是一片未竣工的建筑工地，面积大概有半个足球场那么大，四周用铁丝网围着，下面垒着石块等建筑垃圾。

警戒线就拉在铁丝网外，林厌一手掀开警戒线，石块垒得不高，搁平时她一步就跨过去了，可是今天浑身没劲，勘查箱也很沉，胳膊几乎抬不起来，只好迈着碎步一步步往上爬。

下过雨后石块湿滑，她猝不及防地脚下一松踩落了几块石头，整个人向后仰去。

“小心！”耳边传来熟悉的声音，与此同时林厌腰上缠了一条强劲的手臂，稳稳地扶住了她。

林厌退后几步彻底跌入对方怀里。

宋余杭扶着她站稳，手依旧没松，眼里有一丝担忧之色：“你……没事吧？”

她看似是在关心林厌，实则也是在问昨晚的事。

林厌回过神来，像甩牛皮糖一样甩开她：“没事，我觉得你还是多关心关心自己比较好。”

自己那一下十字固够她喝一壶的。

一说到这个，宋余杭顿时觉得包扎好的肩膀隐隐作痛，苦笑了一下接过林厌手里的勘查箱，二话不说扭头就走。

林厌的表情顿时有些微妙，似在生气宋余杭一走了之，却没想到那人爬上石堆之后又朝自己伸出了手。

“上来。”

林厌犹豫着，目光飘向别处就是不看宋余杭，似在找别的可以过去的路。

宋余杭很耐心地又重复了一遍：“上来。”

口罩下的嘴角微微一弯，林厌这才不情不愿地搭上宋余杭的手，指尖相触的那一刹那整只手被人攥进了掌心里，对方的掌心宽厚温暖，还有一层因为拿枪耍棍磨出来的厚茧。

林厌松开手，走在了前面，宋余杭拎着勘查箱亦步亦趋地跟在后面。

刚刚拽她上来的时候她的手很凉，还有一层薄汗，宋余杭有点儿担心，从昨晚开始就笼罩在心头的愧疚感又缠了上来。

“林……”

林厌转过身来一伸手，像是什么事都没有发生过一样：“勘查箱。”

宋余杭将箱子递给她，林厌蹲下身利落地从里面取出手套，“唰”地一下戴上，踩着铺好的勘查踏板走到了尸体身边。

第 25 章　遗书

一条黑红的大货车辙印足足在地上拖曳了数米，血腥味令人作呕。

林厌吸了吸鼻子，手指轻轻地从地上拈起一坨黑乎乎的黏腻内脏碎片。

记忆纷至沓来，她刹那间白了脸，蓦地咬紧了下唇。

血迹最多的地方集中在货车的两个前轮下面，要不是铺了勘查踏板她根本无从下脚，即便如此现场也被破坏得够呛，各种凌乱纷杂的脚印，有司机的，有报案人的，也有工地上的其他工人的。

方辛正在忍着恶心测量足迹，不一会儿就脸色发白，跌跌撞撞地跑了出去。

林厌皱了皱眉，也许是今早起来就不舒服，胃里也一阵翻江倒海，面前伸过来一只白皙的手，递着纸巾给她。

“给你。”

林厌顿时觉得自己受到了莫大的侮辱：“滚，我才不需要这个！！！”

宋余杭拿着纸巾一怔，旋即微微弯了弯嘴角，走到一旁询问目击证人。

死者胸部以下的部位全部被卷进了车轮里，遭到来回碾压后已经贴在地上，薄得跟纸一样，头和颈部分离开来，只剩几根血管牵连着，半边脑袋被车轮碾碎，花白的脑浆黏在前轮上，整个面部无法用肉眼辨认，可以说是面目全非。

这样的尸体别说尸检了，连从地上弄起来都很困难。

在刑侦人员拍完照之后，林厌才把手伸进血泊里，摸到一颗牙齿，举起来对着光看了看，装进证物袋里。

“根据牙齿损耗程度来看的话，死者年纪非常小，不到十八岁。”

段城赶紧凑上去拍了一张照，同时做下记录。

“从颅骨推断……”林厌轻轻摸上了残存的那半截头颅，在侧面来回滑动着，“颅骨较薄，肌线不明显，前额垂直，顶部平坦，应该是一位女性死者。”

“现场大量血泊，呈流柱状向南渗入地缝里。”林厌退后一步，已经摸了死者，不方便再接触地面，示意几个助理法医过来提取血痕。

“连着土壤一起翻。”

助理法医一铲子下去，一大块泥土被整个放进了证物袋里。

其他人都戴着手套，在一大摊血泊里找碎骨，这对后期确认死者的身份和年龄非常重要。

林厌又俯身端详着那半截颅骨，嘴里念念有词：“创面生活反应明显……”

她抬眸往上看了一眼，天台上断裂的栏杆摇摇欲坠。

货车司机已经被控制起来了，戴着手铐在几个刑警的询问下又哭又号：“我真的不知道这里有个人，我真的不知道啊！天那么黑，我四点多照常上工，往工地里运建材，往常也有人随手把建筑垃圾扔在楼下，我真的没多想啊！”

一个七尺高的大男人一边哭一边往前挣扎着，脸色潮红，酒糟鼻特征明显。

宋余杭走过去：“给他测酒精含量。”

“张嘴！”几个刑警按住司机，把仪器塞进他嘴里。

“吹气。”

男人轻轻吹了一口气，仪表上的数字立马飙到了峰值。

一个刑警拿过仪器给宋余杭看，义愤填膺地道：“这孙子昨晚喝了不少酒，您看看现在这血液中酒精含量还这么高，怪不得碾死人了都不知道！”

一旁的工头战战兢兢的，宋余杭看了过去：“人是你发现的？”

工头点了点头，结结巴巴地道：“啊……是、是、是……是我……”

“别紧张，慢慢说是怎么一回事。”宋余杭示意人拿烟给他，工头接过烟来哆嗦着手指按亮了打火机，狠狠抽了两口才平复下来，声音还是颤抖的。

“早上五点多，我照常上工……”他回忆起那一幕还是心有余悸。

宋余杭打断了他的话：“还记得具体时间吗？”

工头想了一下道：“我平时五点十分起床，那会儿应该是五点半左右，我就拿着安全帽往工地上走，走到楼前就、就发现……”

他想起那一幕还是腿软。

负责往工地上送建材的老李是老熟人了，工头知道老李喜欢喝酒，但是一直没出过什么事，两个人还热情地打了招呼。

“早啊刘头。”老李把车窗玻璃降下来，露出一口黄牙。

“早，今天没喝酒吧？”

“啤酒，来一点儿？”对方从旁边的座椅里拿出酒瓶冲刘头晃了晃，旁边还散落着一些花生瓜子壳。

“不了、不了，一会儿还上工呢，别让老板闻见味儿。”

刘头退开给货车让路，然后就听见“砰”的一声巨响。他正解了裤腰带在墙边撒尿，还笑骂了一句：“你小子又喝多了吧？”

老李往后打着方向盘，嘴里骂骂咧咧地道：“又是哪个龟孙往这儿倒垃圾？不知道货车就这一条路进出吗？”

老李踩下油门，加大马力冲了过去，可是老感觉车轮底下有什么东西硌得慌。

他赶时间卸货，把油门踩到底，来回又试了几遍，根本没下车看看。

刘头撒完尿，工地上的探照灯到点也亮了起来，惨白的灯光照过来，他回过头，顿时吓得魂飞魄散，直接一屁股坐在了地上！

车轮底下压着几缕衣物碎片，血泊从车轮底下渗出来，半边颅骨受到挤压飞了出去，令人仿佛能听见肌肉骨骼碎裂的声音。

刘头甚至顾不上提裤子，跌跌撞撞地爬起来冲过去拦车。

“情况就是这样，警察同志、警察同志，可不关我的事啊！”

宋余杭递过去纸和笔：“留下您的姓名和联系方式。方辛，过来采个血，如有需要后续还请配合我们的调查。”

方辛如蒙大赦，拎着勘查箱从那血肉模糊的现场里跑了出来，利落地给卡车司机和目击证人采血。

宋余杭往现场那边一望，林厌还蹲在血泊里，对方今天罕见地穿了正装，外面罩了一层防护服，头发也盘了起来，露出纤细白皙的后颈。

宋余杭把手里的笔录交给其他人，戴上手套也走了过去，在林厌旁边蹲了下来。

勘查踏板有限，林厌往旁边让了让：“有事？”

宋余杭的目光也有些不自然，显得飘忽不定：“喀……问结果。”

“死者十八岁以下，女性，根据血泊范围以及色泽来看的话，死亡时间应该在昨夜凌晨四时左右。”

林厌一口气说完，走到另一边换了个方向观察着这残缺的半块颅骨。

宋余杭也跟了过去：“有什么特别的地方吗？”

林厌伸手一指颅骨凹陷进去的部分，指尖还搓出了一点儿碎骨头末子：“粉碎性骨折，符合高坠伤的特征。”

段城早就受不了了，拍完照就趴在一旁干呕：“哕……”

林厌咂着嘴道：“多么难得的案例，这心理素质也太弱了。宋队，您还是趁早给我换个人吧。”

宋余杭看看林厌又看看段城，似在思考这个可行性。一见着她那眼神，段城生怕她嫌弃自己没用，赶紧站直了道：“没事，我还能坚持！”

宋余杭眼底浮起一丝笑意，目光又转回来停留在林厌的脸上：“你是说她是摔死的，而不是货车碾压致死的？”

林厌点了一下头，知道那眼神黏在自己身上也没跟宋余杭对视：“对，货车碾压充其量就是造成了二次伤害，看这个颅骨的骨折程度，以及那一摊血泊——”

宋余杭顺着林厌手指的方向望过去。

“那里的土壤颜色明显比这边深些，很可能就是掉下来的地方。”

“能判断是生前坠楼还是死后坠楼的吗？”

宋余杭走过去摸着那边的土地。

林厌耸了一下肩：“难，都成这个样子了，带回局里我仔细解剖一下试试看吧。”

宋余杭直起身，手搭凉棚望向天台：“我带几个人上去看看。”

宋余杭一进入建筑内部，一股灰尘夹杂着水泥味儿扑面而来，电梯还没修好，宋余杭带着人顺着楼梯爬上了六楼，天台和楼梯之间有一道铁门隔着。

门没落锁，被风吹得摇摇晃晃，宋余杭示意身后的痕检人员立马上前来提取指纹，等他们弄好才轻轻地推开了门。

天台不大，什么东西都没有，一片萧索，几个刑侦人员四散开来找着有用的线索。

宋余杭则径直走向了栏杆。

“来，把这弄起来带回局里。”宋余杭在楼上找线索的时候，林厌在下面准备收工了。

段城一脸生无可恋地看着这一摊骨骼碎肉：“这、这怎么弄啊？”

“废话，当然是铲子铲了，麻利地搞快点儿，还能赶着回去吃午饭。”林厌不耐烦地翻了个白眼，手里拿着专用的小铲子，从血泊里挑出些大的组织碎片和骨头一起装进了裹尸袋里。

“……”段城忍了又忍，脸色发白，终是把那反胃感强压了下去，也加入了铲尸体的队伍里。

宋余杭探出半个身子，正好看见林厌把那裹尸袋抬上车。宋余杭俯身看着自己脚下这一片擦痕。

“尺子。”她蹲下去量了量，脚印不大，符合林厌所说的死者不到十八岁的特征。

栏杆也没有人为破坏的痕迹，年久失修，被雨水腐蚀出了一层斑驳的铁锈，手指刚摸上去就发出了不堪重负的咯吱声。

宋余杭沿着栏杆一直摸到断裂处，在那上面发现了一丁点儿碎布头。

她戴上手套将其拈起来装进了证物袋里。

办案人员跑过来报告：“宋队，都看过了，天台上没有打斗的痕迹，门锁上也只有一个人的指纹，在那边的墙角里发现了这个，应该是被风吹过去的。”

对方递过来薄薄一张完全被雨水打湿的纸，宋余杭小心翼翼地捏着纸，生怕用力过猛纸就损在自己手中。

她将纸拿到眼前拿勘查灯一照，墨迹已经被洇得差不多了，勉强只能认出头两个字：“遗……书……”

楼下的林厌摘了口罩透气，段城把裹尸袋挪上车，余光瞥见她脸上的伤，顿时鬼叫起来：“林法医，这是怎么弄的啊？”

其他人的目光“唰”地一下看了过来，林厌想也未想，抬脚就踹了过去：“我让你鬼叫、让你鬼叫！”

说罢她又遮遮掩掩地赶紧把口罩戴上了。刚刚动静太大扯得腮帮子痛，林厌一边龇牙咧嘴一边嘟囔着：“还能怎么弄的？狗啃的！”

虽然听不清他们在说什么，但是看见林厌和段城打打闹闹的，不知为何，在这残忍可怕的案发现场宋余杭也感觉到了一丝淡淡的温馨气氛。

她收回视线，目之所及警戒线外已经挤满了看热闹的人和媒体。

“就是啊，这是怎么回事啊？”

“听说是货车司机碾死了人，来回碾了十多遍，人死得可惨啦。”

“为啥啊？什么仇什么怨至于下这么狠的手？”

“听我在工地做活的小舅子说……”

人群中响起了一阵窃窃私语，说什么的都有，媒体也往前推搡着。

“我们是记者、记者，请让我们进去采访，我们要见你们的负责人。”

几个基层民警哪里见过这阵仗，拦都拦不住。记者群里有一个个子不高、染了黄毛的女生，眼看着裹尸袋已经被抬出来，深知机不可失失不再来的道理，瞅了一个空当从民警的胳膊底下钻了过去，对着林厌就是一阵乱拍。

林大小姐被这突如其来的闪光灯晃花了眼，记者已经冲到她身前，“咔咔咔”地冲着裹尸袋就是几张特写，然后把话筒戳到了她眼前。

“请问这个案子是什么时候发生的？”

“死者是谁？”

“警方目前有什么线索吗？”

一连串问题劈头盖脸地抛了出来，林厌微眯起眼睛，视线对上眼前这位记者的时候，对方明显怔了怔。

没办法，林厌给她的印象实在是太深刻了——令人过目不忘的脸以及矫健的身手。

记者张了张嘴，想要叫对方却不知道这人姓甚名谁。

林厌不耐烦地略一皱眉，抬手拨开记者：“让路。”

她揍过的人太多了，压根想不起来这人是谁。

其他记者见有人冲过了警戒线，纷纷不甘示弱，在场又是林厌的警衔职务最高，她瞬间就被人围住了。

“警官、警官，和我们说一下这个案子吧？”

“警官，警方目前为止有什么进展吗？”

“凶手为什么杀人呀？”

更有甚者从那口罩底下认出了她的脸，人群中顿时响起一阵窃窃私语声：“是林法医，是她啊，那这肯定是大案、命案了……”

林厌抬脚欲走，那些人却阴魂不散般又追了上来：“哎，林法医，林法医……”

林厌被这些人挤得头晕脑涨，拥挤之间不知道是谁撞了她一下，她顿时感觉一阵天旋地转，所幸被人从身后一把扶住了。

林厌回过头去，对方却不是熟悉的那个人。

“林法医没事吧？你先走。”

林厌点了点头，钻出了警戒线，留段城和几个助理法医在身后应付记者的询问。

宋余杭皱起眉头，见林厌平安地走出了包围圈，才收回视线准备下楼，在转身之际余光却瞥见一个身穿黑色卫衣的人。她离得远，只看见那个人手上没拎摄影机，显然不是记者，作为围观的人也没和周围的人交头接耳。

长年刑侦工作养成的敏锐触觉让她倏地转过了身子：“望远镜。”

同事把望远镜递到她手上，宋余杭在人群里仔细搜索着那个黑色的影子，却发现他已经消失在茫茫人海里，仿佛她之前看到的场景只是自己的一场错觉。

第26章 人心

宋余杭跑下楼，穿过看热闹的人群，四下张望着，依旧一无所获，很快又被记者包围。

“警官、警官，说两句吧。”

“宋队，找什么呢？”段城从车窗里探出一个脑袋来看着她。

宋余杭回过神来摇摇头，手扒上车门跳上了车，把恼人的记者们关在了车门外。

“走吧，回市局。”

江城市以一江之隔划出了东、西两个市区，东城区高楼林立大厦拔地而起，马路宽阔景观设施完善，街边的绿植高矮错落，这里坐落着市政府、公安局、检察院等职能机构，也是富人娱乐的天堂。

西城区大部分是江城市的原住民，挨着江边，依山傍水，地理位置极好，又正巧赶上改革开放的浪潮，房价一涨再涨，一批原住民不愿搬，另一批都想自己的房子卖个好价钱，薅薅政府的羊毛。江城市政府带头牵了好几个招标项目，来的开发商纷纷被钉子户们抬出的天价拆迁费劝退，是以在经济发展日新月异的今天，这里就像是嵌在江城市这颗明珠上的老鼠屎一样，还是怎么甩都甩不掉的那种。

几十年过去了，老城区还是没怎么变，楼房建得犬牙交错，巷子又长又窄，蜘蛛网一样密密麻麻的电线把头顶的天空分割成一块一块的。

地面坑洼不平，道路两边还有人蹲在水渠里洗衣服，骑着自行车的大爷把铃铛晃得丁零作响。

这样的路况刑警队的车就跟蜗牛爬没什么区别。

林厌靠在椅背上，脸色发白："能开快点儿吗？"

"这已经是最快速度了，出了前面那个巷子口就好了。"段城一边说着一边轻轻踩下了刹车，避开迎面来的一辆电动车。

宋余杭回头看了林厌一眼，林厌半边脸隐在阴影里，让人看不清神情，车上人多，宋余杭也不好直接问，于是咬了咬唇作罢。

等车子一路晃晃悠悠地回到市局的时候，车门拉开，林厌第一个冲下去扶着墙干呕，早上没吃饭，吐出来的都是酸水罢了。

有几个好事的女同事跟在身后碎嘴地道："这不是怀孕了吧？私生活那么乱，哪个倒霉鬼啊……"

"嘘，你小点儿声，别让人家听见。"

宋余杭微皱起眉头，打算走过去递纸巾给林厌的时候，那人已经一抹唇直起身子，目光如电，虽然没穿高跟鞋但也步步生风，走到说话那人身前抬手干脆利落地甩了对方一个耳光，一张好看的脸上满满的嚣张跋扈神态。

"对，你爹的，快叫妈。"

小女警跺了跺脚，哭哭啼啼地跑走了。

林厌把制服外套甩上肩头，一手插兜往里走，宋余杭站在她的必经之路上，两个人肩膀相撞的时候，宋余杭一把拉住了她。

"何必如此？"

林厌瞥一眼落在自己胳膊上的手，语气吊儿郎当的："我看宋队不是江城市的警察而是太平洋的警察吧，怎么谁都要管？"

"她是有错在先，可市局门口人来人往的，你也不必……以后还怎么做人？"

宋余杭的话里话外除了说她冲动以外，还有一丝袒护那人的意思，林厌只觉得一股无名火直冲上心头，一把甩开了宋余杭的手。

"你要说做人，大家都是第一次做人，凭什么我要忍？"她偏头狠狠地啐了一口唾沫，"我呸！老娘没撕烂她的嘴就是好的，关你宋余杭什么事呢？你跳出来在这儿人五人六地假正经、惺惺作态，虚伪！"

林厌说完踩着平底鞋也走出了穿着高跟鞋时一米八一般的气场，一头扎进了市局里，留宋余杭一个人在原地摸不着头脑。

“莫名其妙。”

方辛同情地看了宋余杭一眼，走了。

段城拍了拍宋余杭的肩，也走了。

郑成睿推了推眼镜：“女人心，海底针。”

宋余杭万分同意地点了点头，跟上众人的脚步：“女人心，海底针。”

按严格的程序来说，即使是命案也该先找到死者的家属再进行解剖，可是现在尸体已经成这个样子了，案发现场周边也没有任何能证明死者身份的东西，仅有的一张纸墨迹也被完全洇开了，需要时间做进一步的技术复原。

是以林厌还是决定先解剖了再说，尸表特征会随着时间、温度的变化而变化，每耽搁一分钟，他们就离真相远一步。

她拧开水龙头掬起水花打在脸上，让整个人的温度消下去一些，发昏的脑袋也恢复了些许清明，接着洗手消毒穿防护服、戴面罩。动作一气呵成，全副武装地走进了解剖室里。

即使是一具无名尸体，她还是对其保持了足够的尊重，手术刀垂直放于胸前，微微低头默哀了一分钟。

段城打开了摄影机。

“2008 年 6 月 1 日，下午十三时四十五分，死者未具名，第一次尸体解剖，现在开始。”

作训室。

一块白板上面贴着现场的照片，黑色水笔写出了目前已知的线索。

“通过走访现场目击证人得知，嫌疑人李厉于凌晨四时五十五分左右开车进的工地，在楼前准备卸货，来回碾压了十多遍，五点半左右工地工头刘鹏起床上工发现了被害人。被害人被发现时已死亡，脖子以下全部被卷进了车轮里，尸体高度损毁，血泊面积大概 1.0 米 ×1.2 米，其呈中间深四周浅的形状分布着，通过法医的现场尸检我们得知，死者为十八岁以下的年轻女性。其颅骨粉碎性骨折，创面生活反应明显，符合高坠伤的特征。”

“等一下——”张金海打断了侦查员的话，“也就是说死者是坠楼死的，而不是被卡车碾死的？”

“是。”宋余杭站了起来，把装在证物袋里已经风干的纸张递了过去，“这是在现场的天台上发现的。”

纸已经干了，墨迹却复原不回去了，众人睁大眼睛瞅了半天，也只看出“遗书”两个字。

张金海把眼镜摘了下来：“遗书都找到了，死者很大可能性是自杀吧。”

“不一定，虽然在天台上没有发现任何打斗的痕迹，也没有发现第二个人的指纹和脚印，但是这个案子仍然存疑。死者还不到十八岁，花一般的年纪，为什么要自杀？”

谁也不想自己辖区里命案一桩接一桩地发生，这话问得张金海皱起了眉头。他强压下心中的不悦，转头吩咐别人。

“当务之急还是确认尸源吧，最近辖区各大派出所有没有上报失踪案的，尤其是未成年人的？”

一个侦查员打开电脑看了一下，站起来道：“倒是有报失踪案的，东区一个、西城两个，但都是老人，年龄对不上呀。”

“案发现场的监控呢？”宋余杭把目光投向郑成睿。

郑成睿指尖敲打着键盘，输入一串代码把整个街区的平面图调了出来，回过头来脸色有点儿难看。

“离案发现场最近的摄像头也有一百多米。”

格林大厦是市政补贴由建新公司承包的西城区改造项目之一，项目最初是想建一个综合性大型购物中心来吸引各大商家入驻，但从这个六层楼的规模以及面积大小就能看出项目进行得有多不容易了。

巴掌大的一块地方还划出了停车场，当然现在就是石块和建筑垃圾堆放处，出事的地点在大厦门前，摄像头在停车场那边，两边隔了百八十米，监控连个鬼影都拍不到。

进行 DNA 比对、血痕检验、指纹比对甚至是尸检都需要时间，案件一时又陷入了僵局。

宋余杭撑着下巴，始终觉得有哪里不对。事关未成年人，他们还是得小心谨慎求证为上，即使死者是自杀，也该有个原因才对。

她的目光落在了面前的那张纸上，这是目前唯一的线索，她伸长手臂又将纸拿过来仔细端详着。

纸是普普通通的作业本纸，毫无特色。

作业本？

她脑中灵光一闪，把那张巴掌大的纸翻过来，从自己兜里拿出了手电对着光仔细研究着。

墨迹很容易洇开，但要是打印上去的铅字呢？

江城市各大中小学在开学的时候都会给学生发作业本，为了和其他学校区分开来，一般每所学校都会印上自己的学校名称和 logo（标志）。

终于，皇天不负有心人，宋余杭把那行小字念了出来：“育……育什么？”

后面的她就再也看不清了。

“马上联系江城市内以育字开头的中小学，问问有没有今天没去上学的学生。”

“好。”一个刑警匆匆地跑出去开始打电话。

这边讨论得如火如荼，而林厌那边解剖工作也步入了白热化阶段。

尸体损毁得不成样子，很多关键性的尸检都没法做，他们花了大量时间拼凑出了大致的骨骼形状，按颅骨、肩胛骨、锁骨、胫骨、股骨等分类，一一摆在了解剖台上。

林厌戴着手套、口罩，拿软尺测量出了数据，段城负责记录，将信息一一写在了白板上。

他还在计算着：“呃……大致身高是……”

林厌已经通过回归方程式心算了出来：“2.30cm× 股骨最大长 40cm,（64.38±3.48cm）等于 159.86cm，但是由于股骨损坏严重，极限偏差在 3cm 左右。”

“啪嗒——”段城手里的笔掉在了地上，他一脸惊呆地看着林厌。

林厌没好气地道：“看我干吗？！继续算胫骨、腓骨、肱骨、尺骨、桡骨的数据，然后得出一个平均值给我！”

他们清理好基本骨骼之后便是针对内脏器官进行检验了，连人体最坚硬的骨骼都被碾压成了那个样子，更别提组织器官了，这基本就是抓瞎。

但是林厌坚持在一坨血肉模糊的碎肉里翻找着有用的线索，解剖室里空调温度开得低，但是装备很沉，她站了两个多小时，逐渐被压弯了腰，额头渗出豆大的汗珠，视线逐渐恍惚起来。

惨白的灯光在眼前化成了条纹状，绕着她一圈一圈地飞，身穿白色防护服的其他工作人员走来走去，她逐渐听不清他们在说什么。

身后有人一遍又一遍地喊着她的名字：“林法医，林法医……”

林厌摇了摇脑袋，把那点儿眩晕感甩出去，扶着解剖台站稳了，回过头去问：“什么事？”

“我算出来了，身高 160cm 左右，误差值 3cm……”段城有些兴奋地说着，却见她的额上汗水已经把帽子打湿了，露出来的脸也白得吓人，顿时有些担忧地看着她。

“您……没事吧？”

“没事。”林厌转过身去，咬紧了下唇，拿起镊子，深吸了一口气，再睁开眼的时候神色又恢复了一片清明。

能肉眼看出来的组织器官已经分类标好放到一旁准备冷冻起来，林厌埋首在一堆碎肉里挑挑拣拣，突然镊子翻找到一块指甲盖大小、颜色相较于其他肉块较浅的组织。

她将其举起来对着光看了看，眉头紧紧地皱了起来：“拿玻片来。”

透明的玻片被递到了她眼前，她拿镊子小心翼翼地夹起那块组织放上去，然后说出了令众人大跌眼镜的话。

“做胚胎检验。”

段城惊得不行：“这也太丧心病狂了吧！”

从解剖室出来之后，瞅着走廊没人林厌便蹲在地上缓了缓，有人一过来她便又迅速站起来，一步一挪地走回办公室。

她拉开抽屉找出口香糖瓶子，倒了倒却发现里面空无一物。

口香糖被吃完了。

林厌把空瓶子往桌上一扔，正巧有人进来放东西。

“哎，林法医怎么在这儿呢？你不去开会吗？”

林厌扶着桌子站了起来：“这就去。”

一走进作训室，林厌就觉得气氛有些不对，众人的目光齐刷刷地投了过来，大家都直勾勾地盯着她的脸看。

她这才惊觉，忘了戴口罩。

脸上被宋余杭揍出来的瘀青还在，众目睽睽之下林厌又不可能再倒回去拿口罩，只好硬着头皮一步一挪地往自己的位置走去。

好死不死地，唯一的一个空位挨着宋余杭，这是谁安排的位置？！

林厌在心底把人千刀万剐了无数遍。

宋余杭也有些不自在地用手摸了摸鼻子，轻咳一声道：“人到齐了，继续吧，林法医说说解剖结果。”

她不说话还好，一说话张金海的目光也转过来在她们脸上来回扫视着。

宋余杭脸上好长一道血印子，明显是女人的指甲剜出来的，而林厌脸上的伤也不轻，十分的颜值今天最多只能打个七八分，怪不得他听现场的兄弟们说林厌要一直戴墨镜呢。

两个人脸上同时出现的伤痕怎么看怎么微妙。

众人再联想到有人说宋余杭的相亲对象是林厌的堂哥，心中的八卦之火熊熊燃烧着，恨不得在她俩身上戳出个窟窿来。

林厌被这眼神盯得受不了了，“啪”的一下将手里的文件摔在了桌上：“看什么看、看什么看？看案卷啊，都看我干吗？！”

众人低头的低头，喝水的喝水。

“起来，说的就是你，跟我换个位置！”说罢，林厌也不顾别人怎么想，捅了一下旁边那人的肩膀，示意他起身，自己也站了起来。就在那一瞬间，也许是起得太急，她眼前一黑，整个人失去平衡向后仰去。

“林厌！”恍惚之间林厌听见了尖厉的椅子摩擦地面的响声，她已经被人打横抱了起来，世界陷入黑暗之前，林厌看到的是宋余杭焦急的眉眼。

宋余杭脚步匆匆，头也没回地道：“我送她去医院，你们继续。”

第 27 章　秘密

林厌虽然身高腿长，但是抱起来很轻，宋余杭被这重量惊了一下，旋即唇抿得更紧了。

她双手抱着林厌不方便开车门，所幸方辛及时跑出来替她打开了车门。宋余杭把人抱进去，回过头来道："谢谢。"

"没事，宋队快去吧，我们这边一有线索会立马告诉您的。"

宋余杭跑到驾驶位，拉开车门系好安全带，略一点头，甚至微微俯身过去，细心地替林厌把安全带系了起来。

车开出市局大门，迎面就是一个红灯，宋余杭偏头去看林厌的脸色，就见白得过分，连向来鲜艳的红唇都失了血色，手指抚上林厌的额头，竟是滚烫的。

林厌就这样带病坚持工作了一整天？！

到了医院，宋余杭一路抱着林厌往楼上跑去，把人交给急诊科的医生，看着医生把听诊器压上林厌的胸口，又吩咐护士来给林厌补液。

"什么病，严重吗？"

"高烧导致昏迷不醒，可能有点儿肺炎。"医生又换了一个方向听心音，过了会儿才把听诊器摘下来。

"不过别担心，没有生命危险，来帮忙搭把手，将人挪到病床上，再联系影像科做个脑部 CT 扫描。"

宋余杭听了这话才逐渐安下心来，和几个医护人员一起把人抱上病床，推着轮床往CT室走，看着林厌进入舱内才转身去医务处缴费。

等她再回到病房的时候，林厌手背上连着输液的软管，安安静静地躺在床上，一头海藻般的长发散在雪白的枕头上，整个人窝在被子里，偏头睡着，衬得那张脸更小了。

护士往旁边的输液架上又挂了一瓶液体："一会儿这瓶输完了记得按铃叫我们来换药啊。"

宋余杭点了点头："麻烦了。"

等护士走后，她从床底下拖出一张凳子坐下来，伸手想要替林厌把被子拉至胸口，却无意间瞥见洞开的领口下的一缕春光。

她莫名其妙地想起昨天晚上看到的文身。

这就好像一个秘密，一个只有自己和林厌知道的秘密。

宋余杭咽了咽口水，鬼使神差般把林厌的发丝轻轻地拨到一边，指尖搭上了林厌的衣领，解了第一颗扣子。不够，这样离那个秘密还有些距离。

解开第二颗扣子后，能隐约窥见些许文身的样子了，但她想看的是全貌——秘密的全貌、林厌的全貌。

谁让林厌身上藏了太多秘密呢？

宋余杭这么想着，解了第三颗扣子，一只滚烫的手却在这时搭上了她的手腕。

理智回笼，宋余杭缩回了手，动作幅度过大，椅子往后仰去，撞到了对面的病床上。

林厌撑起上身，捂着唇咳了几声，脸色苍白，眼神却亮得发烫："怎么，打一架还打出感情来了？"

这话问得宋余杭哑口无言，她不是善于掩藏自己的情绪的人，尴尬之色都浮现在脸上。

林厌放松自己，把散乱的领口拢好："不必对我有愧疚之心，宋队是千载难逢的对手，自由搏击和巴西柔术，我真的很想分出胜负，那一架我打得很爽。"

应该说她很久没有那么酣畅淋漓地打过一架了，发泄的不仅是她的血与泪，更是心中的愤与怨。

宋余杭曾以为林厌是那种得理不饶人、偏执、阴鸷、疯狂的人，在这件事上对方的大度却远远超出了她的想象，甚至可以说是轻拿轻放。

宋余杭怔了怔，也放松下来："话虽如此，我还是欠你一句对不起。你放心，等你好了，要打多少次架我绝对奉陪。"

她还好得起来吗？

林厌微微弯了弯唇，不再多说，余光瞥见病房门口隐约有人影晃动，从宋余杭这个方向是看不见的。

“我有点儿饿了。”

她如是说。

宋余杭起身：“你想吃什么？我去买。”

“随便吧，清淡点儿就好。”

“好。”宋余杭点了点头，欲转身离去。

林厌又叫住了她：“你放下案子跑来这里，真的没关系吗？”

林厌也不知道为什么要多加这一句话。

那人明显脚步一顿，林厌以为对方不会回答的，宋余杭却慢慢转过身来，看着她的眼睛道：“没关系，刑警队还有其他兄弟，破案也不急在这一时半会儿的。”

她答得诚恳，林厌微微弯了弯嘴角，没再说什么。

宋余杭推开门出去的时候，林厌的主治医师正拿着片子往这边走。

她往旁边让了让，放慢了脚步，等那人进去之后贴上墙角，听见了林厌压抑的几声咳嗽。

“问题不大，肺部有些感染，等烧退了再用些消炎药，外加轻微脑震荡……”

宋余杭敛下眸子，想起了自己好几次把林厌摔在地上林厌都是后脑勺着地。老天，她究竟做了些什么？

后面的内容宋余杭再也听不下去，逃离般脚步匆匆地离开了。

等到那脚步声逐渐远去，林厌不着痕迹地舒了一口气，这才抬眸问医生：“怎样？”

医生看看门外，见空无一人才开口换了一种称谓，脸色有些难看：“林总，情况不太好，我觉得还是尽早让林董知道吧。”

林厌微微闭了一下眸子，再睁开的时候目光冰冷如剑：“这件事不能让任何人知道，包括我父亲，否则……”

医生额头上渗出了一层薄汗：“是、是、是，那林总好好休息，有事再叫我们。”

“包子哎，新鲜出炉的包子，一块五两个，三块钱四个哎……”

“正宗四川麻辣粉，五块钱一大碗。”

“潜江小龙虾哎……”

夜幕刚刚降临，医院门口总是各种小摊贩的汇聚点，空气中都飘浮着麻辣烫和烧烤的油烟味。宋余杭沿着医院门前的小道走了不远，发现一家卖粥的小摊。

她走过去端详着招牌，摊主热情地招呼着她：“小姐，喝点儿什么？”

宋余杭低头看了一眼保温桶里装着的各色各样的粥点，摊主拿勺子舀起来，稀稀拉拉的没几粒米，灯光还不亮，衬得每个桶里的粥都有些黑，卫生状况自然也无法考量。

她想起林厌的绝世名句：“这是人吃的吗？这是猪食吧？！”

宋余杭往后退了一步：“不了，不要了，谢谢。”

她想了想，还是开车往更远的地方跑了一点儿，直到在路边看见一家主营潮汕砂锅粥的饭店才熄了火跑下车。

等她拎着买好的粥回到病房的时候，病房门口站着个有些眼熟的男人。

宋余杭快步走过去：“你……”

林舸回身，食指比在嘴唇上：“嘘——”

宋余杭会意，透过病房门口上方的玻璃往里看去，林厌床边坐了个花枝招展、年纪足以当林厌的妹妹的女人在摆后妈的谱。

“厌厌啊。”女人一手掀开了饭盒的盖子，叫得无比亲切，指甲留得比林厌还长，美甲做得花里胡哨，在灯光下有些晃眼。

本来林厌的名字虽然算不上好听，但够特立独行，她这一嗓子硬是把“厌厌”叫成了“艳艳”，一股十八线乡村小说里丧偶离异守寡女主人公的气息扑面而来。

宋余杭在外面听着，都觉得瘆得慌。

林厌却面不改色心不跳。

女人见林厌没什么反应，胆子大了一点儿，把那饭盒递到林厌跟前，故作娇嗔地捏着嗓子说话。本来年轻就是底气，她却偏偏要把一张脸涂得花里胡哨，随着嘴巴一开一合，林厌眼睁睁地看着女人脸上的粉底掉到了自己的被子上。

“你爸爸听说你病了，特地让我来看看你。你看，阿姨还亲自下厨做了海鲜汤，快尝尝，趁热喝才好喝呢。”

饭盒一掀开，一股海鲜的土腥味扑面而来，谁生病吃这个啊？

而且女人一开口，硬生生把自己的辈分抬了上去。

林厌微挑眉头，不为所动：“哦，林又元让你来的？”

那女人扭了扭身子，眉心微蹙，捂上心口，似是伤心极了，挤出两滴眼泪，拿爱马仕的手帕按了按眼角。

“厌厌怎么能这么叫你爸爸呢？他还是关心你的，你看我和你爸爸结婚的时候你都没有来，我们都没有说什么，你爸爸还是每个月按时给你打钱，公司的股票也有你的一份，甚至好几个分公司挂着你的名字……”她说到这里眉梢眼角隐隐透出点儿不平来，“于情于理，我都是林家夫人，你也该叫我一声妈才是。”

也是巧了，林厌上午在市公安局门口刚让别人叫妈，晚上就跑来一个急着让她叫妈的女人。

林厌静静地看着对方。林厌和林又元生得像，眼睛好看，眼尾狭长，瞳仁又黑又亮，不说话、不笑的时候像是脉脉含情一样。

只见她嘴角噙了一丝笑意，声音放得很轻：“哦？您在哪儿做的脸，保养得还挺好的……”

她说到一半，女人也抚上了自己的脸，笑意盈盈地道：“是吧，我也觉得，就城东那家美容院，做脸做得可好了，我有会员卡，改天一起去啊。照我说啊，你比我还年龄大，三十多啦，是该好好保养保养。”

她话音刚落，林舸一把捂住了脸：“完了。”

宋余杭挑眉，就见林厌皮笑肉不笑地说：“是，我挺羡慕的，羡慕您怎么能把它保养得这么厚呢？”

女人“咯咯咯”笑着，还没笑完，就像被掐住脖子的公鸡，笑声卡在了嗓子眼里，哆嗦着嘴唇，假睫毛上下颤动着，像是随时能掉下来。

“谁裤裆门没拉，怎么把你这种玩意儿漏出来了？”林厌一字一顿，自小混迹在市井街巷里学来的垃圾话终于派上用场了。

“你赶紧去泌尿外科看看是不是有什么问题，从来没有撒泡尿好好看看自己有几斤几两吧？你以为穿上香奈儿、拿个爱马仕就是公主了？问你在哪个KTV上班你又不说。您想当我妈，您配吗？这么想当别人的妈，你不如一头撞死趁早投胎还能黄泉路上和我妈做个伴儿，下辈子兴许有机会。”

论起骂街宋余杭还真没见过谁的战斗力能比林厌强的。

门外的两个人对视一眼，眸中同时浮现两个字：可怕。

女人虽然市侩了点儿，恶毒了点儿，但好歹也是出身名门的十八线女星，哪里见过这种阵仗，顿时涨红了脸，恨不得扑上去撕烂林厌的嘴。比她先一步动作的是林厌，林厌径直抄起那饭盒劈头盖脸地泼了过去，骂得狠，打得更凶。

女人被滚烫的汤泼了个正着，发出惊天动地的鬼叫。宋余杭和林舸冲进去的时候，林厌一手抄着铁饭盒，一手扯着那女人的头发，正把人按在床上往死里打。

“在我面前提我妈，你也配？！我呸！”

输液架摇摇欲坠，宋余杭一个箭步冲过去扶稳了它，按住林厌厉喝了一声：“林厌！”

女人乘机逃脱，头发乱成了鸡窝，妆也花了，脑上有被铁盒砸出来的瘀青，假睫毛也掉了，样子简直是惨不忍睹。

她一边哭一边狠狠地跺脚：“林厌，我回去就告诉又元，你给我等着！”

“我怕那个老东西吗？你让他来，看看他敢不敢在我面前提我妈。别看他现在腿瘸了，我弄不死他！”

林厌又激动起来，因为被人按住了肩膀无法挣脱，手里的铁盒径直飞出去砸向了女人的脑袋，人也剧烈咳了起来。

因为她动作幅度过大，补液针被扯松了，殷红的血液顺着软管往上爬，显得触目惊心。

那女人躲过铁盒，见林厌咳得厉害，还在原地叫嚣。

林舸也气得不行，拳头捏得咯咯作响，但奈何女人是林又元明媒正娶的夫人，论起辈分来他还得叫对方一声婶婶，便一直忍着没有动手。

比他更快一步的另有其人，宋余杭力气大，一个箭步冲过去提起女人的衣领把人掼小鸡一样提了起来，推搡着往后拖，然后扔到了门外。

“滚！再不走我也想打你。”

女人气得浑身哆嗦，甩开宋余杭的手，看着连声咳嗽的林厌，阴阳怪气地说：“好、好、好，林厌，你还真是有个好哥哥和好朋友呢，我看你还能嚣张到什么时候，咱们走着瞧！”

宋余杭“砰”一声摔上了门，把那公鸡叫隔绝在了门外。

女人拍拍身上的汤汁残渣恨恨地离去，转身的时候正巧一位老妇人也往这个方向走来。

那妇人满头银发盘得干净利落，穿着低调到看不出牌子的唐装上衣，由旁边的管家扶着，手里还拎了一个汤盅，一看就是来探望病人的。

女人理了理衣服，搔首弄姿地迎了上去：“哟，大嫂，什么风把您给吹来了啊？”

老妇漫不经心地看女人一眼，似是根本没认出她是谁，转头冲着自己的仆人道：“哪儿来的野鸡？”

女人气得脸都绿了。

仆人恭敬地道：“不知道，可能是附近KTV包房里跑出来的吧。夫人，看望小姐要紧。”

妇人点了点头，由仆人搀扶着往病房里走去。

女人留在原地恨得咬牙切齿，险些把手帕绞碎。

第 28 章　谈心

宋余杭把人扔出门，回过头来只见两个人都看着她。林舸是那种略带震惊的眼神，而林厌呢，宋余杭一时半会儿无法用准确的语言来描绘对方脸上的表情，似乎是惊讶中有一丝开心，但林厌克制得很好，在场的人除了宋余杭这种读微表情的专家，谁也没有察觉到。

就这样，自己帮她出头她就开心了？

这人还真是容易满足呢。

宋余杭这么想着，门外又传来敲门声。林厌眉头一皱，就要破口大骂，林舸赶紧迎了上去："是我妈，我妈。"

门被打开，林母一见躺在病床上脸色苍白的林厌也不让人扶了，三步并作两步奔到了床边，捧起林厌那只输液回血的手就直哆嗦。

"快，林舸你还愣着干吗？！快去叫护士来，这怎么弄的啊？那只野鸡又给你气受了？"

和林厌十八岁离家时比起来，林母已经老太多了，满头银发，脸上都是褶子，但衣着低调，通身并无华贵的装饰，看起来精明干练。看林母这一口一个野鸡、野鸡的，就知道连林又元都得敬她三分。

林厌是谁对她好她就对谁好的那种人，面对婶娘的关心，嘴角一弯，露出个真心实意的笑容。

“没，哪儿能啊，您知道我的脾气，我不打死她就算好的了。”

护士推着医药车进来给林厌换药，林母这才看见旁边站着的宋余杭，顿时神色一喜，像媒婆见了大姑娘，恨不得扑上去拉住宋余杭的手好好亲热一番。

林舸微咳了一声，林母这才作罢，伸向宋余杭的手又缩了回来。

“小宋，你怎么在这儿？你好些日子没找林舸玩了吧，怎么样？你们上次出去吃饭还顺利吗？那小子有没有好好招待你？他要是有什么不周全的地方你尽管跟我说，我打断他的腿。”

她一边说一边往宋余杭身边凑，完全是一副婆婆看媳妇的眼神，见宋余杭脸上有伤又不免忧心起来。

“哎哟，这是怎么弄的啊？这也太缺德了，怎么专划别人的脸呢？别怕啊，阿姨那儿有好几个古方制成的药膏，除疤效果最好了，改天让林舸给你送过来。”

“缺德”的罪魁祸首坐在床上拿勺子搅着宋余杭买来的粥，嘴角抽了抽。

林母说罢，还踹了林舸一脚：“是不是啊，林舸？”

林舸龇牙咧嘴地道：“是、是、是，改天我给宋小姐拿过来。”

说完他用口型和林厌做着交流：我妈也太热情了。

林厌白了他一眼：那可不，这可是她老人家未来的儿媳妇。

那厢林母的眼神在病房里的这三个人身上转了一圈：“怎么是小宋送厌厌来的医院，你和她是……？”

宋余杭余光往病床上一瞥，林厌也正好抬眸看她。

“我和她是……是同事。”宋余杭回道。

林母当即笑得合不拢嘴，拉着人走到了床前，拿起林厌那只没扎针的手叠放在了一起，还轻轻拍了拍：“同事好，同事好，亲上加亲！”

林厌一口粥没咽下去，爆发出了惊天动地的咳嗽声。

几个人询问过林厌的病情，得知没什么大碍之后便放心了，至于她脸上的伤以及脑震荡的原因，林厌不想多说，林母和林舸便识趣地没再追问，而林厌名义上的那个父亲自始至终没出现过。

又坐了会儿，林舸的医院打来电话说有急事处理，他便准备先行离开了。林母看着林厌把自己带来的鸡汤喝完才跟着儿子一道离开，又吩咐林厌好好休息，有事打电话，明天继续来给她送饭。

林厌撑得不行，平时哪里吃得了这么多，一张脸皱成了苦瓜，巴不得他们赶紧走，心里已经在盘算明天出院的事。

因着林母是长辈，于情于理宋余杭都是要送一送的，岂料出了病房林母就拍了拍宋余杭的手，笑容和蔼地道："行啦，你也别送啦，忙一天了吧，今天的事多亏你了，改天让林舸请你吃饭，一定要来。"

她看这个儿媳妇是越看越顺眼，条正盘靓，个子高、身手好，正气凛然，又谦逊懂礼貌。

宋余杭点了点头："您太客气了，林厌是我的同事，举手之劳，应该的。"

林母不再多说，拍了拍宋余杭的手，由管家扶着离去，把二人落在了后面，刻意给他们制造独处的机会。

林舸摸了摸鼻子，两个人一起站在电梯口等电梯。本来他和宋余杭是说熟不熟的人，但因为林厌这件事多多少少走近了一些，有些话便能说出口了。

"你是不是觉得我们家挺奇怪的？"

宋余杭想了一会儿才答："是。"

她从小家庭和睦，即使父亲去世得早，母亲也没有改嫁，一个人拉扯他们兄妹俩长大。哥哥去世后，嫂子季景行也没有再嫁，像这样一家人互骂、后妈找上门来硌硬继子继女的情景她实在是无法想象。

电梯还没下来，林舸苦笑了一下道："算上这个有名分的，这是林叔这些年来娶的第八个女人，还不算外面那些没名没分的，这些人或多或少地都给过林厌气受。"

说到这里他又难免想起了林厌第一年到他家的情景："你能想象吗？她三岁的时候第一次到我家做客，连糖都没有见过，我给了她一罐奶糖，她也不说谢谢，就一个人抱着罐子躲到后院偷着吃到拉肚子……"

林舸回忆起那场景来又好气又好笑，后来林诚死后，她就成了林又元唯一的继承人，吃到了很多很多糖，却再也没有那么开心地笑过了。

宋余杭借敛眸的机会掩去了心中一闪而过的酸涩，原来光鲜靓丽的人竟也有那样不堪回首的过去。

电梯到了，林舸走进去，冲她笑了一下，脸上是独属于大男孩的爽朗表情。

"宋警官，虽然林厌不说，但我还是要替她谢谢你。别看她现在这样整天咋咋呼呼的，嚣张跋扈到我都想打她，但是这些年来，你是她唯一带到我们面前并且默认的朋友。"

他叫她宋警官，而不是宋小姐，就已经保持了足够的尊重和真诚。

你是她唯一带到我们面前并且默认的朋友。

就是这一句话让宋余杭嘴角一弯，她鲜少笑，英气的眉目也柔和多了。

林舸这样又难免让她想到自己的哥哥，因此有些感慨。

“不用谢，是我该做的。林厌能有你这样的哥哥，也是她的福气。”

电梯里又挤进来许多人，两个人挥手道别：“再见。”

“再见。”

林厌本来以为宋余杭也会跟他们一起走的，却没想到隔了不到十分钟，宋余杭又回来了，拉了张凳子在她床边坐下，打开手机看看有没有同事发来的新线索。

“你不走吗？”林厌靠在床上偏头看着她。

“我走了你怎么办？”宋余杭头也没抬地道。

林厌轻轻嗤笑了一声：“我还没有弱到需要人贴身照顾的地步。”

她看宋余杭不为所动，又嘀咕了一句：“再不济还有管家呢。”

宋余杭把手机收进兜里，起身道：“行，那我走了啊，你好好休息。”

她转身欲走，林厌眸中闪过一丝愠色，刚想开口就不住地咳嗽起来。

林厌努力想要平复呼吸却越咳越厉害，一只手抚上心口想要顺气却扯得输液架摇摇欲坠。

宋余杭三步并作两步跑过去替她扶稳输液架，把人按下来，同时从床头的水壶里倒了一杯温水给她。

“你看，你不逞强什么事都没有。”

这话怎么听着这么耳熟呢？林厌想起了她第一天刚到市局的时候二人发生的冲突，顿时抬手欲打向对方。

宋余杭又把她的手按了下来，语气有点儿严厉：“别动，又想再扎一针了是不是？”

说罢，宋余杭在床边蹲了下来，细心地替林厌把手背上的胶条粘好。

从林厌这个角度看过去，能看见她隐在额前碎发里的舒朗眉目。宋余杭不怎么修饰自己，眉毛稍显凌乱，却更让五官显得立体大气。

宋余杭的瞳色浅，在灯光下泛出了浅浅的棕色，肤色介于白皙和正常之间。因为宋余杭不化妆，唇色比自己淡得多，卸去那些凌厉的气场之后，整个人显得柔和多了，再加上此时小心翼翼的动作，足够温柔体贴，林厌总算有几分明白婶娘为什么一定要让宋余杭当自家儿媳妇了。

“你觉得我哥怎么样？”

宋余杭手上动作没停：“什么怎么样？那天我不是跟你说过了吗？”

林厌抿了抿唇："那天说的不算，你重新说，我要听真心话。"

宋余杭做好一切，把她的手塞进被窝里，抬眸看她，嘴角噙了一丝若有若无的笑意："怎么，要为你哥把把关吗？"

"我就这一个哥，不行吗？！"林厌发狠，宋余杭的目光却平静下来。

"要听真心话？"

"对。"林厌点头。

宋余杭又坐下，两个人从见面开始就在吵架斗嘴，要不然就是大打出手，还鲜少有这样坐下来面对面聊天的机会。

这样的感觉也让宋余杭觉得有些新奇。

也许是今晚的灯光太暖，林厌生了病看上去没有以往那么强势，偶尔几个瞬间宋余杭还觉得她挺可爱的。

比如像现在这样，林厌认真侧耳倾听自己说话的模样。

于是宋余杭也认真起来，看着林厌的眼睛道："挺好的，他对你很好，也很尊重我，我不反感进一步和他接触，但是……"

她说到这里似乎有一些迷茫，因此顿了顿，不知道该怎么往下说。

林厌替她补上："你想见他吗？"

宋余杭想了一会儿，摇头："太忙了，没时间想。"

"那现在呢？现在有时间，你想他吗？"

宋余杭顺着她的话往回想，想起来的竟然也只是林舸跟她说的关于林厌的往事以及那句"这些年来，你是她唯一带到我们面前并且默认的朋友。"

宋余杭回过神来，反问道："刚走，有什么可想的？那你呢，有没有什么特别想念的人？"

林厌摇了摇头，只觉得宋余杭比直男还直男，听到后半句的时候，手指不自觉地捏紧了胸口的衣服，低垂下眸子，嗓音很轻："有啊，特别、特别想。"

"喜欢的人？"宋余杭看她的神情，本没想到她会回答，林厌却愣了一会儿，低低地"嗯"了一声："算是吧。"

宋余杭忽然有些感慨："真好，有喜欢的人。"

"你没有吗？"林厌松了手，偏头看着宋余杭。

宋余杭摇头："没有，我长这么大，你哥还是第一个跟我相亲的男人。"

林厌一脸匪夷所思地道："那你前二十几年都是怎么过的啊？"

宋余杭认真地想了想："参加工作之前，读书、练武，参加工作之后，破案、练武，没了。”

“……”林厌抽了抽嘴角，“您这业余生活还真是‘丰富’呢。”

“也不能说没有吧。”宋余杭彻底放松下来，靠在了椅背上，眼底有一丝笑意。

“大学的时候有个师兄想追我，我跟他说要是能打赢我，我就和他谈恋爱……”

“然后呢？”林厌好奇地多问了一句。

“然后就在我们学校的体育馆，当着几百人的面，我打掉了他的两颗大牙，他就再也没提过这事了。”

林厌前俯后仰，笑得眼泪都要出来了：“哈哈哈——宋队你真的……绝了……那我们也算是不打不相识，我算险胜吧，照这么说，宋队是不是也要和我……”

谈、恋、爱。

这三个字她还没脱口而出，宋余杭的目光看了过来，眼神有点儿认真。

宋余杭的语气有点儿重：“林法医这个玩笑一点儿也不好笑。”

林厌向后倒去：“哎哟，你是小姑娘吗？开个玩笑也生气。”

“没生气，我们顶多算是打个平手，你不客观。”

林厌扬眉道：“好啊，下次比一比。”

话音刚落，宋余杭的手机响了起来，她掏出手机一看，是季景行的电话，备注是小唯。

林厌闲闲地瞥了一眼：“哟，刚才不是说没有喜欢的人吗？”

宋余杭懒得理她，起身去外面走廊上接电话。

林厌在身后龇牙咧嘴地道：“接就接呗，还背着我。”

电话被接通，小孩子活泼清脆的声音立马传了过来：“姑姑，我们现在在游乐场呢，妈妈问你晚上要不要一起吃饭？”

宋余杭这才想起来今天是六一儿童节。

“抱歉啊小唯，姑姑最近太忙了，没来得及提前给你准备礼物，明天补上好不好？”

“来，电话给妈妈。”季景行一手拿着手机，手里拎了好多东西，把孩子换到另一只手上牵着。

“什么礼物不礼物的，这些年你送给小唯的礼物还少吗？你下班了吗？我们也刚从游乐场出来，一起去吃晚饭？”

她那边人声鼎沸，听起来很吵，因此声音有几分失真。

宋余杭看了看病房里的林厌，有些为难，就在犹豫不决的时候，一个电话又打了进来。

她松一口气道：“姐，我这边今天来了个案子，有新线索了，我得过去一趟，你和小唯去吃吧，要是吃完我也忙完了的话，我去接你们回家。”

她这么说，多半是忙不完的。

季景行赶紧拒绝：“不用、不用，你去忙你的吧。”

她想了想还是加上了四个字，“注意安全。”

宋余杭微微一笑道：“好，改天补偿你们，请小唯吃大餐。”

挂了电话的季景行脸上明显有一丝失落神色，小唯坐在她身边的长椅上咬着棒冰，一脸天真地问：“妈妈，姑姑不来吗？”

季景行回过头来揉了揉她柔软的发顶：“姑姑有事过不来呢，不过她说了，改天请小唯吃大餐。”

小孩子眼睛一亮，大餐两个字明显冲淡了她对姑姑的想念。

她知道姑姑从不骗人，说带她去吃大餐就一定会带她去吃大餐，区别就是今天见还是过几天见罢了。

季景行笑了笑，拎起放在长椅上的大大小小的购物袋，明显有些沉，她双手拎着，身子微微一晃，连忙稳住了。

“来，小唯，挽着妈妈，我们去吃比萨。”

宋余杭再走进病房的时候，神色明显有几分焦急，也没坐下，而是站在床边道：“我得走了。”

林厌懒懒地道：“会情人啊？”

“什么有的没的，尸源找到了，我得过去一趟。”

一听是案子，林厌也有精神了，准备掀被子下床：“我也去……”

“你去什么去？听我的，不许去，躺下休息。”宋余杭把人按了回去，替她拉好被子，顺手把手掌盖上她的额头，然后心里一松，总算是退烧了。

“你好不容易退烧，听医生的，再躺两天。”

“两天，我哪里能躺……咯咯……”她说得急就难免咳嗽起来，难受地俯下了身子。

宋余杭轻轻地替林厌拍着背顺气，林厌拽住她的袖子道：“有、有进展的话……告诉我……”

“放心，你在这儿安心地躺两天，说不定两天之后我就破案了。”

虽然这只是安慰之语，但林厌还是心里一松，拽着她的手失了力道，被人轻轻地放平躺在了床上。

“晚安。”

宋余杭把台灯扭到合适的亮度，轻手轻脚地离去，替她关上了门。

第 29 章　遗憾

“宋队，那就是死者家属。”宋余杭急匆匆地赶回来，一踏进办公室，方辛就拿文件夹掩着鼻子俯身贴过来在她耳边道。

只见一个五大三粗的中年妇女坐在椅子上脱了鞋正抠脚搓泥，还不时从脚底板上撕下些死皮，一只手放在桌子上从碟子里抓了一大把瓜子嗑着，手边放着一杯茶水，摇头晃脑地看着墙上的电视。

宋余杭走过去在女人对面坐下，女人刚想发火说她挡着电视了，见着她肩上的两道横杠，知道这是个大官，遂又喜笑颜开。

“哟，女领导，有什么吩咐吗？”

“姓宋，叫我宋警官就好。”宋余杭一走近她身边，就闻到一股铺天盖地的脚臭味，怪不得其他人都不愿意过来。

宋余杭面不改色，从档案袋里拿出了照片：“看看这是您的女儿吗？”

案发现场的尸体的惨状当然不可能给她看，刑警拍下的是女孩身上穿的衣服碎片和鞋子。

“呸、呸。”女人把瓜子壳吐在地上，抠完脚的手从宋余杭手里把照片接了过去。

“是、是，不过她不是我女儿，我是她的小姨。”

她用手指戳着那照片，脸上并无一丝悲伤之色：“这衣服还是我穿剩下给她的呢，鞋子也是我从垃圾堆里……”

在对面两位刑警的注视下，妇女拍了拍自己的嘴：“呸、呸、呸，我跟您说这些干吗呢。”

“家里还有其他亲人吗？”坐在一旁的刑侦人员问道。

女人摇了摇头，又抓起瓜子嗑着：“没啦、没啦，我姐姐十来岁就出来打工遇着个负心汉，那人搞大了她的肚子就扔下她跑了，她熬了没多久生下娃儿就死了。”

“孩子的父亲这么多年来一直没联系过你们？”

“没有，他早不知道死哪儿去了，是我看我姐姐可怜，看孩子可怜，孩子还在吃奶的时候就跟着我了。”

说到这里，女人脸上才露出一丝愁容：“我还指望着她念完初中就不上了，出去打工挣钱补贴家用呢，怎么突然就……”

女人长叹了一口气，把瓜子放回盘子里：“警官啊，我听说人是被碾死的，赔钱吗？赔多少钱啊？”

“……”

宋余杭面不改色，眉头都没皱一下：“这我们不清楚，具体要看法院怎么判。”

就在这时，方辛敲了敲门走进来，俯身在宋余杭的耳边说了一句：“DNA 比对结果出来了。”

宋余杭点了点头表示了然，转回来道：“您外甥女最近有轻生的念头吗？”

女人嗑着瓜子：“没吧，她也不太爱说话，有什么事都不跟我们说。不过我去他们学校开过几次家长会，老师说她的成绩挺好的，没理由自杀啊。”

宋余杭的目光滑落到她的脖子上，隐在衣领里的是一条项链：“可以带我们去您家看一下吗？”

女人似有些不耐烦，但宋余杭说得委婉，语气却是不容置喙的。

“行吧、行吧，真麻烦，死了埋了把该赔给我们的钱赔了不就得了吗？弄这一大圈弯弯绕绕的。”

宋余杭懒得跟她解释，几个刑侦人员跟她一起往外走，在身后窃窃私语。

“就这，搁我我也得自杀。”

自杀吗？

宋余杭的思绪飘回了那天的天台上，她总觉得那个黑衣人和那封遗书并不是巧合。

女人的家在西城区最里边的村子，属于郊区里的郊区，水泥路只到村口，前两天刚下过雨，路面泥泞不堪，车轮陷进去抛锚了，一行人只好蹚着泥水往里走。

住在这里的人普遍很穷，房子低矮，电线拉得高低错落，空气里飘浮着鸡屎和牛粪的味道。路边不时跑过两只饿得瘦骨嶙峋的流浪狗，远远地能听见几声鸡叫，大家摸黑走了数十米才有一盏一闪一闪的路灯在苟延残喘，仿佛随时会寿终正寝。

昏黄的灯光下摆了一张黑漆漆的、看不出原本颜色的桌子，几个老汉围在一起打牌，抽烟袋的抽烟袋，吸卷烟的吸卷烟，几个半大小子就蹲在一边玩地上的泥巴，其中一个从地上捡起烟头抽了一口，顿时连声咳嗽起来。

老汉们哄堂大笑。

宋余杭的目光往那边一瞥，几个闲汉见有人来了，把桌上的零钱往口袋里一收，咧开一嘴烟牙冲为首的女人笑起来。

“哟，秀珍哪，这是摊上啥事了？咋有警察跟着你呢？”

王秀珍从鼻孔里出了一口气，道：“哎哟，狗嘴里吐不出象牙，我能犯啥事呀？还不是我那倒霉外甥女死了，唉，不过死了也好，死了轻松，总好过活着受穷。”

段城气不过就要上前，被方辛死死地拉了回来：“她、她怎么能这么说话呢？这还是人吗？”

方辛白了他一眼：“咱们是来办案的，其他事少管。”

众人走过村口泥泞的小道，再往左拐绕过一个田坎，不远处就是王秀珍的家了。

屋里亮着灯，门前拴着一条脏兮兮的土狗，一见有人过来土狗立马狂吠起来。

宋余杭瞥了一眼灯光：“有人？”

王秀珍跑过去把狗牵好，推开了铁门：“有、有，俺儿子在家学习呢。”

宋余杭跟着她迈过门槛：“你丈夫呢？”

“在省城做木工，不常回来，家里平时只有我、外甥女和俺儿子。”

女人回头说着，大声喊了自己儿子的名字，让他把堂屋里的灯打开。

他儿子穿着汗衫，从旱厕里钻了出来：“妈，啥事啊？”

“你个龟孙子，出来上厕所又不关屋里的灯！老娘拧不烂你的耳朵。”说着女人就要去拧他的耳朵，男孩一边躲着，一边哎哟直叫。

“这有外人呢，您别让人看笑话成吗？”

女人这才讪讪地松了手，冲宋余杭不好意思地笑了笑：“几位警官，里面坐、里面坐。”

“不用了，何苗的房间在哪儿？”

何苗就是本案中跳楼自杀惨遭车辆碾压的死者。

女人脸上顿时闪过几丝不自然之色，在宋余杭的目光下硬着头皮把他们往屋里引。

堂屋不大，左右各有一间大卧室，左边的房间是夫妻俩居住，右边是儿子的房间，堂屋走到底，女人推开一扇木门，灰尘簌簌地落了下来。

方辛捂着嘴咳嗽，挥开迎面而来的飞灰，这才看清这是一间不到 8 平方米的杂物间，堆满了陈芝麻烂谷子，还储藏了一些不知道放了多久的蔬菜，发出一股霉味。

屋子中间摆了张高架床，下面铺了一些灰扑扑的被褥，上面也摆满了东西。

床前放着一张小矮几，房屋主人摊开的作业还没写完，地上散落了一些书本和纸张。

宋余杭从兜里掏出手套戴上："干活。"

技侦人员纷纷忙碌开来，方辛从枕头上拈起几根头发放进了证物袋里，抬手把枕头挪开的时候，一只黑黝黝的虫子飞快地爬了出来，然后没入床缝的黑暗里。

要不是宋余杭还在这里镇场子，方辛能嗷的一嗓子号出来，被那硕大的蟑螂吓得脸色发白。

段城也被恶心得不轻："这、这地方怎么住人啊？"

女人站在门口看他们忙活，从市局出来之前还不忘抓一把瓜子放进兜里，嗑得咯嘣作响。

"嗐，这有啥不能住的呀？我小时候还住在牛棚里呢，再说了，苗苗她哥就要高考了，总不能两个人再住在一起，多让她哥分心呀。"

"再住在一起"这几个字让宋余杭留了心，她停下手中的动作道："麻烦叫你儿子来一趟，我们有点儿事问他。"

"行、行、行，那你们快点儿啊，我儿子还要学习呢。"

段城捅了捅郑成睿："哎，对侄女和亲儿子简直是一个天上一个地下，侄女学习好初中毕业就不让人家上学了，儿子我看那肥头大耳的样子就不是什么学习的料。"

郑成睿推了推眼镜，只听见了"肥头大耳"四个字，目光看过来，段城赶紧往后退了一步。

"哥，哥息怒，我不是说你哈。"

"5 月 31 号那天晚上你在哪里？"宋余杭负责询问，旁边的办案人员做着笔录。

“在、在家学习呢。”男孩看了一眼自己的妈妈。

“有谁能证明吗？”

女人一听这话顿时不高兴了：“哎哟，我说警官您这话什么意思？苗苗不是自己从楼上跳下来的吗？又关我儿子什么事？真是。”

宋余杭看她一眼，目光如炬：“例行公事而已。”

“我、我妈在。”男孩有些腼腆，收拾得倒是比他妈妈干净得多。

“她晚上七点多打完牌回来，就一直没再出去过，我也在家学习呢，她晚上还给我做了夜宵。”

其他人还想进一步询问的时候，宋余杭止住了话头：“方辛，提取一下他的DNA 样本。”

方辛应声而来，从勘查箱里拿出采集唾液的试纸示意男孩含一下，男孩没有过多犹豫，含完然后将试纸递给她。

方辛接过试纸小心地做好标记，才放进证物袋里。

宋余杭复又低头走进房间，打着手电从地上捡起一个作业本，草草翻了几页，见到密密麻麻的数学题以及夹杂其间的几个简单的卡通图案，画着一只鲸鱼，像是少女课上画的随笔。

她把作业本交给方辛：“拿回去做一下笔迹鉴定。”

几个人看完房间，深一脚浅一脚地沿着乡间小路往回走。

方辛还是有些疑惑，因为那个残缺的胚胎组织DNA 比对结果已经出来了，在基因库里并没有找到匹配的序列。

这就意味着，女孩身边的所有人都可能是侵犯她、造成她自杀的元凶。

方辛想着就把这话问了出来，宋余杭微微一笑道：“没有作案时间，留意到那两行车辙了吗？”

方辛顺着她手指的方向看去，仅容一辆客车通过的乡间小路上留下了两行清晰的车辙。

方辛也是痕迹鉴定专家：“这是……”

“对，大巴车的痕迹，这么烂的路我们警车因为底盘低开不进来，但是大巴车可以。刚才路过村口的时候，我留意到那边有个破旧的公交车站牌，上面写着进城的末班车是晚上六点。王家没有交通工具，我们从市局开过来也要两个多小时，他们不可能光凭一双腿就走那么远。虽然他们也有可能问别人借车，但这种可能性不大，势必会引起他人的怀疑，我们只要肯下功夫询问，肯定能问出来。”

方辛恍然大悟，果然姜还是老的辣。

宋余杭看了一下表，现在是晚上十点十五分，她转过身来道：“好了，现在两人一组分散开来走访一下周边群众吧，看看有没有什么新的线索。”

“您好，江城市公安局，您见过这个人吗？”

“她最近有什么异常表现吗？”

“她有没有跟您说过自己不想活了之类的话？”

“她平时性格如何，有没有轻生的念头？”

十来个刑警分成了数组，挨家挨户地敲门问遍了大大小小几十户农户，一直到更深露重，月上梢头才回到村口。

宋余杭是最后一个回来的，露水打湿了裤腿，制服外套也脱了拿在手里，露出肌肉结实的小臂。

今晚他们不回市局，警车里已经鼾声四起。

她打开天窗，躺在座椅上，仰头望着万千星河。在广袤的宇宙面前，个体的孤独总是会被无限放大。

她看着看着就生出了一种和天地融为一体的错觉，在温柔的晚风吹拂下连日来紧绷的神经总算有了一丝松懈，以至于在宇宙星辰的温柔里慢慢闭上了眼睛，直到天光大亮。

林厌轻手轻脚地下了床，把被子恢复原状，三下五除二地脱了病号服，换上自己的常服，捋了捋蓬松的鬈发，将其在脑后扎成一个马尾，拎起自己的包踩上平底鞋，悄悄溜着墙根往外走。

清晨的分诊台没什么人，护士都在趴着打瞌睡，林厌戴着墨镜和口罩一路畅通无阻地穿过了走廊。

拜拜了您嘞，她可不想在医院待着，还要享受婶娘每天送的“牢饭”。

鸡汤味道虽好，喝多了也想吐，再多几次她没病也要撑出病来。更何况案子还没结，她放心不下。

拐一个弯即将逃出生天的时候，迎面走来一个身材高大、脚步匆匆的男人，她只顾着回头看，一股脑地撞了上去。

林厌退后几步，男人手里的影像袋散落了一地。要知道习武的人下盘都很稳，她被撞了个猝不及防，顿时有点儿惊诧。

“喂，你长不长眼啊！”

林大小姐一贯的作风就是恶人先告状。

男人蹲下身捡着散落的影像报告，戴着口罩看不清脸，发顶有几缕白发，看起来年龄不小了。

“哎，我说你这个人怎么回事啊？哑巴了？”

林厌喋喋不休，男人抬头看了她一眼，眼里满是因为休息不好而生出来的血丝。

病人？

林厌脑海里闪过这么一个念头的时候，男人已经把散落的纸张都捡起来夹在腋下往内科走去。

啧，可惜了，这人倒是个高手。

林厌轻啧了一声，背后传来护士妹妹的咆哮：“十三床你干吗呢？！病还没好你怎么出来了？！”

不好，追兵来了。

大小姐“嗖”地一下闪进电梯按下了关门键，最后还朝夹缝中的小护士的脸扔了个飞吻。

管家的车已经在楼下等着了，林厌拉开车门坐了进去：“回别墅。”

身上的衣服穿了一天都馊了，头发上也是一股消毒水味，林厌忍不了，还是决定先回去洗澡换衣服再说。

路上想了想她还是把出院这事编辑了一条短信发给林舸，免得婶娘白跑一趟。

林厌洗完澡出来擦着头发走到书房，从抽屉里取出了一张泛黄的照片。

上面的人是初南。

照片是李诗平给她的，十四年前李诗平刚进校教高一，还是个名不见经传的小化学老师。

但这都不是重点，重点是李诗平是初南生前见过的最后一个人。

高考完一周后，是回校拿毕业照的日子，那天林厌没去，拜托初南帮她把照片拿回来。

李诗平是这么说的——

“当时高三的老师人手不够，我就去总务处帮忙来着，她来得很晚，取了照片就走了。我记得很清楚是因为当时已经过了下班时间，她再不来我也要回家了。她脚步匆匆的，似乎是有什么急事，照片从文件袋里掉出来她都不知道，等我追出去的时候，就只捡到了这个。”

林厌垂眸端详着这张照片，照片上的人明眸皓齿，笑容灿烂，时隔多年她还是被这张照片击中了内心最柔软的角落。

那一瞬间的酸涩感让她逐渐咬紧了牙关。

林厌闭上眼睛，好半天才让紧绷的肌肉松懈下来。

她把照片拿起来夹进相册里锁进抽屉，然后坐下来扯了两张便利贴。

清晨的微风扬起窗纱，阳光透过落地窗洒在了折好的千纸鹤上。

林厌起身从衣架上取下制服外套穿好，一颗颗系上扣子，最后拿起卷檐帽戴好，对着镜子正了正衣冠，大踏步离去。

第30章　留恋

“何苗啊……”宋余杭向何苗的班主任表示了来意之后，年过半百的乡村教师摘下了老花镜，皱着眉头想了好一会儿才道，“挺好的一个孩子，学习成绩不错，生活比较俭朴，诚实守信，热爱劳动……”

也不知道这位老师是不是期末评语写多了，话一出口就让人感觉是模板化的复述，并没有什么值得关注的重点。

宋余杭做着笔录：“您对她的家庭情况了解吗？”

“略知一二，听说家境不太好，好几次学校开家长会她的家人都没来，初三最后一次家长会她的小姨倒是来了，可是一来就说要给她办退学。眼看着马上要中考了，我们劝也劝了，没用。”

宋余杭抬眸看了一眼这男老师：“那最后何苗退学了吗？”

“她小姨想退，这孩子倒是倔脾气，说什么也想继续上学，就说学费和考试报名费她自己来想办法。”

“然后呢？”

男老师脸上浮现出一丝赧然：“后来我们就不知道了。”

“这是多久前的事？”

“三个月前吧。”

“她有没有什么玩得特别好的同学？”

“她不太爱说话，可能有些自卑吧，毕竟……”

宋余杭点了点头表示了然：“麻烦您带我去你们班看一下吧。”

“好，您跟我这边来。”

学校不大，总共三层楼，从上到下分别是高年级到低年级，每个年级五个班，每个教室里桌子都排得密密麻麻的，最后一排桌子直接贴到了墙根。

班主任带着她上了三楼，推开第五间教室的门。现在是下课时间，她的出现顿时引起了一阵骚乱。

“警察，警察哎，何苗真的死啦？”

“听说死得挺惨，都上新闻啦，你们没看吗？”

“啧，就她家那个情况，是我我也得自杀。”

宋余杭面色如常地走到了班主任给她指的课桌前。各种各样的书籍堆了一桌子，她随手拿起几本书翻了翻，有课本、有习题册，何苗似乎很喜欢画画，几乎每本书上都有随笔。

宋余杭大略翻过几本，出现最多的是鲸鱼、海豚一类的动物。

何苗似乎对大海情有独钟，却没有听她的家人提起过。

宋余杭拿出手机，把用钢笔画的图案拍了下来。

“宋队回来了吗？”大清早的，林厌走进办公室时顿时引起了众人的惊诧。

张金海端着茶杯刚好要进自己的办公室，看了她一眼，还有些怀疑地道：“林法医没事了？昨天突然晕倒看起来还挺严重的，宋队被吓得脸都白了，抱起你就往医院跑。工作是重要，身体更要紧啊。”

脸都被吓白了以及抱起自己就往医院跑？

这怎么看都不像是宋余杭会做的事。

林厌愣怔了一下，旋即轻轻点了一下头：“没事了。”

这时有同事站起来道：“宋队去何苗家了，还没回来呢。”

林厌手里拿着外套，脚尖转了一个弯往病理实验室走去：“行吧，我去看看DNA比对结果出来了没。”

技术员把比对结果输入了数据库，搜索后显示为“无”。

林厌揉了一下眉心，本来以为这会是一条线索，结果又断了。

旁边的同事犹豫片刻后道：“恕我直言，林法医，就算那个小姑娘是因为怀孕这事动了轻生的念头，这也只能算是间接死因，小姑娘若是被强迫的，男人顶多只能被判三五年，若不是那就真的……”

“没办法了”几个字他还未脱口而出，林厌冷冷的目光看了过来。她和宋余杭不一样，惯常是一副漫不经心、流里流气的表情，乍一下正经起来还有点儿吓人。

技术员被这眼神刺得说不出话来，林厌薄唇一弯，勾出个讽刺至极的笑容。

“知道为什么江城市的命案侦破率在全国一直排不上号吗？就是因为有你们这种败类在公检法队伍里。一个花季少女惨死，你们不想着追究原因把犯罪嫌疑人绳之以法，而是整天想着怎么轻松怎么来，纳税人的钱怎么养出了你这种猪狗不如的东西？”

技术员涨红了脸，“噌”地一下站了起来：“我、我只是陈述事实，你怎么、怎么人身攻击呢？”

“我就人身攻击了怎么了？不爽？”林厌看着他将拳头捏得死紧，笑得越发开怀。

“不爽就对了，要么把我从这个位置上弄下去，要么自己辞职。”

林厌轻轻拍了拍他的肩膀，凑近一步轻声道，不等他回过神来人已离去。

林厌回到办公室，把制服外套挂在衣架上，换了便装，从抽屉里取出机械棍别进后腰里，拿出口香糖瓶子倒了两粒口香糖在掌心里，一股脑扔进嘴里嚼着，施施然地走出了市局大门。

她的超跑只能开到巷子口，再往里一点儿立马剐蹭在两侧的墙壁上，发出令人牙酸的声音。林厌打着方向盘往后倒车，看着被挤歪的后视镜心疼得直抽抽。

自从到江城市局上班之后，她便不再接遗体解剖委托了，收入断崖式下降，就靠那点儿股票收益过活了，这还是她刚提回来的新车。

从巷子里退出来之后她又驱车绕着西城区转了一圈，发现事发地格林大厦那边的停车场并未完全建好，只有一条坑坑洼洼的小道，车同样开不进去。

林厌把车停在外围，摸了摸腰上的机械棍，推开车门下车步行。

“你好，见过这个女孩吗？”

“没有，没见过。”

“谢谢。”

宋余杭把照片收好，看了一眼地图，前往下一家店铺。

西城巷子深，隐藏了很多深夜才开门的按摩店、歌舞厅、烧烤摊等，这些是最有可能在何苗生前见过她的证人。

从西城巷子到格林大厦就两条路，一条直线距离1.5km，另一条则是走街串巷，距离差不多但沿途房屋高矮错落，路边还有小渠，算是风景不错，节假日也有文艺小青年来取景。

一个一心寻死的人应该无心观赏沿途风景才是，宋余杭脚尖一转，拐上了另一条路。

“见过这个人吗？”林厌把照片伸到了坐在地上捡别人剩下的烟头抽的流浪汉面前。

一阵香风袭来，流浪汉抬头看她一眼，眼都绿了，那里面闪烁着贪婪和猥琐的光。

他已经很久没碰过女人了。

流浪汉舔舔唇，伸手似要拿照片却径直摸向了她的手腕，没有人看清她是怎么出手的，机械棍已经抵上了他的喉咙。

“说话就说话，动什么手？”

林厌目光微沉，眼里流转着一丝杀意。

男人还想说些什么，她直接一棍子捣了过去。咽喉是人体要害，流浪汉一屁股跌坐在地上，因为剧痛想要出声，却发现声音嘶哑，怎么喊都喊不出来。

“啊啊啊……”男人跪在地上抓着自己的喉咙，一手徒劳地向她张开，面色痛苦。

林厌一脚把人踹翻在地上：“不想说话就别说了。”

不远处拾荒的小姑娘目睹了这一切，吓得脸色发白，忙不迭地后退着。

林厌冷冷地瞥过去，一股被猛兽盯上了的头皮发麻感促使小姑娘拔腿就跑。

林厌收了机械棍抬脚跟上。

她倒是不疾不徐的，因为她知道前面是条死路。

小姑娘背着背篓，里面装了些塑料瓶子，看见面前两米高的围墙几乎要哭出来。

身后的脚步声渐近，小姑娘转过身来，被笼罩在林厌的阴影里，面色发白，一步步往后退着，那一股香风袭来的时候，她紧紧地闭上了眼，用手挡住了脸：“别打我，别打我，我、我见过她……”

面前的人轻轻地发出一声嗤笑，伸手漫不经心地把她鬓边沾的一朵小花摘了下来。

小姑娘抬眼就见她把掌心里的花瓣轻轻地吹向了地面，那姿态、那样貌、那神情是那么好看，比自己在电视上见过的人都好看。

她一时看得有些呆了，直到林厌的声音响起："你说你见过她，什么时候？"

小姑娘这才勉强定了定神，迎上她的视线，却发现这人有着一双含情目，还是不太正经的那种，一张嘴就像在笑，一笑就像在勾引人。

小姑娘瞅哪儿也不是，只好低头盯着自己露了脚指头的布鞋，有些局促不安地往墙里挪着身子，声若蚊蚋。

"见、见过……我和她一起捡过垃圾来着。"

林厌站直了身子："什么时候的事？"

"三个月前吧，她天天四点多的时候出现在巷子里捡瓶子，六点就走了。"

"天天都来？"

女孩生怕她不信似的，用力地点了点头："天天都来，有一回台风天下大暴雨我都准备回家了她还在捡。"

"5 月 31 号当天，你见过她吗？"

女孩看着照片很笃定地摇了摇头："没有，她已经很久没来了。"

"大概什么时候起就不来了？"

"两个月前吧。"

"你和她很熟吗？"

女孩子应该也知道何苗的死讯，毕竟大街小巷都传遍了，此刻也拿不准林厌是什么身份，再看刚刚她打人的那个狠劲，哪里敢说谎，把头摇得跟拨浪鼓一样。

"不、不熟……她不太爱说话……我们也只是偶尔搭个话……"

"都聊些什么？"

"聊哪里人流量多能捡到塑料瓶子……"在光鲜靓丽的林厌面前女孩子难免自惭形秽，有些局促地蜷缩了一下脚趾，想把暴露在外的脚趾收回去。

"哪家废品回收站给的价格高一些……"

小女孩其实长得还算清秀，只是因为日晒雨淋皮肤变得粗糙而黝黑，身上的衣服大且脏兮兮的，一看就是别人穿剩下的。

林厌点了一下头，知道问不出什么来了，让开一条路："谢了。"

女孩子背着背篓看她一眼，却见她目光澄澈一派清明，没有刚刚的凌厉也没有怜悯之色，仿佛只是路遇一个陌生人，成全了女孩子微弱的自尊心。

女孩子也轻轻地点了点头，绕开她快步离去，错身而过的时候感觉背篓沉了沉。

女孩子不敢多想，快步离去。

等到走出巷口，她想从背篓里拿水喝的时候，却发现里面多了些百元大钞。

宋余杭抬眸看向街口最后一家修脚店，店门大开着，里面却没人。她走进去敲了敲柜台。

“有人吗？”

一个穿红戴绿的中年妇女从里屋转了出来，见着宋余杭立刻眼睛一亮。

“哟，修脚还是按摩呀？按摩有优惠的。”

说着她还朝宋余杭挤眉弄眼的。

宋余杭摇了摇头：“都不是……”

女人热情地拉住了她的手：“哎哟，别害羞嘛。”

宋余杭垂眸看着她拉住自己的胳膊，只觉得脂粉味呛鼻，浑身越发不自在，往后退了一步，拿出警官证来：“警察，问你点儿事。”

“嗐，没劲。”女人一下子就撒了手，兴致缺缺。

配合警察的询问只是公民的义务，而非必须履行的职责。

宋余杭想了想，从兜里掏出一盒烟递了过去。她鲜少抽，留着也没什么用。

女人见着烟，眼睛一亮，接过来毫不客气地就点上了。

宋余杭拿出照片来给她看：“见过她吗？”

女人眯了眯眼，吐出一口烟圈：“见过，不就前几天死的那个女孩嘛。”

“什么时候，在哪儿见过？”

宋余杭从包里取出纸笔开始做记录。

“5 月 31 号晚上，我接了一个挺有钱的主，凌晨四点多的时候人刚走，我把人送到门口，就看见那个小姑娘一个人跌跌撞撞地往这边走。”

宋余杭抓住了重点：“一个人？”

女人点了点头：“对，一个人，我记得很清楚，这路窄，她还撞了我的金主一下，我那老板喝了酒脾气不好还差点儿打人，被我劝住了。”

“我见她一个人，让她赶紧回家，她没理我，就像中了邪似的一个劲儿地往前走，深更半夜，还怪吓人的。”

老板娘说完又吐了一口烟圈，显然也是百思不得其解。

宋余杭把本子收好，背着包往外走，走到店门口又回过头来道：“香水……太浓了。”

“就是这里了。”林厌从坑坑洼洼的停车场深一脚浅一脚地走进来，偌大的建筑工地空无一人，楼下还拉着警戒线，路面已经干涸，血迹却已渗入泥地里，黑红一片。

周遭杂草丛生，天台上断掉的栏杆在风中摇晃着，太阳已经开始落山，此处安静得连鸟叫虫鸣声都没有。

也不知道是不是心理作用，林厌搓了搓胳膊，突然觉得有点儿冷。

她猛地往回看去，来的地方空无一人。

林厌又走了几步，快要到达楼门跟前的时候又往回看去，还是空空如也，只有风吹起半人高的荒草在摇曳着。

不知道为什么，她总觉得有一丝淡淡的不安萦绕在心头，似乎有人在窥视自己。

她虽然不是警校毕业的，但在国外的时候，追踪与反追踪的课程也曾拿过高分。

能在江城市神不知鬼不觉地跟着她的人大概还没出生。

林厌这么想着，又不信邪地走了几步，手扶上楼梯扶手，看似准备抬脚上楼，却又猛地转过脸去，就在那一瞬间背后汗毛竖立。

“咔嚓”一声脆响，机械棍已出鞘，她甚至没看清对手是谁，就已凭格斗本能出了手。

宋余杭挡下这一击，闷声道：“是我。”

林厌那一棍正好砸在宋余杭的手背上，宋余杭的手背登时青紫起来，肿得老高。

林厌把机械棍缩回了自己背后，干笑了两声：“哟，宋队，您怎么老是爱站在人背后啊。一点儿都不光明正大。”

宋余杭活动着手腕，看了她一眼：“是你戒备心太强。”

林厌虽然收得快，但宋余杭眼尖，看见机械棍就想起了那天在孙向明家外的打斗以及黑衣人拿着机械棍从五楼一跃而下的光景，眼眸沉了沉。

对林厌，她偶尔会有一些自己都难以解释的情绪，但理智告诉她，这个人不可尽信。

她这么想着，说话时语气便有些冷：“你来干什么？”

迎上她审视的目光，林厌摊了摊手：“别误会啊，这个死者可和我没有半毛钱的关系，我只是单纯觉得她的死有疑点，所以亲自走一趟案发现场罢了。”

天色逐渐暗下来，楼道门逆光，宋余杭看不清她的表情，抬脚往上走，嘴角勾起一丝冷笑。

林厌这么说她当然不信了。

“有没有关系谁知道呢？毕竟林法医神通广大。”

林厌假装听不出她话中的嘲讽之意，跟着她一起往上走：“哪里、哪里，宋队也不差嘛。”

跟林厌斗嘴的人大部分没有好下场，宋余杭识趣地没再说话。

宋余杭走得快，却见林厌扶着扶手仍有些磨磨蹭蹭的，目光往下一瞥，随意地道：“我记得你好像是明天才出院。”

就像宋余杭不信她防着她一样，林厌亦不曾真正相信过宋余杭。

“啊，医生说了，我好得差不多了，躺着也是浪费医疗资源，我就不跟重症患者抢床位了，再自觉也没有了。”林厌提气，又走快了一些。

宋余杭不着痕迹地慢下脚步来等她。

到了二楼分岔口，林厌往左边一指，道：“我走这边。”

宋余杭脚尖向右：“我走这边。”

林厌转身离去的时候，宋余杭回了一下头：“别耍花样，事有再一再二没有再三再四，不管你是出于什么目的，最好别再犯到我手里。”

林厌也回头看她，嘴角弯起一个妩媚至极的笑容：“宋队真是大义凛然呢，既然如此怎么不去检举我？伤筋动骨不敢说，好歹能把我从这个位置上捋下去，还是说——”

林厌走近一步，那股浅淡的花香又袭来了。

“宋队究竟是惜才还是单纯地留恋我？”

第31章　意义

宋余杭知道对上林厌不能退，自己越退她越得寸进尺。

宋余杭和林厌的直球不同，她惯会四两拨千斤，把问题又抛给别人。

于是她坦荡迎上林厌的目光，学着林厌的样子嘴角浮起一丝笑。

“我不知道林法医有没有留意到，你好像很喜欢往我身边凑，并且问我一些超出同事交情范围的问题。”

林厌变了脸色。

宋余杭上前一步，居高临下地看着她：“不过，既然你这么问了，那我就正式地回答你一下。我不检举你仅仅因为没有任何能明确指向你的证据，同样的亏我吃过一次就够了。”

宋余杭轻轻把手放上了她的肩头，俯下身来：“林法医是聪明人，不要玩火自焚。”

林厌微微偏过头看她。

两个人嘴角都含着笑，气氛看上去无比和谐，却又暗藏了那么几分不可明说的杀机。

“是吗？这火究竟会焚了谁，不到最后一刻，又有谁知道呢？”

宋余杭瞳孔微微一缩，手已经被人拨开了，林厌转身离去，背影消失在黄昏的光线里。

她一路沿着楼梯往上走，一无所获，没有发现跟着她的人也没有发现有用的线索，不由得想着，难道刚刚只是自己的错觉？还是说跟着她的人是宋余杭？

宋余杭说自己对她特殊，她又何尝不是对自己特别好奇呢？林厌微微一哂，推开了天台的门。

上次刑侦队来的时候已经仔细搜寻过了，门锁完好无损，没有打斗的痕迹，也没有第二个人的脚印，所有指纹、足印都属于死者，死者自杀的可能性极大。

而在尸检中，虽然遗体残缺不全，但她还是想办法测了血药浓度，检验结果显示死者没有任何服药的迹象。

那有没有可能是人为操控她走向这里的呢？

如果是，操控者是怎么操控的？是那个让她怀孕的人授意的吗？

林厌一边想着，一边走向了天台边缘。半截断裂的栏杆在风中摇晃着，她伸手去摸，想要把那截生锈的铁栏杆拉回来仔细看看，未料下过雨的天台边缘长满了青苔，湿滑无比。

她一脚踩上去就觉得有些不对，想收脚已经来不及了，手里唯一的着力点是那截生锈的铁栏杆，在掌心发出了不堪重负的咯吱声。

失重感袭来，断裂的栏杆从六楼掉下，跌得粉碎，发出了“咣当”的巨响。

林厌惊魂未定，被人拦腰一把拽了回来。

宋余杭有些气喘地道：“你疯了？站那么靠前是也想要寻死？”

林厌回过头来，两个人还保持着这个姿势站着，她似想到了什么，有些激动。

“5 月是不是一直在下雨？”

似被一道光点醒，宋余杭点了点头：“你是说……”

“对，没错，太滑了，我根本不想走那么靠前，是迫不得已……今天天气不错地面都这么湿滑，那要是下雨的话只会更……”

林厌伸手指向那栏杆：“年久失修，别说成年人了，就连孩子的重量估计都承受不住，她有可能不是自杀，而是失足跌落。”

宋余杭松开放在林厌腰上的手，往后退了半步：“可是在这个地方无论是痕检还是物证部门来回搜寻了好几遍也没有发现第二个人的踪迹，只发现了一封遗书，笔迹鉴定为死者本人亲笔所书。走访目击证人也证实了她一个人深夜出现在这里，若是失足跌落便该有一个理由来这里才对。”

林厌来回踱着步：“会不会她是来见什么人？”

宋余杭点了点头，目光看向虚空：“不排除这个可能，而且我觉得这个人可能和使她怀孕的那个人关系很大。”

林厌顿住脚步：“何苗周边熟识的所有男性都比对过 DNA 了吗？”

“做了，没有匹配的。”宋余杭说到这里，皱了一下眉头：“不对，还有一个人没做。”

“谁？”

“何苗的小姨父。”

林厌顿时觉得一阵恶心：“不会吧？”

宋余杭转过身来看着她，平淡地道：“有什么不会的？”

林厌啧啧称奇道：“宋队这是有什么经历还是办过的案子呀？”

宋余杭颇为古怪地看了她一眼：“当然是办过的案子了，我父母兄长都很好。”

起码她不会跟林厌一样有个对亲生骨肉不闻不问还花心好色的父亲。

性格的养成离不开家庭因素，像林厌这样冷漠、偏执、极具攻击性、玩世不恭的性格大多数是被父母养出来的。

这样的人也最容易走上违法犯罪的道路。

“你还有个哥哥啊，怎么没听你提过？”奔波了一下午，林厌有些累了，靠在了天台的储水箱上。

“他不在了。”宋余杭淡淡地说完，突然想抽烟，一摸兜却发现烟已经送人了。

她正想着，隔空抛来一个烟盒，宋余杭伸手接住，见林厌按亮了打火机，走到林厌身边，俯身道：“借个火。”

林厌却收了打火机，叼着根点好的烟吊儿郎当地看着宋余杭。

宋余杭径直伸手抓向林厌唇边的香烟，林厌自然不可能让她得手，脸微微一转。

烟雾缭绕里她看见宋余杭嘴角浮起一丝得逞的笑，完了。

她还来不及防御，被人用标准的擒拿动作捉了个措手不及，按在了墙上。

宋余杭微微使力扭住了她的胳膊，林厌掌心的打火机掉落。

“宋余杭，嘶……”

“不是林法医让我自己拿的吗？现在又在生什么气？”

宋余杭见她吃痛，松开她，把掉落的打火机捡起来自己点了烟，抽了一口之后看着她。

“我……”林厌气结，刚准备问候宋余杭的祖宗十八代，手机响了。

她掏出手机一看，是技侦那边打来的电话。

“怎么了？”

“何苗的小姨来了，说是要带走她的尸骨入土为安……”方辛那边也有些为难，压低了声音道。

“这不是案子还没结嘛，她小姨吵着闹着非要带何苗去火化，说是已经都死无全尸了，总不能不让她入土为安。张队的意思是既然死因已经明确了，遗体就可以让家属带走自行处置了。”

林厌的目光看向了宋余杭。

宋余杭掏出手机来给张金海打电话，半晌脸色有些难看地挂掉了电话。

“张队说何苗案事实清楚，证据确凿，不管是自杀还是失足跌落都排除了他杀嫌疑，遗体家属可以带走自行处置，冯局那边也同意了。至于怀孕那一遭，另案处理。”

林厌会意，接着对方辛道：“检材都提取好了吧，遗体她要带走就带走呗，我们留下生物检材就好了。”

方辛一边说一边把手头的瓶瓶罐罐分类放好，关上了橱窗的门。

“放心吧林法医，都放好了，那我不跟您说了，我去殡仪馆送遗体。”

江城市殡仪馆。

按规矩遗体火化前还有告别仪式，王秀珍站在告别室外捂着鼻子一脸不耐烦地道：“还看啥，有啥好看的？赶紧火化了完了，我还等着拿赔偿金呢。”

工作人员一脸无奈，将遗体放上输送带，方辛等人倒是站在告别室里隔着一面玻璃目送着这个女孩走完了人生的最后一程。

一行人从告别室出来时，走廊上迎面走来几个穿着黑西装的殡仪馆工作人员，扶着灵车，两名中年男女跟着那灵车，女人趴在灵车上面号啕大哭，被工作人员搀扶了起来。

方辛经常来殡仪馆送遗体，和这边的工作人员都熟识了，小声问：“这是怎么了呢？白发人送黑发人？”

工作人员面上流露出一丝惋惜之色，叹道：“那可不是，才十四岁，因为期末考试没考好，吃安眠药自杀了，没抢救过来。”

“这也太惨了吧，父母平时给多大的压力才能把孩子逼成这样啊？”段城也凑过来窃窃私语。

几人说着，里面的骨灰已经冷却好了，方辛白了他一眼：“少嚼舌根，捡骨灰去。”

段城一张脸皱成了苦瓜：“这不是应该家属去吗？”

方辛往家属那边瞥过去，王秀珍正坐在走廊的长椅上抠脚嗑瓜子，哪有这个闲工夫。

“得嘞，小的这就去。”

林厌蹲在地上抽完了一根烟，起身道：“既然是另案处理，我去一趟省城。”

宋余杭淡淡地看她一眼，指间的红点明明灭灭：“不是说死者和你没有任何关系，你何必如此尽心尽力？”

“怎么说呢，她活着我们可能没有任何交集，她死了既然是我解剖的，我就有义务替她把没有说完的话说完。”

宋余杭笑了，把烟按熄在栏杆上：“这可不像是林法医能说出来的话。”

太阳即将落山，第一缕黑暗降临，宋余杭的神色变得有些不可捉摸起来。

“比起那些，我更愿意相信林法医是从何苗身上看见了过去的自己，或者说她的经历也触动了你的伤心事。你迫切地想要知道事实真相不过是想替过去的自己求一个公道罢了。”

她是试探，林厌却自嘲一笑道：“你要这么解读的话也没错，不过我不是替过去的自己求一个公道，是替所有用尽全力认真生活的人求一个公道。”

宋余杭沉默良久才道：“你说得没错。”

一个花季少女，母亲早亡，父亲不知所终，跟着姨母吃尽了辛酸苦辣，贫穷却也没有压断她的脊梁，她仍想读书，自己想方设法地赚学费，在闲暇之余也会在课本上画画，是多么坚强且富有诗意的女孩子啊。

她不该枉死。

“宋队呢，为什么这么想破这个案子？”

她想起技侦流传的小道消息，宋余杭的资历比张金海还要久，原本上一任刑侦支队队长退了之后该是她接任的，上头却又空降了一个张金海过来。宋余杭在刑侦支队副队长的位置上已经待了快十年了。

十年里她没有一丝怨言吗？

没有苦闷吗？

没有憋屈吗？

然而宋余杭只是说：“破案，替死者找回公道，就是我存在的全部意义。”

她们虽然观念不同，时常争吵，但在这件事上意见出奇一致。

黑暗里林厌微微弯起了嘴角。

宋余杭带头走下了楼梯：“走吧，去省城。”

她等了一会儿却没见林厌跟上来，顿住脚步看向她：“怎么了？”

林厌回头望向天台下的建筑群，西城区的灯火次第亮起，这场景很美，她却微微皱起了眉头。

“你有没有觉得有人在看我们？”

宋余杭回身，走到栏杆边，那个黑衣人的事她没有跟任何人说过。

“你什么时候开始这么觉得的？”

“就今天，我走进这里的时候。”

宋余杭从包里取出望远镜，四下搜寻了一圈。这里视野极好，她可以看见对面民房里写作业的男孩、洗衣服的妇女、吵架的夫妻以及形形色色的生活场景。

可是并没有什么值得人特别留意的地方。

她也微微皱起了眉头：“走吧，先去省城，这几天都小心点儿。”

林厌无所谓地耸了耸肩：“算了，毕竟我的仇家多，说不定又是哪个想伺机报复的人。来一个老娘打一个，来两个我干一双。”

宋余杭无奈，收了望远镜跟她一起往下走着：“你还真是乐观。”

“那不然呢？老娘的巴西柔道是白练的吗？不说全国，起码在江城市打遍天下无敌手吧。”

“哦，既然是这样，你还拿机械棍干吗呢？”

所谓一寸长一寸强，她拿机械棍无非为了弥补力量上的不足。

林厌顿时有些咬牙切齿地说：“你不说话会死吗？！”

宋余杭手插兜地走到她前面：“只有死人才不会说话。”

“我呸！”林厌骂骂咧咧地抬脚跟上。

“你怎么长这么大的？怪不得没朋友也没对象……”

在她们走后，对面一栋居民楼的某一户家里亮起了灯，主人把天文望远镜从窗帘背后收了起来。

“谁扎破了我的轮胎？！”林厌摸了摸瘪掉的轮胎，仰天长啸。

附近居民楼上纷纷有人探出脑袋来，宋余杭扶额：“办案而已，你开这么好的车出来不就是让人眼红的吗？”

林厌面无表情地道：“这已经是我最次的车了。”

“当我没说。”

宋余杭转身欲走，林厌已经开始给拖车公司打电话了：“什么？！两个小时之后才能来？！还没有奔驰的轮胎可以换？？？那你们开什么维修公司呢？不如去修电动车，我花那么多钱，你们就是这么服务星级客户的？”

眼看着这位大小姐语气汹汹，渐有进行人身攻击的趋势，宋余杭顿了顿，转过身来，犹豫道：“要不……先坐我的车？”

从江城市区到省城有二百多公里，下了高速就是盘山路，车开得七拐八弯，林厌被颠得昏昏欲睡，打了个哈欠。

“还有多久到啊？”

宋余杭看了一下表：“两个多小时吧。”

林厌闭上了眼：“行吧，到了叫我。”

车子驶出最后一个服务区的时候彻底没入了大山深处，夜里温度降了下来，胳膊露在外面有些凉，宋余杭把车窗摇了起来，偏头看去，林厌已经睡着了。

宋余杭摇了摇头，有些无奈，打开了空调。

放在前面的手机突然响了起来，宋余杭见是小唯打来的，立马放慢车速，在应急车道里靠边停车，接了电话。

林厌被吵醒，微皱着眉头，嗓音还有些慵懒：“嗯……谁啊？”

季景行还没开口，就听见了一个柔媚的女声，看样子对方是在问宋余杭。

她抱着小唯滚烫的身子，一时不知道该怎么接话了。

宋余杭拿着手机下车：“怎么了，姐？”

听见熟悉的声音，季景行这才定了定神道：“小唯、小唯发烧了……我的车送去检修了，现在打不到车……”

想到刚刚那个女声，季景行问道，“你在外面吗？”

宋余杭应了一声，听她的声音十分焦急，深更半夜的，多少也有些忧心：“烧多少度了？”

“39℃，我一直拿毛巾给她冰着，喂了退烧药也不见好转……”季景行心急如焚地说着。

林厌披衣下车，冷笑了两声：“发烧叫救护车就好了，给你打电话有什么用？”

季景行显然也听见了这句话，又急又气，险些哭出来：“余杭，我……”

宋余杭冷冷地瞪林厌一眼，捂住了听筒，压低声音道：“没关系，别急，等我回去吧，我还有一个多小时到，快到了告诉你。你记得穿好衣服拿好医保卡，给小唯穿厚点儿，在楼下等我，我们去医院。”

等她挂掉电话后，林厌倚着车门站着，语气不咸不淡地道：“哟，不是为人民服务的好警察吗？这就要放弃回去了？”

宋余杭没好气地看了她一眼：“别人打电话的时候不插嘴是基本的礼貌。”

林厌在笑，眼神却逐渐冷了下来：“你想清楚，马上要到了你又要折返回去，浪费时间不说，犯罪嫌疑人也可能听到风声而逃之夭夭。”

宋余杭拉开车门坐了进去：“我可以让省城的兄弟们先把人带回来。”

林厌冷笑道：“打草惊蛇。”

“你走不走？不走我走了。”宋余杭抬眸看着她，眼神也冷了下来。

宋余杭居然威胁她？！

一股怒火瞬间蹿上心头，林厌气冲冲地摔上车门，退后一步道：“你走啊，我离了你还不行了吗？”

她掏出手机来就要打电话叫车。

宋余杭见她蛮不讲理也有些愤怒，把钥匙插进锁孔里准备挂挡出发，却发现踩下了油门车也纹丝不动。

林厌到处转着找手机信号，一回头见她还停留在原地，车子发动机发出了轰轰的声音，但就是不见动，险些笑出声来。

“哈哈哈，天意，看来是老天爷不让宋队回去英雄救美啊。”

宋余杭拧下车钥匙重新点火，车还是纹丝不动，被林厌这话点燃了心头的怒火，逐渐抿紧了唇。

“你有完没完？”

林厌趴在车窗上：“没完，当然没完，看来宋队是注定回不去了。”

宋余杭没理她，下车掀开引擎盖捣鼓着。林厌倚着车站着，看着宋余杭忙碌。

“喂，我说，那人有什么好的啊，值得你大半夜地来回奔波？女人啊就是矫情，不就是发个烧？谁没发过烧似的，自己去医院不就好了，再不济就叫救护车呗。”

林厌话音刚落，只听得“砰”一声巨响，宋余杭合上引擎盖，大踏步走了过来。

月色下她的脸色不怎么好看，抿紧的唇间流露出一丝薄怒。

四下无人，林厌咽了咽口水，往后退了半步：“干、干吗？”

宋余杭捏紧了拳头：“侮辱我可以，别侮辱她。”

只除了那个雨夜，她鲜少露出这么严肃认真的表情，还隐隐有些怒发冲冠。就为了那个矫情的女人吗？

林厌这么想着，只觉得一股怒火冲上了胸腔，也逐渐抿紧了唇。

“好的，那天台上的那些话就当我白说了呗，宋队也从来没有说过什么破案啊意义啊之类的话，我们还是道不同不相为谋。”

宋余杭怔了怔道：“我不是这个意思，破案当然重要，可是小唯也……”

“得、得、得，打住。”林厌听得不耐烦，“手机、地址给我。”

见她不动，林厌又加了一句：“我的手机没有信号。”

宋余杭大概明白她想干吗了，报出地址后把手机递给了她。林厌走到空旷处开始打电话。

“喂，对，送个人去医院，地址是……”

三下五除二地交代完，林厌把手机扔回给宋余杭，也不坐副驾驶座了，自己一头扎进了后座，和衣躺下。

宋余杭走过去轻轻敲了敲车窗：“那个，谢……”

林厌随手抄起自己的衣服扔了过去：“滚，别打扰老娘睡觉！”

第 32 章　解脱

在林厌和衣睡觉的时候，拾荒者也来到了今天的最后一站，深夜的酒吧门口，这里出没着许多醉酒者，也最容易捡到啤酒瓶，那可比塑料瓶子值钱得多。

女孩子在街角蹲守了一阵，看见一个醉汉把啤酒瓶放在台阶上，起身跌跌撞撞地离去。

她跑过去捡起瓶子，把里面剩余的酒液倒干净，准备扔进自己的背篓的时候，手腕被人攥住了。

她惊恐地抬头，是刚刚的那个醉汉，不知何时折返了回来，攥着她的手腕把她拉起来推搡着往墙上压，酒气熏天的嘴凑近了她的脸。

“小妹妹……长得真标致……陪、陪哥哥喝两杯……”

“滚、滚开，再不走……我、我喊人了啊！”女孩子急得要哭出来了，一直用手推着男人，但奈何力量悬殊太大，被人占了不少便宜。

她哭着喊救命，酒吧周遭停留的人却哄堂大笑起来。

男人越发得寸进尺，上下其手：“小妹妹……跟、跟了哥哥吃香的喝辣的……”

女孩子咬紧了下唇，把头偏向一边，眼泪簌簌落下。就在她准备咬舌的时候，身上一轻，男人被人大力地搡开了。

醉汉从地上跌跌撞撞地爬起来叫嚣道：“你是什么人？敢打老子……”

站在他面前的男人背影高大，肩膀宽阔，穿一件普通的夹克衫，戴了一顶鸭舌帽，黑夜里让人看不清表情，只听见他的声音低沉到有些沙哑。

“滚。”

那隐在鸭舌帽阴影里的脸只露出了半边胡子拉碴的下巴。醉汉咽了咽唾沫，有些不信邪地扑了上来，被人三下五除二地掀翻在地上，捂着肚子呻吟着。

男人捡起滚落在地上的啤酒瓶向她走了过来，女孩子咽了咽口水，往后退着。

“给。”

脚步声停住了，面前投下一片阴影，那伸出的胳膊肌肉紧实，手腕内侧似乎还有一个文身，月色影影绰绰的，女孩子看不真切究竟是什么图案。

女孩子仍是惊魂未定，不敢伸手去接瓶子。

男人退后一步，把酒瓶放在了地上，转身离去。

女孩子好似如梦初醒，追了两步：“那个……谢、谢谢……”

男人脚步一顿，并未停留。

“大、大叔……”她斟酌着还是喊出了口：“你、你叫什么名字？我、我会报答你的……”

男人回过头来，她似乎看见他鸭舌帽下的唇轻轻勾了一下，他的嗓音仍旧是沙哑的。

“叫我好心人吧，我们会再见的。”

他留下这一句令人摸不着头脑的话后就大踏步离去，女孩子在原地愣了半晌后，捡起那啤酒瓶子扔进背篓里，害怕再遇见变态，也匆匆地往家里跑去。

“喵——”走出不远的好心人停下脚步，端详着这只可爱的猫咪，是只小橘猫，看样子流浪了不少时日，毛有些脏，饿得瘦骨嶙峋的，趴在地砖上有气无力地叫着。

男人俯下身来，把这只可怜的小猫咪抱了起来，轻轻抚摸着它的脑袋：“小可怜，我来帮帮你吧。”

那本来攥着它的后颈皮的手圈上了它的整个脖子，骤然发力，小猫咪挣扎着，发出了凄厉的叫声，四只爪子在空中徒劳地乱蹬着，直到舌头吐出了口腔外，彻底没了生气，竟是被人活生生地捏死了。

男人捧起它，在它已经失去温度的额头上亲了又亲，这才轻轻地将它放了下来。

“小可爱，活着很痛苦吧，不过没关系，我帮你解脱啦。”

车里地方狭窄，夜里温度骤降，发动机打不着火，空调也停止了工作，林厌睡得并不踏实，在睡梦中也紧紧地蹙起了眉头。

“喂，姐，你们去医院了吗？”宋余杭站在车外打电话。

季景行一手抱着小唯让大夫给扎针，一手拿着手机听电话：“到了……谢谢你余杭……”

“没事，到了就好。”宋余杭一手插兜，听见她这么说心里也踏实了不少，目光瞥向了车里，林厌还睡着。

“刚刚那个……是你同事吗？”深夜两个西装革履的年轻人来敲她家的门她还有些担惊受怕的，直到对方报出了宋余杭的名字，并说是奉小姐之命送她们去医院，她才半信半疑地抱着小唯跟他们下了楼，早有奔驰保姆车在路边候着。

一路上两个年轻人加一个司机都对她们客客气气的，甚至帮忙联系了儿科专家，以至于季景行现在都恍恍惚惚的，回不过神来。

宋余杭什么时候认识这么有钱有势的人了？

宋余杭换了另一只手拿手机，低应了一声：“嗯，是我同事，我们去省城办案，车子坏了，被堵在半道上了……”

季景行松了口气：“深更半夜的，也是辛苦你们了，余杭，替我向你同事道声谢吧。”

宋余杭听到这里微微笑起来：“好，她那个人心直口快，刚刚的话你不要往心里去。”

季景行点了点头，医生让再去验验血，她抱着小唯站起来，准备结束这通电话了。

“好，那你们……路上小心。”

“嗯，放心吧姐，小唯有什么情况再跟我说，再见。”

挂了电话之后，宋余杭拉开车门上车，风涌进来的瞬间林厌蜷缩了一下，抱紧了自己的胳膊，刚刚用来扔宋余杭的衣服掉在了车厢里。

宋余杭回头看了一眼，伸长胳膊去够衣服，努力了几次都够不着，只好又下车打开后座车门，微微俯身想要替她捡起衣服。

林厌仰头睡着，一只手垫在脑袋下，另一只手环抱着自己，睡姿不怎么优雅，吊带都跑上去露出了肚脐与结实的马甲线，一条腿搭在地上正好踩住了掉落的衣物，又哼哼唧唧起来：“冷……”

宋余杭打算把那件外套抽出来，抽到一半林厌似有所觉，不耐烦地哼了两声，转过脸去，脚下却踩得更紧了。

宋余杭暗自扶额，自己没带外套，身上就一件短袖。

而林厌大病未愈，让她就这么被冻着也不是个事，万一又冻出好歹来怎么办？毕竟是自己带她出来的。

宋余杭想了想，目光垂落到林厌小巧的脚踝上，高跟鞋细细的带子松松垮垮地缠绕住了它，宋余杭想要给林厌松松绑，顺便把衣服捡起来，这么想着，便抬手握住了林厌的脚踝，然后俯身去捡她脚下的衣物。

林厌本就睡得浅，更别提宋余杭三番五次地开关车门了，迷迷糊糊间感觉有人在摸自己的脚，想也未想，抬脚就踹了过去，直中宋余杭的膝盖。

宋余杭猝不及防间被踹了个正着，下盘脱力，身子一歪，径直倒向了林厌。

她想撑起身子已来不及，整张座椅已被林厌占满了，慌忙之间本想抵住林厌的肩膀避免两个人的亲密接触，谁知道力道和分寸哪里是那么好掌握的，尤其是在伸手不见五指的夜里。

她一掌下去已觉得有些不对，五指传来了绵软的触感。

可怜的林厌被砸得眼冒金星，好不容易回过神来，缓缓低头，目光垂落到宋余杭的手上，咬牙切齿地道："宋、余、杭。"

"砰——啪。"宋余杭捂着脸从车厢里退出来。林厌左右开弓，打得十分均匀，宋余杭的整张脸都火辣辣地痛。

宋余杭没好气地把衣服甩给了林厌，"砰"地一下摔上了驾驶座的门："好心当作驴肝肺。"

林厌披着衣服慢慢地坐起来："宋队啊，你应该庆幸你不是个男的，否则早就半身不遂了。"

宋余杭冷哼了一声，去摸林厌扔在储物盒里的烟，"啪"地一声按亮了打火机，语气不咸不淡地道："哦，是吗？林法医可是同时交往五个男朋友的人，还会在意这些？"

"交往归交往，那是你情我愿，可这荒山野岭的，宋队要是对我做些什么，我恐怕也是无力反抗呢。"

宋余杭气闷，将手里的烟按熄在烟灰缸里，开口道："我在林法医心里就是那种人？"

林厌撑着下巴，眼底水光潋滟："谁说不是呢？毕竟你扯我的衣服也不是一次两次了。"

即使没回头宋余杭也知道那目光牢牢黏在她身上，她都能想象出她说这话的表情有多妩媚，而自己解释得又有多么牵强。

“那是个意外。”

宋余杭说罢，又冷冷地扔下一句“我去修车了”，便推门而出。

林厌看着她掀起引擎盖，打了个哈欠，又躺了下去。

“你怎么现在才来？还有半小时就换班了。”女人说着，打开了通道旁边的侧门，避开走廊上的摄像头，把人迎了进去。

男人身材高大，低了一下头，背一个硕大的旅行包，声音低沉：“不急，半个小时够了。”

那本应该被火化的尸体静静地躺在太平间的床上，女孩子面容苍白，毫无血色。

男人绕着停尸床走了一圈，近乎着迷地看着她的遗体，手指轻轻抚过女孩子冰凉的肌肤，每根汗毛似都在战栗。

他忍不住喟叹：“真是一件艺术品。”

“DNA 比对结果什么时候能出来？”

由于何苗已经被排除了他杀嫌疑，宋余杭和林厌此行最重要的目的就是把生物检材送检以及提取何苗的小姨父的 DNA 进行比对。

在宋余杭进行例行询问时，这个男人并没有藏着掖着。他身材瘦小，缩在椅子里，手里捧了一杯茶水，一双手很是粗糙，布满了大大小小的伤痕，一看就是常年做木工留下来的痕迹。

他表现出了普通人在面对警察询问时应该有的紧张，因此并没有特别引起宋余杭的注意。

而且他还有不在场证明，三个月里他只回过一次家，有火车票根证明，早上到晚上走，那个时间点何苗还在上学。

他没有作案时间。

“最快也要 24 小时。”

宋余杭点了点头：“好的，麻烦你们了。”

“哪里，宋队是稀客，难得来一次省城，不去找赵厅叙叙旧？”

她来滨海省公安厅刑侦总队的次数不少，大家都熟了。

宋余杭微微一笑道：“这不是有案子在身吗？等忙完了我再去拜访他老人家

也不迟。”

说着她又和几个相熟的人打过招呼后便走出了大厅，按下耳朵上的微型麦。

“他出去了。”

街角报刊亭前看报的林厌把钱递给了老板：“就要这个了。”

说完，拿上报纸漫不经心地跟上了前面那人的步伐。

林厌压低了声音，嘴唇未动：“不是说他有不在场证明吗？怎么还跟着他？”

宋余杭站在街边买早点：“说到何苗的死时他一点儿都不意外，和王秀珍一样对此漠不关心，但说到何苗怀孕了的时候，他似乎有些惊诧。正常人诧异一瞬间就过了，但他还在摩挲自己的双手，这是典型的自我安抚的表现。”

林厌啧啧称奇道：“那我跟着他，你干什么去？”

宋余杭接过早点摊老板递过来的豆浆抿了一口：“我？我去附近几个农民工聚集的市场转一转。”

“合着跟踪出力气的活都是我干是不是？”

林厌听着她那边“卖包子”“蒸水饺”“炸油条”的吆喝声恨得牙痒痒。

宋余杭微微弯了下嘴角：“这可是你要跟来的，服从领导安排。”

林厌差点儿骂出声来。

走在前面的男人突然回头，她一转身往旁边的柳树上一靠，瞬间从兜里掏出手机，大声讲起了电话：“亲爱的——”

男人回头搜寻了一圈，见没有什么可疑人员跟着他，人群中只有一个妙龄女郎拿着手机在打电话，看样子是在和男朋友说话，发出了银铃般清脆的笑声。

她身材、样貌极出挑，男人不由得多看了两眼才转身往前走。

林厌瞬间收了笑，觉得江城市公安局应该同时颁给她年度最敬业警察奖和年度最佳戏精奖。

宋余杭安静地听了这一遭，有些忍俊不禁地道：“你看，这就是为什么要你去跟踪他的原因了。”

首先从外形上来说，林厌绝对比她无害得多，其次林厌的随机应变能力也不比她弱。

林厌咬牙切齿地继续往前走去：“我信了你的邪，等破了这个案子，咱们再好好算账，宋、警、官。”

第 33 章　受伤

“水电工，一小时 20 块钱。”

“资深家政保姆，一天只要 80 元。”

“建筑工地要人，要求四十岁以下，身体健康，吃苦耐劳，只限男性。”

这里说是人才市场不过就是搭了几个遮阳棚，招工的、找工作的都聚集在一起，不少人手上举着牌子，拿粉笔歪歪扭扭地写着自己的年龄和特长，要人的老板、中介则拿着喇叭大声吆喝着，像在菜市场买菜一样挑拣砍价。

宋余杭一踏进去就有几个中介围了上来：“小姐，招工还是找工作呀？”

她来之前特意又从小卖铺买了一包烟，拿出来给这几个人都发了一根。

“招工，老板家里装修，要上好的实木家具，最好是手艺人亲自打造的。”

几个中介一看，软中华，出手阔绰，背后的老板肯定也是有钱人，顿时喜笑颜开。

“好说、好说，我们这里木工多着呢，保管让您满意！”

宋余杭伸手护住火苗也给自己点了一根烟，斜睨他们：“中介吧，又贵又不好，我还是自己找吧。”

说着她就要绕过他们往前走，为首一个矮胖的男人伸手把人拦了下来，笑眯了眼，操着一口地道的北方方言道：“别介啊，俺们虽然是中介，但也是有职业道德的，老板既然有需求，我们肯定给提供最好的人是不是？您别看这人才市场这么多人，做得好的木工没几个，全在俺们这本子上了。”

他说着拍了拍自己手里的绿壳厚笔记本：“俺在这块当中介二十多年了，什么人做得好什么人做得不好，那可比阎王爷心里都有数。您要自己找也行，就是费工夫，误了老板的事可就不好了。”

宋余杭想了想，停下脚步，神情有些警惕：“那你们……”

胖子伸出手指挥了挥：“不多、不多，要是事成我们只收3%的中介费，不成交不收钱。”

宋余杭笑起来，又递过去一根烟：“这个价格倒也算公道，行吧，那走一个。”

男人掏出自己的宝贝给她看，指尖蘸了点儿口水一页页翻过去，详细做着介绍：“张三，四十六岁，做木工二十年了……”

宋余杭摇头：“太老了，要年轻点儿的，设计出来的东西有活力。”

“行，那再看看这个。”男人又翻过去一页，指尖指着一个姓名道，“李四，二十来岁，年轻有力气，还能干别的活……”

宋余杭摇头：“太年轻了没经验。”

男人抽了抽嘴角：您这要求还怪多，合着是选美还是选木工啊？

“那这个呢？徐兵，三十五岁，十五岁就出来学手艺了，在咱们省城这一块也是远近闻名的，前阵子有个富豪家装修也是请他打的家具……”

宋余杭微皱起了眉头：“这么有名，很贵吧？再看看。”

等到男人又翻了几页，嘴皮子都快磨破了，她才勉为其难地点了徐兵这个人。

矮胖男人一抹额上的虚汗，面上奉承，心里已经把她恨了个千百遍，又不想出太多钱，又想找好的，做梦吧！

一番讨价还价之后，宋余杭拿到了徐兵，也就是何苗的小姨父的另一个电话号码，和他报给警方的截然不同。

走出人才市场的时候她把电话号码发给了郑成睿：“定位这个号码。”

对方很快回复她：“好的，宋队，正在追踪。”

林厌跟着徐兵走了两条街，换了一身打扮，头上多了一个鸭舌帽，披了一件防晒衫，脸上戴着墨镜，手里撑了一把遮阳伞，看起来和普通游客没什么区别。

不远处的徐兵走进了菜市场，林厌收了伞跟上。她和宋余杭一直保持着联络。

“他进菜市场了，估计是要买菜回家做饭，我正好跟去他家看看。”

“好。”宋余杭想了想还是加了一句，“小心为上，情况不对就撤。”

林厌“哼”了一声：“就徐兵那样的人，来十个都不在话下。”

这时，郑成睿的消息发了过来，宋余杭暂时切断了和林厌的通信。

“宋队，这个号码没有实名制，查不到机主。”

宋余杭心里咯噔了一下：“继续定位，现在目标位置在哪里？”

郑成睿指尖在键盘上敲敲打打：“省城海西路与解放路交叉口的菜市场内。”

宋余杭掏出手机和林厌发来的坐标位置进行了比对，不着痕迹地松了口气。

“好，也定位林法医的手机，我现在过去。”

“老板，这鱼新鲜吗？”徐兵走到相熟的铺子上买鱼，指了指水箱里活蹦乱跳的河鱼。

“新鲜，都是今天早上刚捕上来的，咱们家老规矩，不卖隔夜鱼。”

“行，那来一条。”

“哎，好嘞。”

老板说着去水箱里捞鱼，活蹦乱跳地捞上来放在案板上现宰现杀。

徐兵在等候鱼的时候，林厌挎了个也不知道哪里搞来的篮子在买菜，一脸认真地和老板讨价还价。

“什么？”她略略提高了声音，“西蓝花十块钱一斤，你怎么不去抢呢？”

“哎呀姑娘呀，我们这是有机蔬菜，全部施的农家肥，纯天然、无污染、无公害，你看，早上刚摘下来的，露水还在呢！”

老板把处理好的鱼递给徐兵，一边找钱一边低声道：“你被跟踪了。”

徐兵顿时回头望去，老板拿着钱捏住了他的手：“别回头，那人是个老手，沿着这条路一直往前走，出了巷口老八会接应你。”

徐兵拿着钱，脸上在笑：“谢谢老板，又便宜了五毛哈。”

背地里却咬牙切齿地道，“不是说只要我把人带到一切就和我没关系了吗？怎么还搞大肚子了呢？这下条子找上门来了，你叫我怎么办？”

“哎呀，都是老主顾了嘛，一天来三趟的，再送你点儿鱼鳔。”老板一边说着，一边用手在案板上抓了些鱼鳔放进口袋里，压低了声音道，“你放心，既然来了老板肯定是要给她们点儿颜色瞧瞧的。几个虾兵蟹将而已，你大胆走，条子不会再来找你的麻烦的。”

徐兵听了这话，心落回了肚子里，接过那袋子，转身离去：“哎哟，那就谢谢您嘞，过段日子又到吃蟹的季节了，可别忘了再给我留些好的。”

“一定、一定，您慢走。”

老板一脸憨厚地笑着送客，看见哼着歌拎着菜篮子走过去的林厌时，目光沉了沉，按下了衣领上的微型麦。

“老八，鱼，上钩了。”

“师傅，海西路菜市场。”

宋余杭伸手拦下出租车坐了进去。

林厌跟着徐兵出了菜市场，一路七拐八拐，一边走一边记下回去的路。为了防止被发现，她离得远，隔了五十多米，徐兵拐进了一条岔道里。

她快步跟上去，却发现人不见了。林厌暗道不好，立即转身，后面跟上来两个彪形大汉，她不动声色地继续往前走。

“目标消失，我被盯上了。”

宋余杭心里一紧：“几个人？具体位置给我。”

“两个。”林厌冷笑了一声，“也太不把我放在眼里了吧。”

她话音刚落，面前投下一片阴影，两个蒙着口罩、拎着棒球棍的青年男子堵住了她的去路，背后两个彪形大汉也悄悄跟了上来。

林厌被堵在巷子中间，进退不得。

“林厌？！”宋余杭提高声音喊了一句，前面的出租车师傅立马惊诧地回头看了她一眼。

宋余杭定了定神：“师傅，麻烦开快点儿。”

说罢，她又压低声音联系郑成睿：“发给我林法医的具体坐标信息。”

地图上跃动的两个小红点瞬间消失，郑成睿惊出了一身冷汗：“报告，徐兵和林法医的坐标位置消失，最后出现的位置位于海西路菜市场旁的小巷里351号附近。”

林厌倒在地上捂着腹部，额头上渗出豆大的汗珠，看着那个刀疤脸男人把她的手机用脚踩得粉碎，倒提着棒球棍向她走了过来。

她咽了咽口水，手悄悄摸上了后腰，舌尖尝到唇齿间的血腥味，整个人反而越发兴奋起来。

倒地对巴西柔道选手来说从来不是结束，而是开始。

在他接近自己走到最佳攻击距离内的时候，林厌动了！

男人大概没想到被四个人围殴的林厌还有还手之力，就是这一愣怔的工夫已失了先机。林厌单手撑地，腿上功夫极好，原地一个扫堂腿，不仅把人绊倒还借力打力地站了起来，右腿带着雷霆之力朝着对方面门就是一个高扫。

边腿的弧度越完整力道越大，残影几乎在空中画了一个半圆。

知道这一下要是砸在自己的脖子上，自己当场就得颈椎骨折，丰富的格斗经验让男人下意识地用棒球棍挡了一下，木屑纷飞，棒球棍应声断裂，和主人一起飞了出去，重重砸在了路面上。

刀疤脸男人当场吐出一口带血的唾沫。

林厌回转身，“唰”地一下抽出机械棍，对着面面相觑的三个人勾了勾手指：“来，一起上，这样才有趣嘛。”

见她这样漫不经心地调笑，对面三个人对视一眼后同时起了杀心，抖着手中的武器就扑了上来。

拳脚相加，棍棒交错，其中一个人的棒球棍直接砸向了林厌的后脑勺，便是要当场取她的性命！

林厌弯腰躲过棒球棍，神色一凛，左手抓住对方的手腕往下一压，右手抬棍狠狠地朝着对方的腹部要害抽了过去：“谁让你们来的？”

她的机械棍跟了她十年，德国产，名叫哨兵，管身全部用航空铝材打造，优点就是轻薄、耐用、抗打击。

这一棍子下去，看似体表无伤痕，男人却“哇”地一声喷出了鲜血，双膝一软径直跪在了地上，手里的棒球棍也脱力地掉了下来。

林厌伸手去扯他的口罩，余光瞥见背后有人冲了过来，嘴角微微勾起一丝冷笑。说时迟那时快，武器破空袭来的劲风已经扬起了她额前的发丝，林厌凭借着身体良好的柔韧性一个下腰，右手撑地，左手抓住那人的胳膊借力一甩，两个人摔在一起，砸倒了路边人家停放着的自行车。

她一抹脸上的汗珠站了起来，冷笑道：“想活命就告诉我是谁让你们来的，否则……”

话音未落，背后汗毛竖立，她脑中警铃大作，下意识地抬起机械棍格挡，终是慢了那么半秒。

雪亮的刀锋擦着机械棍内侧划了过去，在她的肩膀上开了一道口子。

血迹顺着衣服往下淌，林厌捂着肩膀退后了几步，气喘吁吁地看着对方。

刀疤男甩了甩手里的匕首，活动着肩膀：“难道没有人教过你永远不要背对自己的对手吗？”

林厌喘着气，眼神却是滚烫的：“就你们几个废物，也配当我的对手？呸！”

其中一个口罩男看了刀疤男一眼：“别跟她废话，她坚持不了多久，一起上！”

这四个人整体身手虽然不及林厌好，但也算中上乘，尤其是为首的刀疤男，他明显接受过专业的格斗训练，出手快、准、狠。他们人多势众又配合默契，玩起车轮战来，林厌到底双拳难敌四手，转瞬之间她身上又多了几道口子。

林厌撑着机械棍往后退，面前的地面上留下了斑斑血迹。

她不由得抬眸望了一眼空无一人的巷口，咬碎了银牙。

宋余杭，你要是再不来，老娘记你一辈子。

也不知道是不是老天爷听到了她的心声，在又一个蒙面男扑上来的时候，林厌正准备提气应敌，一个黑影从二楼居民楼的阳台上一跃而下，抬腿就是一个飞膝，径直砸向了林厌身前的人的脑袋，强大的力道直接把人撞飞出去砸在了墙上，墙头摆放着的花盆噼里啪啦地落下来碎了一地。

那人面罩下渗出鲜血来，棒球棍滚到了一边，再无还手之力。

宋余杭的出现大大缓解了林厌的压力，林厌撑着棍子站了起来。

两个人背靠背摆出了防卫的姿势，宋余杭回头瞥林厌一眼，见她遍体鳞伤，神色一沉，抿紧了唇。

“没事吧？”

林厌一抹唇边的血迹，站直了身子，朗声道：“没事，这算什么？我还能打！”

宋余杭摇头，拉住了她的手腕，压低了声音道：“你先走，我来断后。”

“哈，就这几个小喽啰，断什么后，直接上！”话音未落，她径直冲了上去，却并未用全力，而是边打边往巷口撤。

宋余杭会意地也跟了上去，替她抵挡住大部分压力，混乱之中也不知道挨了几拳，但仍把剩下的这三个人牵制得死死的。

她的打法和林厌不同，林厌灵巧有余力道不足，自保不成问题，但要论起攻击力自然是宋余杭更胜一筹。

宋余杭出拳刚猛，拳拳到肉，组合拳神出鬼没，令人防不胜防。

刀疤男即使拿着武器也伤不了她分毫，反而是自己被人砸了好几下太阳穴，吐出一口秽物来，被打得有些晕头转向。

宋余杭左半边身子被人牵制住了，对手从斜后方攻来，林厌拿机械棍替她挡了一下，自己退后几步，血迹已经濡湿了整条胳膊，顺着指尖滴答滴答地往下淌。

宋余杭疾声厉喝：“还不走？！”

“我走了你怎么办？！”这几个人哪一个单挑出来都不是容易对付的，更何况是三个。

宋余杭一个肘击砸向了对方的面门，顺手把人掰回来抓住他握棍的那只手狠狠往下一压，蒙面男发出一声哀号，还想站起来。宋余杭反手把人带向自己，抓住他的胳膊就是一个勾臂折颈，压着他的脑袋狠狠磕向了地面。

她以一敌三为林厌打出了一条生路，抓着人不放，回头看林厌："走啊！"

林厌咬了咬牙，提着机械棍就要冲出去，刚刚的那个刀疤男从地上爬了起来，手里的匕首对准了她的脑袋，狠狠一扬手飞了出去。

宋余杭瞳孔一缩，被她牵制住的两个人也牢牢抓住了她的胳膊，抱住她的身子不让她动。

她提气大吼了一声，脚后跟发力，竟然凭借着强大的肌肉力量硬生生地推着两个青年男子往前跑。

脚下地砖擦出了两条白线，最终她借着惯性把人狠狠地甩出去掼在了地上，同时大吼："林厌，卧倒！"

听见她的声音的那一瞬间，也许是默契使然，林厌并没有过多思考，鲜少有这么听人话的时候，竟然抱着脑袋就地一滚，躲过了那把致命的凶器。

然而——

滴答。

滴答。

血珠顺着刀柄滚下来溅在了地上。

宋余杭垂眸看着插在自己胸口的刀，低咳了两声，嘴角溢出血沫来。

刀疤男狞笑道："没想到吧？谁出来混只带一把刀啊？我可不像你们警察，我惜命得很。"

他双手握住那刀柄，猛地使力旋转着又往里钻了一些，直到刀刃尽数没进她的身体里。

宋余杭咬牙，渗出的鲜血瞬间染红了她的衣服，她红着眼死死地盯着刀疤男，双手掰上了他的手腕，把人一步步往后推着。嘴角的血沫越涌越多，刀也越钻越深，她回头看了一眼林厌，视线已经模糊不清。

宋余杭嘴角浮起一丝欣慰的笑，看不见就代表……她已经安全了吧。

刀疤男被人死死地钳住手腕，被迫跟着她步步后退，眼看着就连刀柄也没入了她的身体，脸上顿时涌现一抹惊恐之色："疯子！"

他不敢再耽搁时间，远远地已经听见警笛声，索性抬脚一个膝撞把人顶飞了出去。宋余杭似断线的风筝般重重地跌在了地上。

林厌还沉浸在宋余杭那最后的眼神里回不过神来。那是一种什么样的眼神呢？

她那贫瘠的词汇量让她无法完整地表达出来。

直到看见宋余杭重重地倒在自己身边，鲜血濡湿了胸前的整片衣服，要害部位插着一把明晃晃的钢刀，林厌瞬间红了眼眶，抄着机械棍就扑了上去。

她也不知道自己哪里来的力气，抄着机械棍一通乱舞，招数都失了章法，脑海中只有一个念头：杀了他！杀了他！杀了他！

鲜血顺着她每一次举棍的动作往下淌，她的手几乎滑腻得快握不住机械棍，直到她的血和敌人的血混在一起，棍子尖端沾上了白花花的东西。

刀疤男滑落到了地上，像条死狗一样，一动不动。

她竟拿着机械棍生生把人打死了。

林厌喘着粗气停下来，眼里都是血丝，目光冰冷，浑身是血，犹如修罗鬼魅。

剩余的两个人看着她宛若杀神的模样，其中一个人爬起来就跑，另一个人则愣在了原地，拿着棒球棍哆哆嗦嗦地尿了裤子。

林厌扔了机械棍，回身扶起宋余杭，把她的重量压向了自己的肩膀：“走。”

宋余杭捂着伤口，那刀柄还陷在肉里，每走一步都钻心地痛。她满头大汗，脸色苍白，却知道林厌也负了伤，想要推开对方自己走。

“我……我自己走……”

林厌没撒手，一手揽着她的腰，一手抓着她的手腕，眼神坚毅：“你闭嘴。”

“……”

宋余杭看着她的侧脸，那张脸上满是血污，那双眸子却那么亮，明明还不到晚上，宋余杭却感觉在其中看见了星星。

不知怎么的，宋余杭有些遗憾地道：“棍子……不要了？”

林厌看她一眼，轻声道：“不要了。”

第 34 章　极光

等待救护车来的间隙里，宋余杭已经要不行了，刀插得太深，即使林厌拿手死死地替她捂着伤口，还是有源源不断的血涌出来。

宋余杭走不动了，一个踉跄险些跪倒在地，林厌扶着人坐了下来，两个人互相依偎在一起。

林厌搂着她的肩膀，看着她每咳嗽一下就有深红色的血液从嘴角溢出来，顺着下巴往下淌。

她们已经走出巷口，救护车还没来，周遭的围观群众纷纷后退，仿佛有瘟疫一样，围成一个半圆对着她们指指点点。

林厌仿佛身处一个巨大的玻璃罩里，外面围了很多人，可是没有人对她们出手相助。她抱着宋余杭，每分每秒都能感受到体温逐渐流失，那鲜血也打湿了她的衣服，两个人互相依偎着，林厌死死地抱着宋余杭，手一直放在她的伤口上不曾松开过，仿佛这样就能用自己的体温温暖对方似的。

宋余杭感觉到了，心里一暖，想要抬眸看她，却感觉到脸上落下了水滴。

是……下雨了吗？

林厌埋着头，咬着唇，睫毛颤动着。

她太倔强了，即使哭也是悄无声息的。

滚烫的泪水砸到脸上的那一瞬间，宋余杭本已麻木到只能感觉到钝痛的胸腔里蓦地涌出了一抹酸涩的痛。

宋余杭吃力地抬手，握住了林厌那只捂在自己伤口上的手，两只同样血迹斑斑的手交握在一起，似在无声地交换力量。

林厌似有所觉，吸了一下鼻子："你……你别死。"

她声若蚊蚋，可是宋余杭听清了，向来清澈的眼底泛起了一丝水意。

宋余杭微微弯唇笑了笑，用力地把林厌的手握进自己的掌心里："嗯……不死。"

"让一让，让一让，让一下！"

警车和救护车终于赶到，医生抬着担架拨开拥挤的人群冲了进来，林厌被推搡到了另一边，浑浑噩噩地回头去看宋余杭，见医生跪在她身边做着急救措施，她身上很快插满了各种管子，被人抬上了救护车。

林厌也被人按了下来，穿着警服的、穿着白大褂的，各种人围在她身边要给她做检查，要往她身上插管子。

林厌头痛欲裂，根本听不清这些人在说什么，一心惦念着宋余杭的伤势，想要坐起来，输液架被扯得摇摇欲坠。

"按住她！按住她！安定，来一支安定！"

几个五大三粗的人扑上来按住了她的手脚，林厌红着眼睛挣扎着、嘶吼着，急救车厢里一片狼藉。

直到那一管透明的液体全数输进身体里，林厌才又慢慢躺下来，恢复了平静。

医护人员大松了一口气。

抢救持续了一天一夜，宋余杭足足输了两千毫升血才缓过来，这相当于正常成年女性总血量的一半。

抢救室的灯灭掉的那一瞬间，已经在走廊上熬了大半宿的季景行"噌"地一下扑了过去："大夫、大夫，她怎么样了？"

医生摘掉口罩，终于露出一个如释重负的微笑："所幸那把刀并未伤及心脏，我们已经及时替她修补好了受损的血管与神经，后续好好养着问题不大。"

季景行松了一口气，走廊上等候着的其他刑警也大松了一口气。季景行眼里含着热泪，一把握住了医生的手："谢谢，谢谢你们。"

"不客气，现在我们要送她去 ICU 接受后续的监护与治疗，家属也一块过去办一下手续吧。"

"好、好、好。"季景行忙不迭地点头，扶着轮床跑了几步，又回过头来拎她放在走廊长椅上的包。

几个民警也跟过去帮忙，季景行一边走一边垂眸看着宋余杭苍白的容颜。宋余杭和她哥哥宋亦琛长得很像，眉眼像是一个模子刻出来的，只不过宋亦琛英气些，宋余杭则多了些女性的柔婉。

那向来温和的眸子此时紧紧闭着，嘴唇无一丝血色，身上插满了救命的管子，监护仪器闪烁着光，这场面难免让她想起宋亦琛牺牲时的场景。

季景行心头一颤，险些掉下泪来。旁边跟着的方辛默默地递过去一张纸巾，轻轻拍着她的后背安慰着她。

“没事了，姐，宋队已经脱离危险了，会好起来的。”

季景行点了点头，拿纸巾按了一下眼角，勉强弯出一个难看的笑容：“嗯……对了，你能跟我说说她是怎么受伤的吗？”

宋余杭再次清醒过来时已经是三天后了。

医生替她拔了呼吸机，她慢慢睁眼，世界从模糊变得清晰。

“宋队，你醒了？”

“宋队，你没事吧？大家都急疯了。”

“宋警官这次干得不错，上面应该会有嘉奖。”

她只觉脑袋里一团糨糊，看着面前这些人嘴一张一合，却听不清他们在说什么。

直到一双温热的手握住了她的手，宋余杭似有所觉，勾了勾手指。

“余杭，你终于醒了，妈天天打电话来问你的情况，都要急死了。”

宋余杭缓缓抬眸，目光总算对焦在了季景行的脸上，一开口嗓子就火烧火燎地痛。

“我……我没事……让她放心。”

季景行点点头，想要替她掖被子，宋余杭却又动了动手指，目光在人群里扫过，艰难地抬起了上身，似在找人。

“林、林厌呢？”

迎上宋余杭的目光，床前围着的几个刑警不约而同地挪开了视线。

宋余杭又把目光投向方辛。

方辛犹豫着道：“林、林法医，她、她……”

林厌醒过来的时候是被铐在床上的，手铐一端连着轮床，轮床钉死在地上，四面窗户都是被封死的。这里应该不是普通的医院，而是和警方有合作的、专门关押犯罪嫌疑人的监狱医院。

林厌挣扎起来，扯翻了输液架，床头放着的玻璃杯、开水瓶噼里啪啦地碎了一地。

几个狱警冲进来把人死死地摁在了床上，又加了一副手铐。

林厌还穿着病号服就被押到了审讯室。

“啪——”电子脚镣落了锁，林厌披头散发地坐在审讯椅上，面前坐着几个穿制服的警察，她看着面生，比她年长，应该是省厅的刑警吧。

她打量着对方的警号，对方也在看她。

“这是你的吗？”看见面前这截被打弯了的机械棍，林厌生锈的脑袋总算开始运转了。

她僵硬地转过脸，嘴角勾起一丝讽笑：“是我的，怎么了？”

“身为人民警察，有权利制止任何违法犯罪行为，但是被害人已停止侵害行为，防卫便也该停止，你却下狠手当街活活地把人打死。如今人证物证俱在，你还有什么好说的？”

发丝垂下来挡住了脸，林厌就从这缝隙里盯着说话人的脸笑起来，一边笑一边咬牙切齿，嚼碎了满腔恨意：“我下狠手？他们四个人打我一个，下狠手的时候你们在哪里？刀疤男捅宋余杭一刀要她的命的时候你们又在哪里？他伤害我在先，我却不能还手，他要我死我却得让他活，这是哪门子的道理？！”

林厌激动起来，微微气喘，双目赤红地死死盯着眼前的人。

对面几个人对视一眼，为首的人拿着文件夹拍了拍桌子：“林厌，你不要以为你有职务在身，我们便奈何不得你。犯罪分子也有人权，你这是知法犯法，罪加一等！”

“我呸！”林厌一口唾沫啐了过去，那双眼睛几乎红得能滴出血来。

她想起了初南案的凶手至今还逍遥法外，想起了那四个人对她的步步紧逼要取她的性命，想起了刀疤男狠狠捅宋余杭的那一刀。

林厌握紧了双拳，只觉得新仇旧恨一起翻涌上了心头，字字泣血地道：“那普通老百姓的权利谁来维护？！人民警察的权利又由谁来维护？！别人打了我我不能还手，别人砍我一刀我就得站在原地让他砍，他要是砍不死我我就不能还手，我还手杀了他就是防卫过当？”

林厌喘着粗气咆哮着、挣扎着，雪白的手腕被手铐磨出了血痕，肩膀上的伤还未痊愈，蓝白色的病号服缓缓渗出了血迹，几个五大三粗的狱警险些按不住她。

隔壁观摩室的大屏幕前，冯建国狠狠地一巴掌拍在桌上：“这个林厌，气死我了！”

旁边站着的老人倒是比他沉稳得多，赵俊峰撇开茶杯里的浮沫，缓缓抿了一口道：“一桩普通的自杀案倒是牵扯出了横跨滨海两城的强迫幼女卖淫案，这其中牵扯了多少利益集团我们还未可知，林厌这一打不要紧，死的可是重要人证，可惜了，不然也该是大功一件。”

半个月后，宋余杭从ICU转到了普通病房。

季景行坐在床边替她削着苹果：“妈说要带着小唯来看你……”

宋余杭苦笑了一下，打断她的话：“还是别了，她看见我这样又要伤心。再说了，小唯暑假不也有培训班？浪费时间，我过几天就回去了。”

苹果皮削得很干净，一气呵成，季景行又拿了一个盘子过来，将苹果切成一小块一小块的，方便宋余杭吃。

“我还不了解你？我已经帮你回绝了，不过你可不能这么早就出院，少说也得再住段时间好好养养，年纪轻轻的，可别留下什么后遗症。”

宋余杭点了点头，看着她忙碌：“姐，我吃不了那么多……你不回去，小唯一个人能行吗？”

季景行切苹果的动作一顿：“没事，妈照顾她我放心。”

“我自己来，自己来。”

季景行把切好的苹果递给宋余杭，宋余杭腾出能动的左手自己拿牙签扎了一块塞进嘴里，嚼完了才说话，“话是这么说，小唯也从来没有离开你这么长时间过，你放心吧，我这里没事了，都有同事照顾，你还是早点儿回家吧，在这儿吃不好也睡不好。”

说到同事，宋余杭难免又想起了林厌，也不知道她现在怎么样了。

季景行沉默良久，放下盘子，轻轻唤了她的名字：“余杭——”

宋余杭回神：“怎么了，姐？”

季景行放在床上的手揉皱了床单：“你还记得，你哥去世的时候你跟我说过什么吗？”

宋余杭怔了怔，缓缓回想起那天的光景来。

父亲去世的时候，她和兄长还小，母亲就是他们的脊梁。

兄长去世的时候，母亲已经年迈，白发苍苍，几乎哭晕在地上。

长嫂怀了五个月的身孕，就那么瘫坐在地板上。

自己就是这个家唯一的脊梁。

宋余杭走过去，没有哭，只是一边揽起一个，把人抱进怀里，拍着她们的后背替她们顺气。

她穿着警服，用国徽起誓：“妈妈，别怕，你还有我。”

季景行泣不成声，宋余杭就抱着她一遍遍地在她耳边重复：“嫂子，别怕，以后我保护你和小唯。”

“记得——”宋余杭几乎是有些艰难地吐出了这两个字。

季景行一把握住她的手，眼眶泛红：“你记得就好，以后千万不要这么冲动了，保护好自己，面对穷凶极恶的歹徒打不过就撤。你要是不在了，可让我和妈、小唯怎么活？”

宋余杭心底一暖，但眉头还是皱了一下，刚想反驳，病房的门“哗啦”一下被人推开了，几个刑警簇拥着赵俊峰走了进来。

宋余杭止住话头，不着痕迹地抽回自己的手，抬手就想敬一个军礼，又扯痛了身上的伤口，一时龇牙咧嘴的。

赵俊峰忍俊不禁道：“好多了？”

“报告，好多了，感谢赵厅关心。”宋余杭坐直了些。

赵俊峰的目光在她们中间徘徊了一下：“不打扰你们姑嫂聊天吧？”

季景行识趣地起身，拿走了桌上的钱包：“不打扰，那你们聊，我去买点儿东西。”

季景行走后，那几个刑警跟着退了出去，顺手关好了病房门。

宋余杭知道，赵厅这是要和她说大事了。

在宋余杭躺着的这半个月里，警方并没有闲着，他们顺藤摸瓜沿着刀疤男的这条线，查到了他背后的犯罪团伙。

“这个刀疤男叫陈五，十年前因强奸、过失杀人罪入狱，在狱中表现良好，获得了减刑机会。出狱后他依旧不务正业，游手好闲，在当地欺男霸女，无恶不作，警方又将人逮回来教育了几次，刑满释放后他结识了代号为‘秃鹫’的社会闲散人员，成为其头号打手。为牟利，该犯罪团伙利用招工、兼职赚钱等名义诱骗年轻女性上当，实际是让年轻女性进了淫窝，供他们的客户取乐、享受，甚至发展出了上下级关系，每介绍一名年轻女性入会，就会有三百到一千金额不等的介绍费。何苗的小姨父就是在那个时候把何苗送进去的。每一名上当受骗的女性在正式接客之前，都会由‘秃鹫’或者他的手下来负责调教，听话的人就有钱拿，不听话的人就往死里打。我们已经逮了几个小头目，证实时间是三个月之前见过何苗出入‘秃鹫’的房间。虽然最终的DNA比对结果还没出来，但时间对得上。何苗不是第一个受害者，我们也很遗憾，没能挽回她年轻的生命，但是我们会让她成为最后一名受害者。”

赵俊峰站在窗边，面朝着夕阳，沉沉地吐出了一口浊气：“省厅已就‘6·1’案成立专案组，行动代号为——极光！”

宋余杭听到这里，心潮澎湃，拼着一口气抬起右手举到了太阳穴边：“江城市公安局刑侦支队副队长宋余杭请求加入专案组，参与抓捕行动！”

远离市区的偏远小村庄里，入了夜，一切静悄悄的。

安静的山路上响起了男人扯风箱一般沉重的呼吸声。

他一边跑一边回头，跑得跌跌撞撞，远处村落里传来几声狗叫，他更是被吓破了胆，抱着脑袋就往地上滚。

他也不知道跑出了多远，狗叫声停了，山路静悄悄的，只有蟋蟀、知了的叫声。

男人松了一口气，在小溪边停下来，狠命地往脸上扑着水，又埋下头去喝了好几大口水，这才起身，环顾四周，瞅见不远处有一个公用电话亭，捡起散落在地上的衣物跑了过去。

他拨下一串号码，响了好几遍对方才接通。

“喂？”

“是我。”男人压低了声音道，“你不是说出了事会保我？条子都追上门来了，老子被打得连裤衩都不剩了。”

那边的人沉默片刻后道：“不是说让你往南走，出海坐船？”

“你少给老子废话，给我弄个新身份证、新手机号，在边境接应我，否则我要是落到条子手里，你也吃不了兜着走！”

他说完这段话后信号出现了短暂的延迟。

“喂？喂？”男人压低了声音吼着，就要叫出对方名字的那一瞬间，对面的人开口了。

“行，没问题，车牌号滨AH4578会带着你的新身份在边境接应你，你一路向南，坐大巴别坐火车，很快就能到。”

男人这才满意地“哼”了一声，挂掉了电话。

坐在黑暗里的人抠出手机卡放进碎纸机里，电话卡瞬间被绞得粉碎。

他有一下没一下地叩着膝盖数着节奏。

没关系，卡不在了，人也很快就会死的。

第35章　自由

身体原因，宋余杭加入专案组的请求最终没能被批准。

赵俊峰的意思是这次会给她记功。坐在床上的人听完这话半晌，抿紧了唇。

病床一阵咯吱作响，宋余杭自己拔了针坐起来，胳膊撑在床沿想要下来。

赵俊峰回转身，一个箭步按住她："伤刚好，你不要命了？！"

宋余杭抬眸，迎上老厅长的眼神，顶着他的手爬起来："这个奖我没脸拿，林厌是跟着我一块出来的，哪有我受奖她受罚的道理？更何况从警衔上来说，我是领导，错误地判断了局势以至于轻敌没有向上级申请配枪是我的失误，若是拿了枪说不定我们就不会陷入那般艰难的境地。再说当时情况危急，又怎么确认歹徒是真的丧失了抵抗能力呢？她是为了我才……这个责任我愿意承担。"

她刚出ICU，还远远不到能够下地走动的程度，赵俊峰不敢再拦她，害怕她挣扎起来再把伤口崩裂了，于是松了手上力道。

宋余杭就撑着床沿慢慢地站了起来，脸色苍白，额头渗出了豆大的汗珠。

她咬着牙，腿脚都在打战，缓缓举起了右手，指尖都在抖，声音却铿锵有力："我愿意同林厌一起接受审查，请组织批准！"

赵俊峰抖着唇，只觉恨铁不成钢，这两个人倔起来简直是一个模子刻出来的！

他负手来回踱着步，看一眼摇摇欲坠的宋余杭，终于忍不住出声道："坐下！

这是命令！”

宋余杭岿然不动，甚至站直了些。

赵俊峰气得不行，指着她的鼻子骂：“林厌给你灌什么迷魂药了！你们技侦一个个地都跑来替她求情，我还当什么厅长，趁早摘了乌纱帽不干得了！凭着你们的喜好抓人放人岂不是更好？！再说了，这上上下下这么多双眼睛看着，这是我一个人做得了的主？！”

厅长之上还有省委，还有公安机关的监察部门。

这事确实他一个人说了不算。

但宋余杭眼眸一亮，嘴角流露出了一丝笑意，手依旧举得笔直，即使脸色苍白，那双眸子却亮若繁星。

“报告，林厌没有给我灌什么迷魂药，我在医院躺着，技侦的其他人求情的事我毫不知情。妄想以私情干涉司法正义简直是痴心妄想！赵厅铁面无私实在是我辈楷模！”

赵俊峰都被她气笑了，手里的宽檐帽径直朝着她的脑袋挥了过去：“我……”

仿佛又回到了读书的时光，她每次犯了错也是这样站得笔直地挨训。

赵俊峰就一个接一个敲冬瓜似的挨个头上敲个栗暴。

“错了没？”

一群人哭丧着脸，有气无力地道：“错了。”

赵俊峰：“大声点儿！”

宋余杭带头喊：“报告教官，我们知道错了！”

如今看着面前这颗脑袋，少女已长得比他还高，十年磨一剑地迅速成长为出类拔萃的刑警，以一肩之力担起了保家卫国的重任。

这手他怎么也敲不下去了。

赵俊峰悻悻地收回手，把帽子扣上了自己的脑袋，正了正领带：“行了，你也别拍马屁了，我怎么教出你这种吃里扒外的东西。人家背后自然有人关心，轮得到你在这儿咸吃萝卜淡操心？！养好你自己的伤再说！”

宋余杭听了这话，举得酸痛的手才轻轻放了下来。她再也支持不住，靠着床坐了下来，捂着胸口，喘着粗气，抬眸看着赵俊峰。

“既……既然这样，我还有最后一个请求。”

三天后。

林厌躺在床上剥了一根香蕉吃得正香，狱医刚把针给她扎上，铁门“哗啦”

一下打开了，走进来两个狱警，手里拿着一串明晃晃的钥匙把手铐给她打开了。

林厌略略抬眸：“哟，怎么的？上头良心发现要放我出去了？”

话音刚落，她就看见两个西装革履的青年人推着林又元走了进来。她面色一变，香蕉也不吃了，径直将其扔进了垃圾桶里。

一个有点儿职称的狱警跟在林又元身边道：“这段日子林法医在这儿养伤，吃不好睡不好的，是该早点儿回家、早点儿回家。”

林又元笑了笑，面容和蔼，拉过狱警的手表示感谢：“给你们、给市局、省厅诸位领导添麻烦了，改日一定亲自登门道谢。”

林家财大气粗，为避嫌没有人在政府部门任职，林厌是个例外，但再往上追溯三代，都和官场有盘根错节的关系。

这些官员或多或少曾受过林家的提携或恩惠，谁敢受这个谢啊。

“不敢不敢，您太客气了，上面已经发红头文件证明林小姐的清白，这些日子实在是受苦了。”

林厌不动声色地看着这场政商博弈，牙都要酸掉了。

林又元笑够了，又慈祥地抽回了手，终于打算结束这场话题了：“应该的，我和林厌说几句话……”

狱警识趣地叫狱医也退了出去：“好，您请便，完事叫我们就行，再签字办下手续林法医就可以出去了。”

林又元微笑着点头致意，目送他远去，贵族的做派在他身上体现得淋漓尽致，却让林厌几欲作呕。

她甚至不愿意正眼瞧这个父亲一眼。

林又元和她当然也没什么好说的，人一走笑容就收了，直接开门见山地道：“辞职报告我已经让人给你写好了，你签个字。”

跟在林又元身边的年轻人递过来一张纸和笔，林厌大致瞥了两眼，兴致缺缺。

“这回又是让我去哪个分公司挂职啊？”

林又元摩挲着自己拇指上的绿扳指。他们父女倒是如出一辙地在对待彼此这件事上达成了不耐烦的共识。

“景泰集团的CEO，将来接我的班。”

景泰集团是林氏主业，这官倒是不小。

林厌一扯嘴角，露出个讽刺的笑容：“不去，不签，滚。”

林又元皮笑肉不笑，仿佛早就料到了她会如此。

他停下摩挲扳指的动作，也没使眼色，跟着他的那两个年轻人就走过去要扶林厌下床。

没有人看清她是怎么动作的，输液用的软管“嗞嗞”往下冒着水，针头已经不见了。

林厌微仰起脖子，指间闪烁着寒芒，语气漫不经心里含了一丝尖锐。

“都别动啊，我是法医，十秒内弄不弄得死你们我不确定，但弄死自己一定没问题。”

吹弹可破的肌肤上顶着一根钢针，随时有可能扎进去。

两个年轻人面面相觑。

林又元静静地看着她表演，笑了：“有胆色，不愧是我林又元的女儿。你扎，今天我就算是抬尸体也要把你抬回去埋在我林家的祖坟里。”

林厌肩上还有伤，这个姿势维持不了多久。

她微微喘着粗气，手腕开始发抖，被他这句话激得血气翻涌。

父女俩无声地对视，林又元到底是经历过大风大浪的人，林厌的这点儿小聪明在他面前就是蚍蜉撼树，压根不值得一提。

他压根不用说什么话，甚至不用像林厌一样摆出各种无所谓的笑容来掩饰内心真实的想法。

单凭那种漠不关心又略带一丝厌恶的眼神就足够做压死骆驼的最后一根稻草了。

林厌的手开始发抖，她几乎快握不住钢针，频繁地咽着口水。

这是紧张且害怕的表现。

林又元窝在轮椅里坐得气定神闲，要不是四面的铁窗，再来一杯热茶他就可以在这儿喝茶看报纸了。

林厌的手却因为颤抖让针尖进去了两分，那两个保镖虎视眈眈地盯着她，随时准备扑过来抢人。

林又元却依旧是漠不关心的姿态，他甚至有些不耐烦地磨起了脚尖，似在催促林厌：要死就赶紧死快点儿，别浪费时间。

林厌咽了一下口水，读懂了他的肢体语言。

她嘴角一弯，露出了个他来到这里后首次展露的笑容。

“既然这样，又何必生我呢？”

她说完这句话后，微微闭上了眸子。

林又元瞳孔一缩，已来不及阻止，林厌撒手的那一刻，一股血柱从针尾处喷薄而出，瞬间染红了病号服，有的溅落在了地上。

林又元哆嗦着嘴唇，咬肌翕动着，也停止了摩挲绿扳指的动作。

他眼睁睁地看着林厌仰面倒在了床上。她下手狠，扎的是动脉，那一股细小的血柱如淋浴喷头“嗞嗞”往外冒着血，按都按不住。

而她披头散发地倒在床上，眼睛却还是明亮的，死死地盯着他这个方向，似要让他记住：她今天的死是谁造成的，又是谁逼的。

仿佛时间、空间重叠，当年的那个女人也是这般倒在他面前，虽死却不屈。

两个人有着如出一辙的一张脸，如出一辙的气节。

他的右手剧烈颤抖起来，犹如得了帕金森一样。

两个保镖扑上来扶他：“林总，林总！”

世界黑暗前最后看到的是他操纵着轮椅霍然转身离去，林厌知道，自己赢了。

她的前半生碌碌无为，随波逐流，选择法医这个职业是她自己做主的第一个抉择，也是唯一且最后的抉择。

她不会再妥协。

妥协的结果就是她已经永远失去了初南。

她必将为执着追求真相而奋斗终生。

只是……

她想起那个名字、那个人的脸，竟然有一丝遗憾。

可惜了，她和宋余杭还没分出个胜负来。

养伤的这段日子宋余杭没少往看守所打电话，可是每一次都不例外，得到“案件尚在审查阶段，不接受外界询问”的回复。

这是直属省厅的案子，上级高度重视，以她的级别想插手也是有心无力的。

一个月来，宋余杭见不了林厌的面，打听不到林厌的消息，这个人就像凭空蒸发了一样。

这令宋余杭心急如焚。

如果真的如赵俊峰所说，林家出面捞人的话，不可能到现在连点儿动静都没有。

她安排在看守所门口的线人也没有看到林厌出来过。

究竟是哪个环节出了问题？

而赵俊峰目前能做的也只有把物证还给主人了。

宋余杭抚摸着机械棍，几乎快魔怔了。

林厌的伤好了吗？

看守所里热不热？她待得习惯吗？

她那么挑，吃得下东西吗？

狱友有没有欺负她？

宋余杭想到这里，微微弯唇一笑。算了，林厌不欺负别人就是好的了。

只是林家为什么不出面保释林厌呢，还是说出了别的什么事？

宋余杭越想越坐立难安，正在这时护士敲门要进来给她换药了。

她把机械棍塞进了床头放着的背包里："进来。"

"宋警官，您恢复得不错，再躺几天应该就能出院了。这是今天的最后一瓶药，输完了您按铃叫我们就行，有事随时吩咐。"

小护士替她扎好针，又扶着人在床头靠好，往她腋下夹了一根温度计。

宋余杭十分配合，脸上泛起温和的笑容："谢谢。"

她见小护士身上的通信器一直在闪，便道："你去忙吧，我这儿好了叫你。"

小护士受宠若惊道："行，那我先去了，五分钟后再过来。"

说罢，小护士推着医药车走了出去。

等她五分钟后再回到病房的时候，偌大的病房里点滴还在滴着，温度计摆在桌上，床上已经空无一人了。

宋余杭戴着口罩、帽子挤出拥挤的门诊大厅，三步并作两步跑到了医院门口，伸手拦下出租车："滨海省看守所。"

五分钟的时间从医院五楼跑到大门口，她现在还是有些吃不消。

司机一边开车一边回头看了一眼，见她脸色苍白，问道："您没事吧？"

宋余杭咳了两声，捂着胸口靠在椅背上喘气："没事……咯……麻烦开快点儿。"

宋余杭去看林厌的那天，正好是林厌绝食的第七天。

林厌自杀未遂醒过来后没多久又被戴上了手铐，这次不是害怕她跑了，而是害怕她再自残。

林又元的意思很明显：保释，可以，她必须回家。

他不再亲自过来。

林厌醒过来的第二天林又元的贴身大管家来了。

林厌当着管家的面磕碎了饭碗，把瓷片抵在手腕上："不自由毋宁死。"

林家大管家走了。

林厌开始绝食。

第三天，林舸的妈妈来了，一大把年纪的人了，隔着铁门看着瘦骨嶙峋的林厌几乎快哭出来。

林厌受不了这个场面，索性把头蒙进了被子里。

第四天，林舸来了，林厌只说了一句话便要他走："你要劝我，这兄弟就做不成了。"

第五天所长亲自来了，看着躺在床上不吃东西全靠营养液续命的林厌，几乎快给她跪下了："姑奶奶！您好歹吃一口吧！"

这人要是真的死在看守所里，他这顶乌纱帽还要不要了？

林厌身上有伤，脖子上缠着纱布，整个人又瘦了一大圈，脸色惨白，奄奄一息。

她听见这话的时候，全身能动的只有手，缓缓摸向了自己手背上的留置针。

所长仿佛踩了地雷一样带着一干人往后退，摆手示意她冷静："好、好，我们走，林法医别激动，好好躺着，躺着休息。"

第六天，她终于为自己赢得了片刻的喘息之机。

她就这么静静地躺在这暗无天日的牢房里，窝在潮湿冰冷的床上，睁眼到天亮。

第七天，铁门又响了。

林厌已经虚弱到手指都抬不起来了。

她勉强只能动一动眼珠，眼神还是涣散的。

狱警一遍又一遍地叫着她的名字也唤不回她的神志。

"快，快来一针强心针！"

一阵手忙脚乱后，她听见了医药盘翻倒的声音，手腕上一阵刺痛。她终于清醒了些，就听见了某个人的名字。

"谁、谁要见我？"她一开口，嗓音沙哑得已不像她的了。

"江城市局的宋队，宋警官。"

林厌微微侧过去，把脸埋进了枕头里，咬着牙道："不见……让她滚。"

自己这副鬼样子，怎么可以让宋余杭看到？

不过宋余杭已经可以下地走路了吗？

真好。

宋余杭还背着来时的那个双肩包，烈日炎炎下站在外面出了一脑门汗，一直在等狱警出来喊她进去，谁知等来的却是林厌让她滚的消息。

宋余杭难受地咬紧了下唇，脸色也不怎么好看："她真这么说的？"

“千真万确。”小狱警都快磨破嘴皮子了，“这几天来看望林法医的人多，她都是这么说的。”

此处守卫森严，四面都站着荷枪实弹的武警，宋余杭不可能硬闯。

她退后几步，又回头，眼神坚毅地道：“麻烦告诉林法医——我等她。”

回程的路上，手机里找她的消息被她无视，打来的电话被她挂掉，最后她摁了关机。

余光瞥见户外用品一条街的时候，她出声喊师傅停车，往座椅上扔了几张钱，拎着包就下了车。

老板端详着被打弯的机械棍，又拿小锤子轻轻地敲了敲，看见掉漆，摇了摇头。

“修复不了了，这不是国产的吧？不光技术上是个问题，就这航空铝材都造价不菲，有这个钱还不如换根新的。”

再换一根也比不上这根对林厌来说的独一无二。

宋余杭小心翼翼地双手接过机械棍，又将其放进包里：“谢谢。”

那个下午，她拖着病体跑遍了整条户外用品街，也没有找到愿意替她修复这根机械棍的老板。

第36章　出狱

“所有人，两人一组，呈地毯式搜索，散！”荒野之中，一声令下，荷枪实弹的刑警四散开来。

警犬在地上用鼻子嗅着，穿过低矮的树丛，然后汪汪地叫了起来，兴奋地摇着尾巴叼回了一只鞋子。

训导员取下它嘴里的球鞋，打开手机和犯罪嫌疑人逃跑时所穿的衣物进行了比对，顿时喜上眉梢，又把鞋子放在警犬的鼻下让它嗅了嗅，然后轻轻地拍了拍它的背。

警犬蓄势待发。

训导员撒了手：“好样的，追风，去！”

一道黑色残影如离弦之箭般蹿向了树林，身后荷枪实弹的警察纷纷跟上。

不一会儿，赵俊峰办公桌上的电话响了起来。

他手里捧了杯热茶，正在听省厅刑侦总队做这次极光行动的汇报。

那边的人还未说完话，他重重地将茶杯往桌上一磕，滚烫的水溢了满手。

“什么？找到人了？死了？！”他“噌”一下站了起来，把桌子拍得震天响，“查！给我好好查！！！”

现场负责带队的总指挥是滨海省刑侦总队副队长，此刻稍稍把手机拿远了些，等赵俊峰咆哮完，立马敬了个礼道："是，法医已到达现场，正在进行初步的尸表检验！"

挂掉电话后，他也戴上手套走到了岸边。

尸体已经从水里被打捞出来了，几个穿着白色防护服的法医正围着尸体作业。

为首的是滨海省刑侦总队技侦科的法医主任，虽然比不上林厌天赋异禀，但好歹也是从业三十多年、经验丰富的老法医了。

"老钱，怎么样了？"

姓钱的法医扒开死者的眼睑看了看，转过身来道："初步尸表检验符合生前溺水的指征，体表无外伤，鼻孔、指甲里均有泥沙，系在水中挣扎所致，他是淹死的无疑。"

痕检那边的人也跑来报告："现场没有发现第二个人的足印，除了……除了……"

本来他们以为抓住了"秃鹫"是大功一件，谁知道抓了个死人。这有什么用？

刑侦队长正烦着呢："吞吞吐吐的，除了什么说完整！"

痕检员把眼睛一闭，说道："除了……除了队长您的脚印！"

刑侦队长过来得急，没戴鞋套，往身后一望，河岸边的泥地上留下了一连串参差不齐的脚印，有他的，也有其他搜索队员的。

他一巴掌就挥了过去："我……"

绝食的第八天，林厌没想到他会来。

二十六年前，他还是一个初出茅庐的小警察，如今肩上已经缀上了一枚银色橄榄枝，倒真的是步步高升。

两个人隔着铁窗冰冷地对望。

林厌那时候小，对很多事已经记忆模糊了，但仍记得那个大雨滂沱的夜晚，她和林诚被绑架，在郊区的工厂里，交换赎金失败，警察冲了进来，第一件事不是救她，而是冲奄奄一息的她扣下了扳机。

那一年，她六岁。

黑夜模糊了一切，她虚弱到没有一丝力气，只能勉强看清他压低的帽檐下青色的胡楂与颤抖的嘴唇。

雨水顺着他的下巴往下淌，就在他这一犹豫的工夫，其他人跑了进来。

“有活口，还有活口！”

她浑浑噩噩地被一双手抱了起来，警察抱着她往外跑，林诚冰冷的尸体也被抬了出来。

那一夜的雨大极了，她至今回想起来还是心有余悸。

破旧的工厂里，雨滴像豆子一样砸下来，女孩身下躺的地方已经汇成一汪淡红色的血泊。

他把压在她身上的犯罪嫌疑人扒开的时候，女孩下身没穿衣服，犯罪嫌疑人的胸口则插着一把致命的匕首。

她救了自己，林又元一心想救下的大儿子林诚却死了。

他至今仍记得静静躺在地上的女孩的那个眼神，冰冷、绝望，带着深入骨髓的恨意，和如今的林厌一模一样。

站在铁门外的警察忍不住打了个寒噤，挥了挥手，示意狱警给她打开手铐：“保外就医。”

再次醒来的林厌发现自己躺在了自家的疗养院里，前来伺候她的人是自己的贴身管家。

她知道自己自由了，这才张嘴一口一口地吞下管家送到唇边的热粥。她吃得急，很快咳了起来，呛出了泪花。

她好饿，真的好饿，又饿又冷。

她想，这个世界上大概已没什么人或事物能够温暖她的了。

唯一能够温暖她的人，在多年前就去世了。

她多么希望那也是一场梦啊。

林厌在心底喟叹着，又闭上了眼睛。

睡吧，自己睡着了就能见到她了。

“林厌？！”宋余杭从床上翻身坐起，大口喘着粗气，一脑门的汗。她伸手抹了一把，还是惊魂未定。

她刚刚梦到林厌拿枪指着自己，那个场景弥漫着铺天盖地的红。

宋余杭想把她送给自己的那句话也还给她。

你别死……别死。

她闭了闭眼睛，疯狂地吞咽着唾沫，深呼吸让自己冷静下来，从枕头下摸出手机开始给林厌打电话，拨出电话号码的时候她就反应过来了——林厌的手机早就被踩碎了。

可即便是这样，宋余杭还是怀了一丝微弱的希冀等待着电话被接通。

直到——

“对不起，您所拨打的电话号码为空号。”

宋余杭意识到，她和林厌彻底失联了。

季景行拎着买好的饭菜进来的时候，一道蓝白色身影冲了出去。

宋余杭连衣服都顾不上换，季景行跟在她身后大喊：“宋余杭，你干什么去？！”

宋余杭脚步微顿，转过身来，看着季景行身后追上来的医护人员，掉头就跑。

过了会儿，季景行的手机亮了，宋余杭发来消息：“姐，我去看守所看朋友。”

“林法医？她昨天申请保外就医了。”

还是那个小狱警说道。

宋余杭还穿着病号服，脚上的鞋也穿反了：“她去哪家医院了？为什么会申请保外就医？她在里面出什么事了？怎么会严重到——”

看守所有完备的医疗设施和医疗服务，林厌肩膀上那点儿伤不成问题。

能让人申请保外就医的，都是危及生命的急重症。

换言之，只有犯人要挂了，警方才会同意其保外就医。

宋余杭的一颗心沉沉地跌了下去。

狱警回道：“这我们就不知道了，她去哪儿不归我们管。嘿，要说这林法医也是个人物，我在这儿待了这么多年，还是头一次见着有人在监狱里自杀的，一次不成就两次……还绝食！可把我们所长吓坏了！”

话音未落，他的衣领被人提了起来，人狠狠地撞到了铁门上，发出“砰”的一声巨响。

警报响了起来。

宋余杭眼眶通红，咬牙切齿地道：“你们对她做了什么？！她为什么会自杀，为什么？！”

岗亭里的武警迅速围了过来，有人鸣枪示警，宋余杭松开手，失魂落魄地后退了几步，立马被一拥而上的武警摁倒在地。

“好，好一个江城市公安局刑侦支队副队长宋余杭！光天化日之下强闯看守所还打伤狱警，连省委书记都打电话问我了！你可真是给我长脸，给你们江城市局长脸啊！”

赵俊峰唾沫星子乱飞，把桌子拍得震天响："我看你好得也差不多了，你这么想跟林厌去做伴，那我就成全你！来人，关禁闭，除了医生，禁止任何人探望！直到你知道错了为止！！！"

"咣当——"铁门落锁，林厌出去了，宋余杭又进去了。

季景行来看宋余杭的时候，宋余杭正单手撑在地上做复健，门上开了一扇小窗，露出季景行的脸。

宋余杭从地上一骨碌爬起来跑了过去："姐，你怎么来了？"

"给你送点儿生活用品。"季景行说着，看见她白色短袖下隐约露出的纱布，忍不住又红了眼眶。

"你这、这又瞎折腾什么呢？伤还没好你非要往外跑，什么人那么重要，值得你这样……"

宋余杭沉默。

季景行看她不吭声，又加了一句话："余杭，你以前不会这么冲动的。你告诉我，那个林厌究竟是什么人？"

宋余杭搓了搓自己的脸："我……"

季景行站在铁窗前，只能看见宋余杭好看的下巴："方辛跟我说过，你是为了救林厌恍神才受伤的？"

瘦削的下巴点了一下。

"你三番五次地跑出去都是去找林厌？"

宋余杭闷闷地应了一声："嗯。"

"动手打人也是为了她？"

"我也没想到那人那么不经撞，一下就晕了……"宋余杭越说声音越小，最后点了点头，"算是吧。"

季景行问了最后一个问题："后悔吗？"

宋余杭考虑良久，坚定地摇了摇头："不后悔。"

季景行苦笑了一下，没再说什么。

"姐，对不起……这次……是我冲动了。你跟妈说，我的身体好得差不多了，过几天我就回家了，别跟她说我被关禁闭的事，免得她胡思乱想。"

这次换宋余杭扒上铁窗看着季景行。

季景行看着那张和宋亦琛有七八分相像的脸，笑容有些勉强："行，我知道的，时候不早了，我该出去了。"

宋余杭知道，季景行能进来应该是赵俊峰破例允许的，咽了咽口水，余光左右瞥了一下，趁着四下无人，对着季景行勾了勾手指，在她凑过来的时候，把一张小字条塞进了她的手里。

“打这个电话，他知道该怎么做。”

季景行被她这故弄玄虚的一套搞得心里七上八下的：“这、这是什么……”

宋余杭已经推开了她：“姐，慢走啊。”然后对她做口型：出去再看。

季景行将信将疑地回头，一直到走出了看守所的大门才把那字条摊开来。

指甲盖大小的字条被揉得潮湿且皱皱巴巴的，也不知道被宋余杭藏在身上多久了。

季景行好不容易才辨认出一串电话号码，把字条翻过来一看，背面歪歪扭扭地写着三个字：找林厌。

季景行抿紧了唇，把字条揉进掌心里，继续往前走，路过垃圾桶的时候字条不小心掉了下来。

那么小一张字条，又有谁会注意呢？她伸手拦下出租车坐了进去。

“师傅，火车站。”

林厌用狠绝的方式为自己赢得了一条出路。

在她养伤的这段日子里，极光行动伴随着“秃鹫”的死也正式步入尾声。

一场浩浩荡荡的扫黄风波席卷滨海省的大街小巷，上到省城，下到地级市包括各大乡镇。警方出动警力一万余人、警犬五百多只、其他各部门工作人员数千名，统一对省内各娱乐场所、KTV、按摩店、酒吧、民宅等进行了摸排行动，抓捕“6·1”案涉案人员六十一人，包括两名为“秃鹫”行方便、撑保护伞的政府官员。

何苗的小姨父也在其中。

至此，“6·1”案告破。

至于其他涉黄场所取缔的取缔，查封的查封，抓捕的抓捕，通通另案处理，彻底打掉了一条以女性受害者为主体的利益产业链。

《人民日报》在版首高调报道了此事，却对其中做出杰出贡献的两名警察模糊了姓名与来龙去脉。

林厌将手里的报纸翻过一页，闲闲地扯了一下嘴角，摘掉眼镜准备睡觉的时候，又瞥了一眼报纸的法制版。

她皱了皱眉头，又把眼镜戴了回去。

新闻标题用宋体黑字写着：“‘6·1’案匪首‘秃鹫’因畏罪潜逃途中失足

掉入河中溺水而亡。”

这一页全黑版，图片还打了马赛克，模糊得让人根本看不清楚“秃鹫”的样子。

林厌伸手：“放大镜。”

旁边伺候的管家给她拿了放大镜过来，林厌把报纸平铺在膝头，摘了眼镜，拿着放大镜一寸寸地挪了过去。

她在观察尸体。

衣物完整，鞋子少了一只，报纸上说是“秃鹫”逃跑途中跑掉的。至于脸则打了马赛克，林厌看不清具体的尸表特征。

至于指甲啊这些小细节更是看不清楚了，林厌死死地盯着他的体形，在脑海中换算着图片比例与现实比例。

四肢长，身体是流线型，肩膀宽阔，人高马大，他很有可能会游泳！

她一个激灵就从床上弹了起来：“换衣服，我要出门！”

被关禁闭的这一个多月里，宋余杭也没闲着，一边做着复健，一边着手修复林厌的那根机械棍。

她到底不是坐牢而是被关禁闭，有一定的自由权限，每天有两个小时的活动时间。她泡在了图书馆里，又想方设法地联系上了她的一个老同学，对方如今已是举国闻名的枪械专家了。

宋余杭把图片给他发过去后，对方很快传来消息：修复不了，得熔了重新铸。

宋余杭坐在看守所的老旧台式电脑前打字：怎么熔？

对方又发来一长串图文并茂的图纸。

宋余杭将图纸下载了下来，狱警过来叫道：“放风时间到了啊，到了啊。”

宋余杭关了电脑，三步一回头，还在想着那图纸的事。

等一回到禁闭室，她就打开台灯，凭着脑海中的记忆开始描摹。

之后她天天如此。

赵俊峰抿了一口茶水又放下：“宋余杭最近在做什么？”

“画画。”

“哦？”赵俊峰略抬起了头。

“好像在画什么图纸。”

赵俊峰又低下头来看报纸：“瞧瞧这日子过的，比我这个厅长还清闲嘛。”

冯建国好不容易来一次省厅汇报工作，都焦头烂额了：“我说赵厅啊，您倒是清闲了，我们底下的基层单位都要跑断腿了。”

他的言下之意就是：赶紧把人给老子还回来。

他当然不敢这么说，但话里话外就是这个意思。

赵俊峰当然知道越是到案子的收尾阶段，越是忙的时候。

离了宋余杭这么个得力干将，江城市局还不得乱成一锅粥？他等的就是冯建国来跟他要人，心里骄傲面上却不露分毫。

“去，叫那个混账东西滚出来干活，哪有领导们一天天跑断腿，她倒好，画什么图，躲清闲！”

当初宋余杭那事一出，冯建国虽然也大为光火，但始终觉得情有可原。搁他自己身上，别说是老同事了，就是犯人在监狱里自杀了他也得发火，况且那狱警也没什么损伤，宋余杭还负着伤，被一拥而上的武警好一顿捶。

他的意思是党内警告，停薪留职意思意思算了，谁知道赵厅比他还狠，直接把人送进了禁闭室，他拦都拦不住。

宋余杭功过相抵，还落了个被处分的下场。

她图啥呢！

冯建国想来想去也想不明白这事，紧接着就是极光行动的收尾工作以及一系列扫黄工作的开展，忙忙碌碌了一个多月才有空来省厅要人。

此刻听着赵俊峰有松口的意思，冯建国忙不迭地拱手：“谢了老哥，真是帮了我大忙了。”

赵俊峰在江城市局当局长的时候，冯建国还是他手下的一个片儿警，这声“老哥”他担得起。

不过冯建国这么一喊，倒是让老厅长想起了从前的峥嵘岁月，脸上的皱纹都活泛了些，嘴角流露出了一丝笑意。

“你也先别忙着谢，还是得好好锤炼锤炼她，让她戒骄戒躁！你看看她这次一急就冲动成什么样子，哪里是能成大事的人，别辜负了她父兄对她的期望才是。”

冯建国神色一凛，赵厅这是对宋余杭寄予厚望啊。

也是，她在刑侦支队副职的位置上待不少年了，赏无可赏，除非……

冯建国的脸色也严肃起来：“赵厅放心，这次回去我一定好好敲打敲打她。”

“宋队，宋警官，这次您受累，辛苦、辛苦了。”

狱警前来送她出去，顺便把她的东西都还给了她，包括手机还有背包。

宋余杭接过背包打开一看，机械棍还在里面，松了一口气，看着狱警道：“上次动手，是我不对……”

她说着，已经举起右手对他敬礼："对不起，郑重地向您道歉。"

狱警一怔，她的级别不知道比他高出了多少倍，顿时有些回不过神来，磕磕巴巴地也给她回了个礼道："啊……不、不是……没、没关系。"

江城市局派来接宋余杭的人是段城。最近没什么命案，活少人又清闲，他早早地就等在看守所门口，见她出来就开始摁喇叭。

"宋队，这边。"

宋余杭跑过去，大半个月没见阳光、没和人说话，看谁都亲切。

"怎么是你？林法医呢，回去上班了吗？"

段城做西子捧心状："啊，我为我们江城市局全体公安干警感到伤心，我们一心牵挂、茶不思饭不想地惦记着的宋队，心里居然只有林法医。"

宋余杭笑骂道："去你的，我不在你们应该很轻松才对。"

段城打开车门把人迎上来，有气无力地道："轻松，轻松，太轻松了，就连炊事班都差点儿出去扫黄了，能不轻松吗？"

宋余杭想笑，脸上的笑容终究淡了下去，没再开口。

段城一边开车，一边偏头看了她一眼，仿佛知晓她在想什么，轻声道："林法医请了长假，听说……听说伤得挺重的，上面给的红头文件是……是功过相抵，不追究她的刑事责任，但要承担相应的民事赔偿，并且提起党内批评，记大过一次且停薪留职。"

宋余杭抿紧了唇，放在膝上的手紧握成拳，良久，她闭上的眼睛才睁开，长出了一口气道："知道她住哪家医院吗？"

段城摇了摇头："不知道，没人知道，林法医这保密工作做得也太好了。"

车开到加油站去加油，段城跳下车跑向超市："宋队，我去买点儿吃的啊，回去还得几个小时呢。"

宋余杭也下了车："行，你去吧，我在附近转转。"

超市旁边有个小报刊亭，她走过去随手抄起一份报纸，翻到法制版，片刻后眉头一皱，打电话去跟省公安厅刑侦总队办公室核实情况。

"我，宋余杭，警号是……"她利落地报出了自己的姓名及职务，捂住了听筒，走远了些。

"'秃鹰'的遗体你们解剖了吗？死因是什么？一个穷凶极恶的歹徒怎么可能会犯失足落水这种低级错误？"

负责接听电话的接线员最近回答此类问题回答得口水都要干了："千真万确，

省厅组织司法包括社会学者在内的数十名法医专家一起解剖的遗体，结果再真不过了，秃鹫确确实实是溺水死的，也没有任何他杀迹象。”

“好，谢谢。”宋余杭挂掉电话后，仍有些心神不宁的。

她掏出手机想给赵厅打电话要求重新调查，拨到一半又摁了挂断。

不行，她不能打这个电话，没有证据赵厅不会信她的话，而且这件事怎么看怎么巧合。

她和林厌去省城是临时起意，没有告诉任何人，路上接连遇到林厌的车坏、她的车半路抛锚这两件巧合的事。好，姑且算这是巧合，那么，那个刀疤男是怎么认出林厌的呢？林厌当时做了伪装，戴着墨镜和口罩，手里还拎着菜篮子，走了一路都没被人认出来，怎么偏偏就被刀疤男认出来了呢？这未免太过巧、合、了。

宋余杭想到这里，难免有些咬牙切齿。

还是说刀疤男早就见过林厌或者说看过林厌的照片？还是琢磨了千百遍的那种，他才能在人群中一眼认出林厌来，或者……

她想到了一种可能，从脚底瞬间生出了一股寒意。

宋余杭扔了报纸就跑。刚好有一辆回城的大巴经过，她冲到路边挥着手，顺利上了车，等段城买完东西从超市出来，加油站已经不见宋余杭的人影了。

第 37 章　相见

林厌用牙咬着纱布又往肩膀上缠了一圈，打了个死结才穿上衣服。她对着镜子仰起头，脖子上的伤还在。她用指尖蘸了点儿膏药涂上去化开，这才拿了一包无菌敷料敷好，又用医用胶带固定住。看着镜子里的自己她皱了皱眉，好难看，像被戳得千疮百孔的蛋糕。

算了算了，反正她慢慢养着，总会好起来的。

林厌这么想着，下意识地去摸后腰的机械棍，却发现棍子早就被她扔了。

她一怔，随手从桌上摸过水果刀，拿在手里甩了甩，还行，还算称手，就这个吧。

一切收拾妥当，林厌戴上口罩，压低帽檐，把背包甩上肩头，大踏步地推开了房门。

车已经停在疗养院的大门口了，司机看她上来，压低了声音道："小姐，已经查清楚了，殡仪馆守卫森严，警卫每半个小时换一次班，摄像头全方位覆盖整个厂区，并没有监控死角。"

林厌懒懒地倚在椅背上，看着手心里的地图，拿指尖滑了滑，对整个厂区位置大致熟悉了。

"五分钟够了，断电五分钟能做到吗？"

司机想了想，道："可以，不过若是老爷知道了的话……"

他边说边从后视镜里看她。林厌窝在座椅里，脸色带着大病未愈的苍白，身上还带着伤，这也太危险了。

林厌勾唇一笑，身体坐直了些：“你跟着我多久了？”

“回小姐……七、七年了。”

司机猜不透她的主意，有些吞吞吐吐的。

“既然你是老人了，便该知道我最恨的就是身在曹营心在汉。我是我，林又元是林又元，你想回景泰，我不拦你。”

林厌淡淡地说完，闭上了眼睛。

司机却浑身一惊，咽了咽唾沫。且不说林厌拿捏着他一家老小的隐私和性命，就从这次她用自杀威胁林又元来看，表面是两败俱伤，实际上是林厌险胜。

只要她不死，她就是林又元唯一的继承人，这是板上钉钉的事实，也是她永远无法挣脱的宿命。

待林又元百年后，别说他一个司机，就是整个景泰也……

现在自己得罪她可没半分好处。

“不敢，小姐就是我唯一的主人。”

车窗外的风景飞速掠过，天色已经完全黑了下来，滨海省殡仪馆建在市郊的一处半山腰上，依山傍水，荒无人烟。

车行到半途，林厌让司机停了车，自己下车步行，看一眼腕表，现在是深夜十一点半。

“待会儿听我的号令断电。”

司机赶紧站直，就差敬个礼了：“是，小姐，您事成之后我会在半山腰接应您。”

林厌点了一下头，背着包没入了漆黑的丛林里。

她不走大路是为了避开往来的车辆和监控录像，这个时间万一被人看到又说不清楚了。

猫着腰在山路上疾行了一段时间后，林厌撑着膝盖大口喘着粗气，伤口也隐隐作痛起来。

她咬了咬牙，看着前面灯火通明的殡仪馆，又把背包甩上了肩头，继续往上爬。

拨开茂密的灌木丛，脸被树枝刮得生痛，林厌压低了身子，匍匐前进，在探照灯照射过来的时候放松自己往地上一躺，一身黑色风衣完美地和夜色融合在了一起。

她数到三，探照灯挪向了别的方向。林厌离地起跳，一个豹突跃到了墙根下，身体紧紧地贴在墙上，绷成了一条直线。

她打开手腕上的可视电话手表，压低了声音喝道：“断！”

整座灯火通明的建筑瞬间陷入了黑暗之中，监控室里的电脑屏幕霎时黑屏了，探照灯也停止了运作。

值班人员跑出来：“怎么了？怎么了？突然停电了？”

“警卫，警卫快去看看！”

一片混乱中，一个身影猫上了墙头，林厌纵身一跃，落地的时候姿势标准但到底体力不支，身子一歪脚踝扭了一下，她的额头上顿时冒出了豆大的汗珠。她挣扎着从地上爬了起来。

“谁？谁在那里？！”手电筒光往这边一照，几个拿着电警棍的警卫跑了过来，而墙根下已经空无一人了。

“刚刚明明听见有动静，活见鬼了？”

为首的汉子顿时朝着说话人的脑袋一巴掌就拍了过去：“别乱说话，也不瞅瞅这是什么地方，你小子眼花了吧？”

西边院墙边上的宋余杭把风帽拉上脑袋，这电未免停得也太是时候吧。

她趁守卫不注意，径直从一扇洞开的窗户翻了进去，然后轻手轻脚地关上了窗户。

这应该是一间办公室，宋余杭按亮了手表上的荧光，打量着四周，发现无危险后，从兜里掏出厂区的地图，锁定目标后，指尖在地图上轻点了两下，将其收起来，蹑手蹑脚地推开房门，蹿到了走廊上。

林厌捂着肩膀上的伤，喘着粗气，努力平复着呼吸，贴在窗沿下方听着外面的动静，手电筒光乱晃，透过窗户照到了屋内。

她一动不动，直到外面脚步声逐渐远去，悄无声息。

林厌从背包里摸出了水果刀拿在手里防身，也蹑手蹑脚地推开了房门。

她只有五分钟的时间穿过走廊找到停尸房，五分钟后走廊上的摄像头会在瞬间捕捉到她的身影。

所幸，来之前已经大致看过平面图了，林厌轻车熟路，刚蹿到楼道口，一队拿着手电筒的警卫就走了上来。

“你说这电怎么停得这么巧呢？走、走、走，去总控室看看。”

林厌一个闪身，躲进了旁边女厕所的隔间里，等那行人逐渐走远，她又贴着墙根溜了出来。

上三楼，冷库旁边挨着的就是停尸房。林厌一边走楼梯一边上下观望着，夜里的殡仪馆空无一人，每个房间都是黑漆漆的。

她咽了咽口水，搓了搓裸露在外的胳膊，再抬眸的时候终于看见了楼层标志：三。

林厌忍着脚踝的刺痛，快步跑了过去，平底鞋踩在地上，悄无声息的。

手腕上的腕表发出了轻微的振动，在提醒她时间就快到了。

林厌把万能开锁器贴上了气密门，点开自己的腕表，飞快地捣鼓着，秒表上的数字在飞速倒退。

五。

四。

三。

…………

林厌的额头上渗出了细密的汗珠，耳边终于传来了一声轻微的“嘀嘀”声，气密门开了。

她迅速拔下开锁器，推门而入，与此同时，一道黑影也朝她扑了过来，几乎是前后脚地推着她进了停尸房。

走廊上的摄像头重新亮起了红点，气密门合拢。

黑暗中寒光一闪，林厌手里的水果刀已出了鞘，以一个刁钻狠辣的角度刺向了对方的咽喉。

宋余杭偏头躲过，抓住她的手腕往下一压，把人拉向自己：“是……”

林厌二话不说就是一个边腿，却因为体力不支被宋余杭轻而易举地抓到了破绽。宋余杭弯腰退让的同时，下盘发力拦腰一把抱住了林厌，把人推到了墙上。

林厌用手肘去砸对方的脑袋。

“是我！”

那胳膊肘就在离宋余杭的太阳穴一公分的地方停住了。

林厌睁大了眼睛，难以置信地看着她。

宋余杭一把拉下了蒙面的面罩，两人四目相对，她的嘴角流露出了一丝笑意：“是我，宋余杭，又见面了，林法医。”

两人时隔两个多月没见，再次相见竟是在这种地方，林厌看着她的笑容以及黑暗中熠熠发光的眼睛，也不知道是不是共同经历生死的原因，并不觉得生疏。

此时她拿刀的手被人举高了摁在墙上动弹不得，另一只手则被宋余杭的胳膊卡着也挪动不了分毫，两个人脚尖对脚尖，肚皮贴肚皮，宋余杭说话就像是在林厌的脸上挠痒痒。

林厌咬牙切齿地道：“你没死啊？”

宋余杭倒也不生气：“不是你不让我死的吗？”

“我……”林厌一口气哽在喉咙里差点儿没被自己噎死。

宋余杭却又笑了笑，抓着她手腕的力道骤然一紧：“我很听话的。”

林厌吃痛，刀已经被宋余杭夺过去放进了口袋里：“只要你不拿刀对着我。危险，没收了。”

“我……”林厌气得不行，挣扎起来就要推开宋余杭，却又被人捂住嘴巴提起来往墙上压去。

林厌整个后背已经紧紧地贴在了墙上，宋余杭则贴在了她身上。

林厌拼命摇着头，想要挣脱桎梏，宋余杭抱着她的脑袋在她耳边低声道：“别说话，有人来了。”

气密门下闪过几道纷乱的手电筒光线。

林厌觉得浑身的汗毛都竖了起来。

“不是吧，今天晚上真的见鬼了？好不容易来电了，听见这边有动静，赶过来又什么都没有？”

隔着一道铁门，一个声音说道。

另一个人连呸了三声：“呸、呸、呸，乌鸦嘴，这里是什么地方，要真的有动静那还得了？”

“就是啊，黑灯瞎火的，肯定是你小子神经过敏，赶紧回去睡觉吧。”

几个人将信将疑，围着这气密门看了一圈，门锁都是完好的。

最开始说话的那个人直起腰，摸了摸脑袋：“难道真的是我听错了？可是我刚刚明明听见里面有人说话来着啊。”

同行的同伴看一眼这黑漆漆的房间，顿时打了个寒噤：“你鬼片看多了吧？”

几个人骂骂咧咧地打算回去了。

林厌松了一口气。

未等她彻底松懈下来，最开始说话的那个人又回来了：“不行，我还是得进去看一眼才放心。”

说着他已经开始准备按气密门上的电子密码锁了。

听着近在咫尺的“嘀嘀”声，林厌出了一身白毛汗，感觉到宋余杭也把她抱得更紧了。

林厌被捂着嘴无法说话，微微眯了眯眸子，宋余杭知道，她又要作怪了。

果不其然，下一刻虎口一阵剧痛，宋余杭差点儿当着这几个警卫的面叫出声来。

林厌够狠的，下嘴毫不留情，全当磨牙了。

小狼崽子，宋余杭的脑海里蹦出这么个词的时候，气密门被打开了。

几道手电筒光穿过缭绕的雾气径直射了进来。

宋余杭瞬间绷紧了身体。她和林厌站在门后背光的阴影里，只要他们再往前走一步……

她艰难地吞咽着口水，两个人的呼吸、心跳几乎维持在同一个频率上。

宋余杭每逼近一寸，林厌就咬得狠一分，仿佛互相报复似的，谁也不放过谁。

门离她们越来越近，手电筒光也照在了地板上，一寸寸前进着，直到射在了她们身旁的墙壁上。

走廊上突然响起纷乱的脚步声："你们在这里干吗呢？！大半夜的开什么停尸房的门，冷气都给我放跑了，赶紧关上！中控室电闸坏了你们不知道啊？还不赶紧给我修去！"

那一束光收走了，几个人点头哈腰地又把气密门给关上了。

"是、是、是，您说的是，这就去，这就去。"

世界又陷入了一片黑暗里，林厌松一口气，等彻底听不见脚步声时，舌尖已经品尝到一丝血腥味。

她有些脱力，咬肌发酸，率先松了口。

宋余杭也收回了手。

林厌大口呼吸了几口新鲜冷气，打了个哆嗦："喂，可以——"

她抬眸迎上那人的眼神，余下的话又被堵回了嗓子里。

那是一种她以往从不曾在宋余杭脸上见到的神情，包含了心疼、后悔以及自责。

林厌不动声色地别开目光，换了一种腔调道："怎么，宋队要和我在停尸房待到地老天荒吗？"

宋余杭盯着她的脸，一字一顿地说："你瘦了。"

林厌不耐烦地挑了一下眉头，两个人贴得太近了，她不喜欢。

"瘦了不好吗？我减肥不行？"

"你那哪里是减肥，分明……分明是绝食！"宋余杭压低了声音在她耳边吼出了这句话。一抱上她，宋余杭就知道她瘦太多了，几乎是皮包骨头。

现在的林厌只是徒有其表的花架子，根本接不住她几招。

林厌咬紧了下唇没再开口。

“你要我别死，自己却去寻什么死，林厌，这有意义吗？”

宋余杭完整地叫出了她的名字，不再林法医、林法医地喊。

“你说何苗不该枉死，那你呢？你才三十二岁，惊采绝艳，年纪轻轻，未来前途不可限量！你……甘心吗？”

林厌终于肯抬头正视宋余杭了，眼神却是轻蔑而讽刺，甚至不屑一顾的。

她用能动的那只手轻轻点上了自己的胸口，吐字清晰地道：“真正的林厌早在六岁那年就已经死了，现在活下来的、站在你面前的，是躯壳，是魔鬼。”

她也曾短暂地活过，从深渊里被人拖了出来。她追逐着那缕阳光，想要成为更好的自己，却又被现实狠狠地拍进了更深、更冷的沼泽里。

林厌死了，“她”活了，脱胎换骨，从此戴上了另一副狠绝的面具。

面具戴久了她都快忘记原来的她是什么样子的了。

“我不甘心！躯壳也好魔鬼也好，我只知道你是林厌，江城市局技侦科的法医林厌，活生生地站在我面前的林厌，我宋余杭同生共死的战友林厌！”

同生共死与战友这两个词是多么美好啊，几乎美好到让人想起来就觉得阳光灿烂。

林厌阴郁的心被风轻轻地吹开了一角，她怔怔地看着面前的年轻警官的脸。

眼前的人是那么英姿勃发又朝气蓬勃，沉静的时候像天边缓慢流淌过去的白云。

她不焦不躁也不争不抢，可以在一个位置上待数年也毫无怨言。

可是她也疾恶如仇，即使与林厌观念相左，也愿意用自己的方式查清真相。

她动起来势若闪电，拳头挥舞起一阵风狠狠砸向敌人的面门，用血肉之躯为自己开辟出了一条逃生的通道。

她满身正气，又重情重义。

她不在乎自己是哪个“林厌”，只在乎自己是林厌，是站在她面前的林厌，和她同生共死过的那个林厌。

黑暗中四目相对良久，周围安静得只有彼此的呼吸声，就连停尸房里嗡嗡的冷气声都像是消失了。

林厌撇了一下嘴，偏过头去，下一秒被人一把拥进了怀里。宋余杭抱着她的脑袋，几乎快把她摁进自己怀里，声音既压抑又似在请求：“你别死……别死。”

林厌闭上眼睛，喉头上下滚动着，抬手似想要回抱住她，却终究无力地垂落下去。

“对不起……我答应不了你。”

她的结局一开始就已经注定，她必将为执着追求真相而奋斗终生，包括献出自己的生命。

“没关系，你现在不用回答我，我只希望将来的某一刻，你想结束生命的某个瞬间，能想起我今天所说的这些话，能再想一想，再缓一缓。林厌，这个世界上并非没有人期望你活着，你有选择的权利，只是死亡这个开关一旦被按下，就意味着一切归零，游戏永远结束，你再也没有重新来过的机会了。”

宋余杭想说的话其实没有说完，但她感觉到了林厌身体的僵硬，感受到了她无声的抗拒。

她还是觉得接下来的话说出来可能有点儿唐突，不过她自己明白就好了。

将来若真的有那个时候，她也会抓住林厌犹豫的那一瞬间，把林厌从死神手里抢回来。

不光是林厌，换了任何一个在她面前企图自杀的人都一样，她始终相信，活着是比死更有勇气的事。

而活着的人总会见到明天的太阳，身边总会有好事发生，不是吗？

林厌从未想过，她和宋余杭会有握手言和的那一天，也没想过会有互相拥抱的那一天，更没想到的是，两人真正意义上的第一个拥抱是在太平间发生的。

这既荒诞又可笑，可是它确确实实地发生了。

感受到那只小小的手攥紧了自己后背的衣物时，宋余杭扬起了嘴角，有些得意忘形地道：“让我看一下你脖子上的伤。”

说着她就要抬手去揭林厌脖颈间的纱布，林厌挡了一下没挡住，反倒被人反剪了双手压过头顶。

林厌恼羞成怒，屈膝一顶。

宋余杭脸都绿了，后退了数步，满脸痛不欲生的表情，哆哆嗦嗦地指着林厌说不出话来。

林大小姐把背包甩上肩头，得意地吹了吹滑落到眼前的刘海：“给点儿颜色你就开染坊，知道玫瑰带刺了不？”

宋余杭看着她走向了储放尸体的雪柜，一瘸一拐地跟了上去：“算、算你狠！你给我等着！你……嘶……”

第38章　验尸

林厌摁亮了电笔，指尖从一排排雪柜上摸过去，在找那个名字和编号。

宋余杭打着手电跟在她身后，蹲了下来："这里，是他吧？"

拉开底层的一个雪柜，冷气扑面而来，林厌顿时哆嗦了一下。未等她开口说什么，一件外套已经披上了她的肩膀。

林厌抬眸看向宋余杭，宋余杭已经退开来，穿着一件白色的短袖T恤蹲在一旁，仿佛害怕再次被捶一样。

林大小姐不着痕迹地弯了一下嘴角。虽然她们都没见过"秃鹫"本人，但一个是刑侦队长，一个有钱有势，要想弄到"秃鹫"本人的照片太容易了。

虽然尸体早已经浮肿不堪，但法医的直觉还是瞬间就让林厌确认了，这个人就是"秃鹫"。

林厌从包里取出小型工具箱，嘴也没闲着："你说你一个刑侦队长，想查案光明正大地查就好了，干吗纡尊降贵地跑到这种地方来？"

宋余杭想了想，还是没把自己被关禁闭的事告诉她："省厅直属的案子，我插不了手。"

林厌戴手套的动作滞了一下，随即她去翻死者的眼睑："你是不是也觉得挺奇怪的？”

宋余杭这回没隐瞒，点头道：“刀疤男是怎么认出你的，还是说他的目标一直是你？”

可惜人已经死了，不然她们顺着这条线揪下去一定能牵扯出更多林厌身边潜藏着的危险。

关于这点林厌倒是没想太多，已经习惯了，刀疤男不是第一个想杀她的人，也不会是最后一个。

作为景泰集团唯一的继承人，明里暗里地，她遇到的危险数不胜数，不然为什么刻意去练防身的巴西柔术？她在意的是另外一件事：“我们的行踪为什么会暴露？”

她说着话，手上动作也没停。

死者眼结膜下肉眼可见出血点，尸斑浅淡，除尸斑以外部分皮肤均为苍白色。

林厌又把电笔调到了强光模式，拿棉签从死者的鼻腔里挖出了一点儿蕈状泡沫。

生活反应，死者确实是被溺死的。

宋余杭看她忙碌，沉默了一会儿道：“我不知道。”

林厌的嘴角微微勾起一丝讽笑：“看来这个‘鬼’藏得还挺深的。”

宋余杭在旁边替她打着手电照明：“不管是人是鬼，以后像跟踪这种危险的事不会再让你去了，也不会再让你落单。”

林厌笑了一下，拿开口器撑开了死者的口腔：“不至于……”

她说到一半，感受到对面的人的目光落到了自己的脸上，也下意识地抬眸看去，两人又四目相对，宋余杭的唇抿得死紧，明显不是在和她开玩笑。

林厌干笑了两声，把剩余的话咽了回去。她想把注意力拉回到尸体上，却不经意地瞥到了宋余杭虎口处的伤，那里留下了两排深深的牙印，血迹已经干涸了。

林厌有些不自在地别开脸，宋余杭也换了只手举手电，把那只带伤的手在衣服上擦了擦，藏到了背后。

林厌从头到脚把尸体检查了一遍，就连指甲缝都没放过。宋余杭看着她不时从勘查箱里拿出新东西，笑了笑道：“你这准备得还挺齐全的。”

林厌翻了个白眼没理她，对方要是知道自己在别墅里也建了一个专业的解剖实验室，还不得惊掉下巴？所谓技术活就是三天不练手生。

“取一个证物袋给我。”

宋余杭用牙齿咬住手电筒，从林厌的包里翻出证物袋打开递到了她面前。

林厌把那几根蘸有死者指甲里的泥沙的棉签放了进去："得拿回去检验一下是不是那河里的水藻或泥沙。"

宋余杭把证物袋封好后塞进了林厌包里，点了点头："好，不过不能在公安部直属的物证鉴定中心做。"

林厌手上动作没停："这我当然知道，你别管了，我自有门路。把那个指纹摁印器给我。"

宋余杭从工具箱里翻出了一根长约五厘米的钢棍，林厌拿在手里又往棍子上裹了一层白纸，吩咐宋余杭给尸体的手指涂油墨。

宋余杭虽然不解其意，但还是照做了。

由于死者死亡有段日子了，再加上在冷库里存放了这么久，尸僵一时半会儿很难缓解过来，指纹的提取是个问题。

林厌拿着裹了白纸的指纹摁印器顺着死者的手指滚了一圈下来，问题就迎刃而解了。

宋余杭不由得对其刮目相看。

感觉到欣赏的目光落在自己身上，林厌得意得狐狸尾巴都翘上天了："怎么样，没白来吧？"

宋余杭诚恳地点了点头："来得早不如来得巧。"

"不过话又说回来了，你一个刑警，跑来看尸体能看出什么花来？"林厌拿纱布把死者的指尖上的油墨揩干净了。

这话问到点子上了，宋余杭一时语塞，隔了半天才吞吞吐吐地说："报纸。"

林厌一头雾水："什么报纸？"

"报纸，是今天的，不，昨天的。"宋余杭看了一下表，现在已经过 12 点了，于是纠正了自己的错误。

"从一个老刑警多年的侦查经验出发，我不认为此人会犯如此低级的错误，而依我对你的了解来看，你要是觉察到不对，一定会迫不及待地一探究竟，所以我就来碰碰运气。"

没想到自己真的瞎猫碰上死耗子，也算是无心插柳柳成荫了。

天知道林厌挥着刀朝她冲过来的那一刻她有多激动。

林厌怔怔地看着宋余杭，看得面前的人有些不好意思地摸了摸鼻子，在她的注视下转开了视线。

“你还真是……真是别具一格。”

宋余杭苦笑道：“没办法，谁让我联系不上你呢？”

林厌挑了挑眉，说到这个，不知为何也有些介意起来：“你联系过我吗？你明明只去看守所见了我一次好吗？！”

那一次被自己拒绝之后，宋余杭竟再也没有来过，枉她还担心宋余杭的伤势，林厌开始磨牙。

宋余杭见她的眼神不对劲起来，连忙摆手：“我真没有，我还托人找过你。”

可是一个多月了，线人没有传任何消息给她，找到或是没找到人的消息都没有。

宋余杭想到这里，心里咯噔了一下，脸上笑容淡了下去。

林厌已经转过脸，不屑地“哼”了一声：“那又有谁知道呢，宋警官？”

宋余杭不是会主动提起自己为对方做了多少事的那种人，况且在看守所门口打人这事不光彩，她也不想让林厌知道。

她不再开口辩解什么，眼看着林厌从工具箱里拿出解剖刀就要划下去，一把攥住了林厌的手腕，厉喝道：“你做什么？”

那解剖刀就悬在死者胸上，林厌挣扎道：“解剖啊，还能干吗？光凭尸表检验我无法推定他是生前溺水还是死后被抛尸入水的。”

宋余杭分毫不让：“那也不行，今晚我们来这里已经触犯了法律的底线，不能一错再错。”

林厌被她给气笑了：“他都已经是死人了，还谈什么底线不底线的？大不了剖完我再给他缝上就是了，你还想不想知道真相了？想不想知道他究竟是怎么死的，这个幕后黑手又是谁？”

宋余杭攥她攥得很紧，根本不让她动。手腕在她的手中很快就被磨红了，林厌咬着牙，迫不得已地用另一只手去掰宋余杭的手指。

“我当然想知道，但不是以这种方式知道。你缝完也会留下痕迹，一旦被人发现，林厌，你的职业生涯就完了。”

“要你管，你给我放手，放手！”林厌急红了眼，低声咆哮着，狠命捶打着宋余杭，宋余杭还是纹丝不动。

“你先把解剖刀放下，我再放手。”

林厌喘着粗气，胸腔上下起伏着：“好，放就放！老娘倒了八辈子霉才遇上你这头倔驴。”

她说着把手往自己的方向收，宋余杭便跟着她走。

林厌左手悄悄地从底下摸到了一把止血钳，寒光一闪而过，止血钳直朝着宋余杭的面门攻来，要逼她放手。

宋余杭早有准备，偏头躲过，有心要给她点儿颜色看看，抓着她的手腕往自己这边一拉，林厌半个身子快扑在尸体上了。

她咬牙扶着雪柜就要收回来，宋余杭掌心抓着她的手腕，未免滑腻过了头，再看黑暗中她的眼神，分明是不甘、委屈、愤恨的，也许真的是气狠了，眼角都红了。

宋余杭抿了抿唇，打不下去了，手上的力道一松，就看见林厌脱力地往后倒了过去。

宋余杭已来不及阻止。

林厌跌坐在地上的时候，手里的器械和冰冷的地面碰撞发出了尖锐的刺响，犹如在平静的湖面投下了一颗定时炸弹。

宋余杭一把扶起倒地的林厌，压低了声音吼道："快走！"

林厌回过神来，迅速脱下外套，三下五除二地抹着地板和刚刚她们接触过的地方，动作简直是轻车熟路。

"等一下，好了，快把雪柜门关上！"

宋余杭刚把门关上，停尸房外已经响起纷乱的脚步声："谁！谁在太平间里？！走，进去看看！"

她环顾了一下已经躲无可躲，一个箭步冲到窗边，用肩膀抵着窗户往外推，使出了吃奶的力气窗户还是纹丝不动。

林厌也一瘸一拐地跑了过去，喘着粗气道："别费力气了，太平间里的窗户一般是从外向内封死的。"

宋余杭不信邪地又用肩膀狠狠地撞了几下，连条缝隙都没有，听着脚步声已经近在咫尺，她额头的冷汗"唰"地一下就下来了。

"那你说，怎么办？"

林厌翻着自己的包："拿这个砸。"

宋余杭掂量了一下这破窗锤的分量，往掌心里啐了两口唾沫："退后，站远点儿！"

"哗啦"一声脆响，玻璃应声而碎，宋余杭的手鲜血淋漓，她顾不上许多，接过林厌递给她的绳子在窗棂上系了一个死结，又狠狠地拉了拉。

她看了一眼林厌的腿："你的脚……"

她早就注意到了。

林厌拿着一把水果刀背朝她戒备着，手电筒光已经透过气密门的缝隙投到了停尸房的地板上。

林厌沉着冷静地道：“我没事，你先走，在下面接应我。”

宋余杭点了点头，不再耽搁，翻上窗台，手握上绳子，看着林厌的后脑勺：“待会儿听我的口令，我让你跳就跳。”

林厌点了一下头，余光往后瞥去，宋余杭已经没了踪影，系在窗台上的绳子被绷得笔直。

林厌咽了咽口水，掌心出了一层薄汗，黏腻得几乎快握不住刀。

就在气密门的“嘀嘀”声响起时，楼下传来一声呼哨，林厌知道宋余杭平安落地了，将刀往后背包内侧里一插，纵身跃上窗台，脚踝顿时一阵剧痛。

额头上豆大的汗珠滚落了下来，林厌忍着疼，双手握住绳子飞速往下索降着。

追兵们破门而入，整个厂区响起了尖锐的警报声，探照灯也扫了过来。

宋余杭站在楼下的土坡上，张开双手，断喝道：“跳！”

林厌闭上眼睛，放开了绳子。她当然也紧张，即使她已经滑了一半，但是距离地面也有两层楼的高度，万一宋余杭没接住她，万一宋余杭先跑了……

后果不堪设想。

然而，没等她紧张太久，就落入了一个温暖的怀抱。

林厌顺势勾住了她的脖子，两个人都有丰富的军事经验，知道怎样缓解冲击力，将伤害降到最低。

一阵天旋地转，宋余杭抱着林厌的脑袋把人摁向了自己怀里，用血肉之躯为她抵挡着劈头盖脸而来的土木沙石。

这是一段接近35度的斜坡，惯性让两个人接着往下滚也顺势逃脱了追兵。

林厌被人抱得死紧，什么也看不见，只感觉到自己不知道转了多少圈，手擦在地上磨得生疼，可是除了手，她毫发无伤。

直到宋余杭的后背结结实实地撞上了一棵大树，树叶劈头盖脸地落了下来。

林厌吐掉嘴里的沙子，感觉晕头转向的，缓了好一会儿才回过神来：“宋余杭？”

她叫了一声见人没反应，顿时抿紧了唇。

林厌趴在宋余杭身上，林间光线昏暗，看不清她究竟伤势如何，只能看见她的后背抵在一棵参天大树上，脑袋耷拉向一边，也不知道撞到头了没有。

林厌吃力地抬起上身，又拍了拍宋余杭的脸：“宋余杭，宋余杭，醒醒？”

没有等到回答的她，心一下子提到了嗓子眼，小心翼翼地去触碰宋余杭的鼻息："宋——"

她话音未落，宋余杭咳了两声，呛出了嗓子眼里的淤血，整个人都松快了许多。

宋余杭坐了起来，树叶从头上掉落，嘴角噙着笑，双眸在黑暗里熠熠生辉。

"咯……咯咯……我没事。"

林厌一巴掌就甩了过去："又装死！"

宋余杭捂着脸站起来委屈巴巴地说："不是……我刚才真晕了……真晕……你听我解释！"

林厌头也没回，拖着一条病腿一瘸一拐地往山下走去："滚！"

宋余杭亦步亦趋："你别走那么快啊，你的脚都肿成发面馒头了……"

"要你管，滚！"

面前出现一个小陡坡，林厌扶着树小心翼翼地试探，泥土滚落下去时，她已被人一把拽了回来。

宋余杭一手揽过她的肩膀，另一手揽过她的侧腰，像那天她扶着自己走一样扶着她。

"慢点儿，不着急，他们追不上我们的。"

她鲜少笑，一笑就露出两颗虎牙，看上去阳光又可爱，就差插个尾巴在身后摇头晃脑地讨好了。

林厌"哼"了一声，却没再挣扎："你属什么的啊？"

"属猴，怎么了？"宋余杭偏头看她。

林厌别过脸，嘴角却微微扬了起来："我看你应该是属狗才对。"